이야기꾼 2

illusionist 세계의 작가 008
이야기꾼 2
ⓒ들녘 2008

초판 1쇄 발행일 2008년 4월 30일

지은이 쉘 요한손
옮긴이 원성철
펴낸이 이정원

책임편집 김상진
표지 일러스트 최용호

펴낸곳 도서출판 들녘
등록일자 1987년 12월 12일
등록번호 10-156
주소 경기도 파주시 교하읍 문발리 파주출판단지 513-9
전화 마케팅 031-955-7374 편집 031-955-7381
팩시밀리 031-955-7393
홈페이지 www.ddd21.co.kr

값은 뒤표지에 있습니다. 잘못된 책은 구입하신 곳에서 바꿔드립니다.

ISBN 978-89-7527-606-4(04890)
      978-89-7527-600-2(세트)

이야기꾼 2

Huset vid Flon

쉘 요한손 지음 | 원성철 옮김

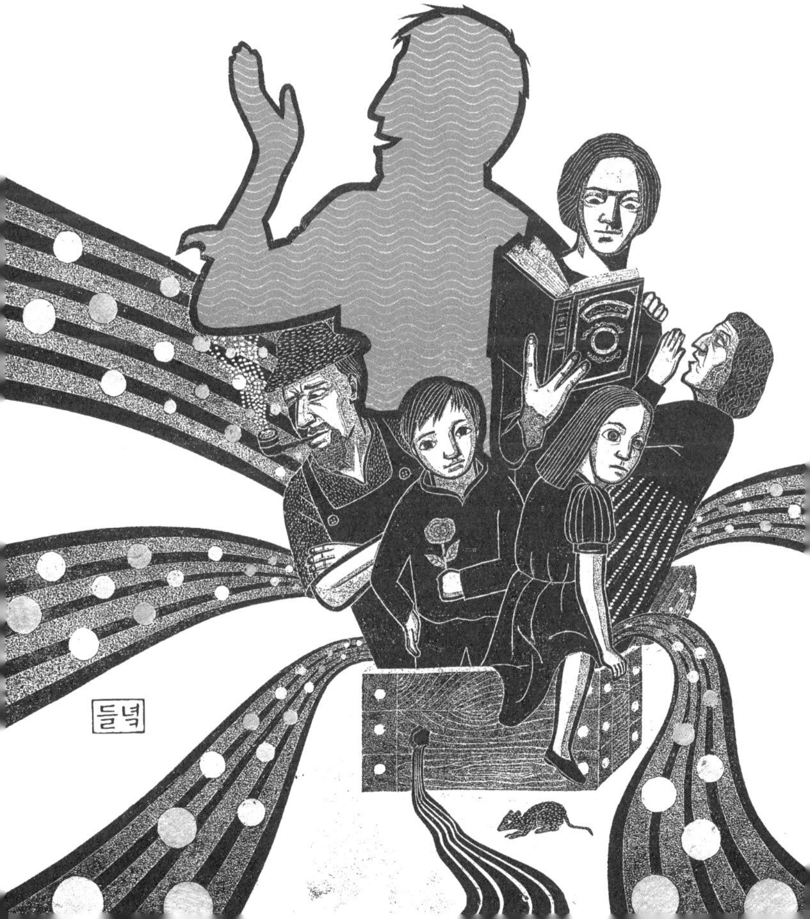

들녘

1

다시 가능성의 나라로

다시 집이다!

이제 새로운 장(章)이 펼쳐졌다. 새로운 이야기가 시작될 것이다. 이전과는 분위기가 사뭇 다른 이야기들, 넘실거리는 근대화의 물결처럼 밝고 활기찬 이야기들이다. 내 목소리가 이처럼 쾌활한 까닭은 지금부터 들려줄 이야기들의 성격 때문이다. 당신도 울적했던 기분을 떨쳐버리도록 하라. 우리는 지금 가능성의 나라에 와 있다. 그렇다. 우리가 있는 곳은 가능성의 나라다. 거기서는 다음과 같은 일들이 벌어졌다.

요한 요한손은 아들이 위탁 가정에 있는 사이 스톡홀름 항구에서 일자리를 얻었고, 안나 요한손은 작지만 깔끔하게 정돈된 잡화점의 판매원이 되었다. 상점은 뢰트모가타와 뉘보리스그랜드 사이 구석에 있었다. 원래 우유 가게가 있던 자리였다. 그녀가 나가서 일하는 시간은 하루 중 반나절뿐이었다. 덕분에 집에서는 나무액자에다 가죽을 덧씌우는 일도 할 수 있었다. 궁정사진사 프란손 씨의 사진관 〈포토-프랑스〉에서 쓸 액자였다. 그녀는 나무틀 위에 가죽을 얹어 놓고, 그것을 자르고, 자른 것에다 풀칠을 하고, 풀칠한 것을 다시 나무틀 위에 얹어 누르고 문질렀다. 그녀는 가죽은 너무 뻣뻣하고, 어분(魚粉)으로 만든 풀에선 악취가 난다며 자주 투덜거렸다. 하지만 돈을 버는 것이 중요했다.

에바, 나의 누이. 1, 2학년을 모두 최고 성적으로 마친 에바는 이제 3학년이 되었다. 할머니와 할아버지는 크게 달라진 것이 없었다. 이바르손 씨는 당연히 집에 없었다. 예전에 쫓겨났으니까. 사실 더 이상 달라진 점은 없다. 아니다. 요한손 가족의 집에 전화가 설치됐다. 초등학교 2학년짜리 아들은 전화를 어떻게 받아야 할지 열심히 연습했다. "45국에 9223번, 요한손 가족의 집입니다." 전화벨이 울리는 일도, 아들이 전화를 받을 일도 별로 없었지만 어쨌거나 그들에겐 전화가 있었다. 요한손 부부는 일간신문 정기구독자가 되려고 더욱더 부지

런히 일했다. 그 뒤로도 여러 가지가 달라졌다.

어떤 게 있냐고? 이를 테면 커다란 손잡이가 달린 축음기를 사들인 일이다. 오 솔레 미오! 아빠가 노래를 부른다. 오 솔레 미오! 아빠는 유시 비엘링처럼 아름답고 힘찬 목소리로 노래를 부른다. 옛날 유행가 「하루하루 나아지면 되는 거야」를 부를 때면 에른스트 롤프 같기도 하다. 집에 있는 레코드라곤 「오 솔레 미오」와 「하루하루 나아지면 되는 거야」가 전부였다. 아빠는 그것을 듣기 위해 끊임없이 축음기 손잡이를 돌렸다.

즐겁고 행복한 풍경이다. 하지만 나는 진지하고 우울한 이야기도 해야 한다. 물론 처음부터 그럴 생각은 없다. 어느 순간 자연스레 시작될 테니까. 당신이 생각하는 것보다 훨씬 더 빨리…….

이제 우리는 본격적으로 새 시대에 돌입한다. 10년 남짓한 기간 동안 낡고 초라한 집 같았던 스웨덴은 근대적인 복지국가로 탈바꿈했다. 스웨덴의 기적이 실현된 것이다. 유럽의 못 사는 나라들 중에서도 가장 가난했던 스웨덴이 근대화의 진동 속에 자신을 던져 넣고 흠잡을 데 없는 복지국가가 된 것이다. 이 모든 변화는 뚱뚱한 라르스우베와 뚱뚱한 라르스우베의 뚱뚱한 엄마가 보여주었던 신비롭고도 불가사의한 변신만큼 놀라웠다…….

하지만 그게 다는 아니다.

"뭔가 위대하고 기적적인 일이 생길 거 같아. 자꾸 그런 느낌이 들어." 엄마가 말한다.

나는 긴장되었다. 도대체 그게 뭘까?

"뭔지는 잘 모르겠어. 우리 가족하고 관련이 있을 것 같기는 한데……. 위대하고 기적적인 사건 말이야."

축제가 시작될 것이다. 당신도 동참하겠는가? 그렇다면 출발하자! 차를 타기보다 걸어가는 게 좋을 것이다. 산책하듯 유유자적하게. 아스푸덴의 쉬텔스 거리에 있는 목욕탕으로 한번 가보자. 토요일 오후 땅거미가 내리기 전이라고 상상하자. 한줄기 환한 빛이 이제부터 벌어지는 모든 일을 둘러쌀 것이다. 그 사이로 낯선 즐거움이 반짝일 것이다.

반짝이는 것들을 더 많이 보고 싶은가? 하지만 죄송! 잠시만 미뤄두도록 하자. 나는 지금 아빠를 감시하지 않으면 안 된다. 막 목욕을 마치고 나온 아빠가 곧장 집으로 가는 대신 슬그머니 어느 술집으로 빠지기라도 하면 정말 큰일이다. 엄마가 내 귀에 대고 아빠를 잘 감시하라고 말한 것은 아니다. 하지만 집을 나서는 남편과 아들의 얼굴을 번갈아 바라보던 한 여인의 눈 속에서 나는 불안과 당부를 똑똑히 읽었다. 아빠는 이제 술을 많이 마시지 않는다. 토요일에만 집에서 마신다. 아빠가 다시 다른 술꾼들과 어울려 술을 마시기 시작한다면 어떻게 될까? 그러면 힘들게 얻은 일자리고 뭐고 다 팽개치고 다시 술독에만 빠져 지내게 될지도 모른다. 모든 것이 다 허물어질지도 모른다. 아빠에게 일자리가 생기면서 모든 것이 변하지 않았던가? 맞다. 아빠에게 일자리가 생긴 덕분이다. '이제 아빠한테 일자리가 생겼어.' 이것 이야말로 모든 것을 변화시킨 마법의 주문이었다. 오랫 동안 집을 비웠던 아빠가 집으로 돌아왔을 때 내가 그토 록 듣고 싶어했던 이야기들, 무너진 질서를 다시 세워 주리라 기대했던 바로 그런 이야기들처럼.

'이제 아빠한테 일자리가 생겼어.' 내가 위탁 가정에 서 돌아올 수 있었던 것도 그 같은 마법의 주문 덕분이 다. 하지만 누구 한 사람 그 사실을 입에 담지 않았다. 구정물은 비워버리면 될 일이다. 다시 손을 담글 필요는 없다.

토요일은 남자들이 목욕하는 날이었다. 아빠와 나도 그랬다. 우리는 목욕을 마치고 헤게르스텐스 거리를 따 라 집으로 돌아온다. 손을 잡고 나란히 걸어간다. 걸어 가면서 이야기하고 또 이야기한다. 이야기 속에 담겨 있 는 서로의 생각을 어루만진다. 서로를 느낀다. 위탁 가정을 휩싸고 있던 과묵함과 얼마나 다른 분위기인가? 아버지의 생각과 이야기는 야성적이다. 환상적이다. 아빠가 이야기하는 모든 것들이 실제로 그런 것도 아니고, 전부 그렇게 되지도 않을 것이고, 또 그렇게 될 수도 없다는 것을 나는 잘 안다. 하지만 어찌된 일인지 불가능한 일들이 아빠의 입에서 흘러나오는 순간, 모든 것이 가능해질 거라는 착각에 사로잡히게 된다. 아버지가 나를 꼭 끌어안는다. 내 머리를 쓰다듬는다. 나를 보고 따뜻하게 미소 짓는다. 소년은 이제 집으로 돌아왔다.

"우리 아들이 없었다면 난 어떻게 됐을까?" 내가 등을 밀어주는 동안 아빠가 중얼거렸다.

아빠가 나를 번쩍 들어 안더니 따뜻한 물이 넘쳐흐르는 탕 속으로 집어 던졌다. 풍덩! 콧속으로 물이 들어갔는지 미간이 찡했다. 나는 탕 안으로 들어서는 아빠에게 물을 튀겨 복수했다. 아빠가 손사래를 치면서 쓰러지는 척했다.

다른 아버지들도 그랬다. 부자간의 정을 도저히 억누를 수 없다는 듯 아버지들은 탕 안으로 들어서기 무섭게 아들에게 장난을 걸었다. 그렇게 한참을 놀았다. 사실 아들과 어울려 한참 동안 노는 아버지는 거의 없다. 대부분 금세 시들해진다. 세파에 찌든 그들에게 어린 아들과의 놀이가 즐겁지만은 않은 탓이다. 아이들 편에서도 마찬가지다. 의무감으로 놀아주는 아버지와 노는 것이 아이들에게 즐거울 리 만무하다. 어쩌면 아이들 역시 의무감으로 노는지도 모른다. 하지만 아빠는 달랐다. 나는 정말로 즐거웠고 아빠 역시 나만큼 즐거워했다. 그래서 우리는 더욱 즐거웠다. 아빠와 나는 탕 안에서 오랫동안 풍덩거리며 장난을 친 다음 사우나 욕탕 안으로 들어갔다. 공기가 축축하고 뜨거웠다.

"자, 이 소년과 지친 아버지를 위해 자리 좀 비켜주시겠소?" 아버지가 너스레를 떨었다. 남자들이 옆으로 조금씩 비켜 앉았다. 아빠가 손을 들어 고맙다는 표시를 했다. 사우나 욕탕 안의 나무의자는 3단이었다. 아빠가 제일 높은 곳에 앉고 나는 바로 그 아래 앉았다. 아빠 옆에는 에브루가 앉아 있었다. 에브루의 팔과 다리 그리고 떡 벌어진 가슴에는 끔찍할 정도로 털이 많았다. 그는 장정 셋을 합친 것만큼 거구였다.

사우나 안은 땀에 젖은 사람들로 가득했다. 중년 남자들의 탄력 없이 불룩한 배는 축 늘어진 밀가루 반죽처럼 보였고, 그들 사이에 끼어 앉은 아이들의 몸은 예외 없이 비쩍 마른 완두콩 줄기 같았다. 그런데 모두가 다리

사이에 하나씩 달고 있는 저것을 어떻게 설명하면 좋을까? 아빠 것은 크기가 보통 정도였다. 굵고 기다란 말꼬리 같은 것도 있었고, 어찌나 작은지 앉으면 아예 보이지도 않는 것도 있었다. 어쨌든 다리 사이에 달고 있는 그것 때문에 난처해하거나 부끄러워하는 사람은 없었다. 나를 제외하고는. 오히려 모두들 보란 듯이 다리를 쩍 벌리고 앉아 있었다. 자랑이라도 하는 것 같았다. 사우나 화덕에 물을 끼얹으려고 목욕탕 여직원이 들어왔을 때도 그들은 다리를 오므리지 않았다. 방금 전까지 큰 소리로 주고받던 상스러운 농담을 조금 자제하는 것이 전부였다.

목욕탕 여직원이 밖으로 나가자 남자들의 목소리가 다시 커졌다. 그들은 이번 시즌에 어떤 팀이 우승할 것인가를 두고 왈가왈부했다. 가장 훌륭한 팀이 어디인지, 그렇게 생각하는 이유가 무엇인지에 대해 언성을 높이기도 했다. 아빠는 유려한 말솜씨에도 불구하고 조금 불안해 보였다. 이쪽 이야기에 끼어들었다가 저쪽 이야기에 끼어들었다가 하며 허둥지둥 댔다. 나는 이유를 알 것 같았다. 아빠도 이제는 머리에 훌륭한 작업모를 쓰고 칭송 받아 마땅한 다른 노동자들처럼 일주일 내내 일했다. 하지만 그들 '보통 사람들'이 아빠를 과연 같은 편으로 인정했을지는 여전히 미지수였다. 아빠를 승인했다고 볼 만한 특별한 표징이 아직 나타나지 않았기 때문이다. 아마도 아빠는 자신을 더욱 낮춰야 할지 모른다. 때가 꼬질꼬질 낀 작업복의 소맷부리처럼. 뭔가 잘못된 것 같기도 하다. 아빠 스스로 그토록 경멸하던 '보통 사람들'의 무리에 끼지 못해 저토록 안달하다니. 뭔가 한참 잘못된 것 같다. 하지만 발등에 떨어진 불은 그게 아니었다. '보통 사람들'의 무리에 끼려고 애쓰기 전에 아무래도 아빠는 에브루에게 신경을 더 써야 할 것 같았다. 아빠가 한 마디 할 때마다 에브루는 점점 더 화를 냈다.

"호모사피엔스란 지성을 지닌 생명체라는 뜻이야. 지성이란 바꿔 말해 사유 능력과 언어 능력 그리고 철학에서 말하는 이른바……."

"야, 이 서글픈 똥구멍 같은 놈아! 제발 그 주둥아리 좀 닥쳐라!"

아빠가 에브루를 향해 몸을 돌렸다. 아빠와 에브루의 눈길이 날카롭게 마주쳤다. 서로를 노려보았다. 사우나 안은 갑자기 찬물을 끼얹은 듯 조용해졌다. 모두들 무엇인가를 기다리고 있었다. 주먹질이 시작되려는 찰나 땅딸막한 남자가 불쑥 입을 열었다. 그 남자 또한 유려한 연설가였다. 그는 우아하고 멋진 단어를 구사하며 차근 차근 자기 생각을 설명했다. 모두들 얼이 빠진 듯 그의 말을 경청했다. 그는 자신이 무엇에 관해 이야기하고 있는지 정확하게 알고 있었다. 어떤 금붙이의 가치를 한눈에 꿰뚫어보는 금세공 장인처럼 자기가 다른 사람의 관점과 진술을 평가할 충분한 자질을 갖추고 있다는 것을 증명해 보였다. 그리고 아빠의 논거들이 꽤 적절하며 흥미롭다고 평가했다. 아주 특별하고 흥미로운 관점이군요. 선생, 당신의 생각을 좀 더 듣고 싶은데 계속해 보시겠소?

아빠는 자기 의사를 거침없이 펼쳐 보였다. 땅딸보 남자는 "음, 음" 하면서 고개를 주억거렸다. 이따금 질문을 하거나 아빠의 말을 보충하여 설명하기도 했다. 박진감 넘치는 멋진 토론이었다고 말하면서 땅딸보가 일어섰다.

아빠와 땅딸보 사이에서 오고간 말들을 이해하지 못한 사람들은 이죽거리듯 뭐라고 구시렁거렸고, 에브루는 더 이상 참을 수 없다는 듯 다시 상소리를 질러댔다. 하지만 아빠는 아랑곳하지 않았다. 자리에서 벌떡 일어나 손을 들고는 사우나를 빠져나가는 땅딸보 남자에게 멋진 저녁 시간을 보내라며 작별 인사를 건넸다.

"아빠, 저 사람 누구야?" 내가 물었다.

"누구나 궁금해할 만한 사람이지." 아빠가 대답했다. "교장 선생. 무시무시할 정도로 엄청난 지식을 가진 양반이야."

하지만 지난번에 아빠가 교장 선생이라고 가리킨, 노르마의 창가에 앉아 있던 그 사람은 저 땅딸보보다 키가 한두 뼘 더 크지 않았던가?

"근데 그 사람 말이야, 그거 정말 가늘던데. 내 새끼손가락보다도 더……." 내가 말했다.

"교장 선생들은 다 그래." 아빠가 말했다. "가늘지만 길지. 경제학의 학설 같은 건 말이야, 아무리 애를 써도 이 세상의 모든 경제 현상을 만족스럽게 설명할 수가 없거든. 그래서 학자들의 그게……. 레모네이드 한잔 할래?"

아빠는 말을 하다 말고 모퉁이에 있는 술집을 슬쩍 쳐다보았다. 아빠의 발길이 술집으로 들어서는 순간 그의 발바닥에서는 뿌리가 자라날 것이다. 아빠의 엉덩이 역시 의자에 뿌리내릴 것이다. 또 누군가와 이야기를 시작할 것이다. 그 누군가는 분명 무시무시할 정도로 아는 게 많은 교장 선생일 터이다. 그들은 지식과 함께 마시는 맥주에 멋진 양념이 될 담뱃갑을 꺼낼 것이고, 흥미진진한 토론에 빠져들어 무한정 맥주를 마셔댈 것이다. 나는 엄마의 불안한 얼굴이 부여해준 임무를 잊지 않았다.

"족발과 순무죽이 우릴 기다리고 있을 텐데……." 나는 임무를 수행하려 애썼다.

"그걸 네가 어떻게 알아?"

"엄마가 나한테 말해줬어." 나는 거짓말을 했다. "맥주는 집에도 있잖아."

"나도 알아. 오늘이 토요일이니까 집에 맥주도 있고 소주도 있을 거야. 하지만 지금은 그게 별로 중요하지 않아. 유식하게 말하자면 '아디아포라'인 거지. 지금 우리가 처한 이 위험천만한 상황을 생각해봐. 우리 몸은 사우나 열기 속에서 수분을 많이 잃어버렸다고. 얼른 수분을 보충해주지 않으면 생명을 잃어버릴 수도 있어. 무슨 말인지 알아듣겠어? 나야 집까지 버틸 수 있을지 모르지만, 넌 아직 어려. 네 작은 몸뚱어리가 과연 버텨낼 수 있을지……. 확신이 서질 않는다고. 그래, 난 내 아들을 절대로 그런 위험 속에 방치할 수 없어."

하지만 나는 천사의 혀로, 그리고 아빠의 말투를 빌려 매달렸다. 아빠의 사랑하는 아내가 지금 우리를 기다리고 있잖아. 사랑하는 남편을 그리워하다가 목이 빠질지도 몰라. 족발과 순무죽이 다 식어버리면 어떻게 해? 엄마가 이만저만 실망하지 않을 텐데. 아빠, 그냥 집으로 가자. 응?

아들의 입에서 흘러나온 말이 그를 즐겁게 만든 모양이었다. 아빠의 얼굴이 환해졌다. 곧장 집으로 가지 않고 길에서 어슬렁거릴 생각이라면 혼낼 거라며 아빠가 으름장을 놓았다. 조금이라도 지체했다가는 생명이 위태로울 수 있다는 것도 다시 한 번 일깨워주었다.

아빠와 나는 손을 꼭 잡고 서둘러 술집 앞을 지나쳤다. 마술 바이올린으로 백만장자가 된 사무엘 라스크 씨처럼 술집 쪽으로는 눈길도 주지 않았다. 술집 안에는 오랜 친구, 예컨대 백만장자 사무엘 라스크 씨 혹은 스톡홀름 항구에서 작업모를 쓰고 또 다른 백만장자의 꿈을 키워가고 있는 요한 요한손을 기다리는 누군가가 혹은 무엇인가가 앉아 있을 것이다. 오래된 친구들을 못 본 척 지나치는 메스꺼운 똥구멍을 향해 앞발을 치켜들고 날카로운 발톱을 세워 보이며 술잔을 들이켤 것이다.

아빠가 내 어깨에 팔을 둘렀다. 어디선가 아름다운 선율이 들렸다. 누군가 바이올린 소리에 맞춰 노래를 부르고 있었다. 저수탑이 있는 숲 속에서 들려오는 그 목소리는 독특하고 아름다웠다. 어렴풋하게나마 노랫말이 들렸다. 새로운 세상으로 한 걸음, 한 걸음 나아가는 아버지와 아들의 이야기. 세상은 아름답고 또 위대하고 또 아름답다는 이야기!

"네가 좀 더 나이가 들면 말이다, 언제 한번 제대로 된 레스토랑에 데려갈게." 아빠가 말했다. "이젠 우리도 근사한 식당 정도는 갈 만하다고. 너도 그 수혜자가 되어야 하고 말이야. 어디가 좋을까? 쉐데르 포트, 아니면 외스트괴타캘라레? 포르트 아르투르는 어떨까? 하지만 SHT는 절대 안 돼. 그 레스토랑은 '음탕한 남자들'의 집결지거든."

아빠는 아는 게 정말 많았다. 해본 것도 많은 것 같았다. 아빠의 정체는 대체 뭘까? 아빠는 뭘 하고 지냈던 걸까?

아빠는 종종 삶이란 한바탕 소동 같은 거라고 말하곤 했다.

하지만 그렇지 않다. 여기 빛과 기쁨이 있다. 아주 독특한 존재가 헤게르스텐스 거리를 걷고 있다. 그는 대체 누구일까? 여기 우리가 있다. 우리—나와 아빠, 기쁨—가 있고, 하늘에는 진귀하고 아름다운 빛이 있다. 몇몇 저녁 별이 영원 속에서 걸어가는 우리를 은은하게 감쌌다. 꼬마 수행원처럼.

집에 도착하자 아빠는 미드솜마르크란센 구역에 피어나는 꽃 중에서 제일 아름다운 꽃을 향해 두 팔을 활짝

벌린다. "내 사랑, 이리 와요. 내 품으로." 아빠가 말한다. 엄마를 꽉 껴안고 쩝쩝 소리가 나도록 입을 맞춘다. 엄마가 활짝 피어난다. 아빠의 달콤한 말과 입맞춤 때문만은 아니다. 아빠가 맥주 냄새나 소주 냄새를 풍기지 않은 탓도 있다.

"오늘 저녁은 뭐지?" 아빠가 엄마의 엉덩이를 찰싹 때리며 묻는다. "아니, 잠깐. 어디 내가 한번 맞춰볼까? 어디 보자, 음…… 당신의 사랑하는 남편이 가장 좋아하는 게 뭐였더라? 그래. 족발과 순무죽. 맞지?"

"어머나! 그걸 어떻게 알았어요?" 엄마가 아빠의 팔을 풀고 한 걸음 물러서서 눈을 동그랗게 뜨고 묻는다.

미소를 머금은 아빠의 눈길이 부엌 안으로 총총 사라지는 엄마의 뒷모습을 따라간다.

"내가 어떻게 알았느냐고? 그거야 뭐, 내가 모든 걸 알고 있기 때문이지." 아빠가 중얼거리면서 나에게 눈을 찡긋한다.

하지만 나는 맹세코 몰랐다. 오늘 저녁이 족발과 순무죽이라는 것을 엄마는 말해준 적이 없다. 작은 기적. 가족이란 이런 것이다. 가족에게는 때때로 이런 기적이 일어난다. 모든 것을 위대하고 올바르게, 환하고 아름답게 만드는 기적 말이다.

우리 모두 식탁에 둘러앉았다. 아빠가 맥주병 뚜껑을 땄다. "뻥" 소리가 났다. 엄마가 손수 만든 매운 겨자 소스에 족발을 찍어 먹으며 우리는 행복해했다. 목욕탕에서 교장 선생을 만났다고 아빠가 이야기를 꺼냈다.

"교장 선생 부부의 행복이 아무래도 좀 가는 것 같다고 얘가 그러던 걸." 아빠가 나를 돌아보았다.

나는 아무 말도 하지 않았다. 기분이 좀 언짢았다. 아빠가 좀 과장되게 묘사하는 바람에 엄마는 웃음을 터뜨렸다. 얘가 정확하게 평가한 거야. 무지하게 길긴 했어. 거의 50센티미터쯤 돼 보였다니까. 그게 실처럼 가늘다는 게 문제라면 문제였지만.

저녁을 다 먹고도 우리는 오래오래 식탁에 앉아 있었다. 엄마가 일어나 개수대 쪽으로 걸어갔다.

"아 참, 소주!" 아빠가 소리쳤다. "오늘 토요일이잖아. 제기랄! 소주 마시는 걸 잊어버렸네. 생각도 안 났어!"

환하게 미소 짓는 세 얼굴. 오늘 아빠가 소주 마실 생각을 못 했다는 걸 나는 이미 알고 있었다. 안 그래도 소주를 가져오라고 말하지 않을까 내심 조마조마하던 참이었다. 엄마도, 에바도 마찬가지였을 것이다. 그것 또한 나는 알고 있었다. 우리 세 사람 모두 아빠가 점점 술을 멀리하는 것 같아 말할 수 없이 기뻤다.

"그 대신 당신, 이제 곧 훨씬 더 좋은 걸 받게 될 거예요." 두 볼이 살짝 장밋빛으로 물든 엄마가 약속했다. 엄마는 달뜬 눈길로 아빠를 바라보았다. 엄마의 눈길을 마주 받는 아빠의 눈길에도 기대감이 넘실거렸다.

"그게 뭘까? 내 사랑, 그게 뭔지 지금 말해주면 안 돼?" 아빠가 말했다. 물론 그를 기다리고 있는 것이 무엇인지 아빠는 잘 알고 있었다. 에바와 나도 아마 알고 있을 것이다.

엄마는 아빠를 사랑했다. 아빠도 엄마를 사랑했다. 조금도 의심할 여지가 없는 일이다. 엄마의 말, 엄마의 행동. 아빠는 엄마의 모든 것을 사랑한다고 입버릇처럼 말했다. 더도 말고 덜고 말고, 엄마가 지닌 모든 것을 있는 그대로 사랑한다고 말이다. 엄마는 기분에 따라 자신이 너무 말랐다느니 혹은 너무 살쪘다느니 투덜대곤 했다. 하지만 아빠는 그때마다 확고한 신념을 지니고 엄마의 몸매를 칭송했다. 엄마의 몸매야말로 아름다운 몸매의 본보기라고 주장했다. 안나, 제발 내 말을 의심하지 마. 당신처럼 몸매가 아름다운 여자는 정말 찾아보기 힘들어. 그래, 우리 모두 언젠가 죽을 수밖에 없는 운명을 타고 났어. 불행하게도 안나 당신도 마찬가지야. 어느 날인가 세상을 떠나 천국의 문 앞에 서게 되겠지. 하지만 그때가 되면, 내 목숨을 걸고 확신하건대 말이야 아무리 베드로라 할지라도 당신을 안고 싶어서 몸이 후끈 달아오를 걸……. 아빠의 말은 늘 그런 식이었다. 전체적으로 보자면 점잖고 교양 있는 말처럼 들렸지만, 사이사이에 천박하기 짝이 없는 표현이 교묘하게 뒤섞였다. 저속한 표현이라면 질색을 하는 엄마에게 그런 말이 어떻게 귀에 거슬리지 않았는지 정말 알다가도 모를 일이다.

헛간 뒤 오른쪽 모퉁이는 오줌을 누기에 안성맞춤이었다. 그곳엔 바람이 거의 불지 않았다. 사과나무 가지가 휘청휘청할 정도로 바람이 거센 날에도 그곳은 잠잠했다. 그렇다고 좋은 점만 있는 건 아니었다. 쐐기풀이 무성했기 때문이다. 특히 에바는 더욱더 조심해야 했다. 아빠와 내가 선 채로 쐐기풀 위에다 더운 비를 뿌리고 있는 사이, 에바는 쐐기풀이 없는 곳을 찾았다. 아빠와 나는 각각 왼손을 허리춤에 댄 채, 에바는 바닥에 쪼그리고 앉은 채 오줌을 눴다. 에바는 "왜 내가 엉덩이라도 쏘이면 좋겠냐?"고 묻지 않았다.

내 눈과 에바의 눈이 마주쳤다. 에바와 아빠의 눈이 마주쳤고, 나와 아빠의 눈이 마주쳤다. 우리 셋은 까닭 없이 웃음을 터뜨렸다. 아까 아빠가 교장 선생의 그것을 상세하게 묘사했을 때 엄마가 터뜨렸던 웃음과 비슷했다. 행복했다.

그렇다. 무엇인가 일어날 수도 있는 날이었다. 하지만 그 무엇인가는 일어나지 않았다. 진귀한 기쁨이 환하게 빛나던 날이었다. 굉장하고 멋진 날이었다. 하지만 엄마가 말했던 뭔가 위대하고 기적적인 사건은 벌어지지 않았다. 그게 뭘까? 어떤 일일까?

나는 귀에 익은 멜로디를 들으며 잠이 들었다. 아빠와 함께 집으로 돌아오다 들었던 멜로디였다. 저수탑이 있는 숲 속에서 들려오던 바로 그 노랫소리. 마술 바이올린에서 울려 나왔을지도 모를 아름다운 선율과 곱고 독특한 목소리. 크레셴도가 최고조에 이를 때까지 멜로디는 점점 리드미컬해졌고, 리듬은 점점 더 빨라졌다. 하지만 나는 깊이깊이 잠들어 있었다.

우리는 행복했다. 우리는 서로 사랑했다. 엄마와 아빠에게는 일자리가 있었다. 에바와 내가 투덜댈 아무런 이유도 없었다. 우리 집에는 또 책이 많았다. 한 권도 빼먹지 않은 열세 권짜리 백과사전을 포함해서. 게다가 라디오도 있었다. 우리는 그 라디오로 스투르쉬카 방송의 장엄미사를 듣거나 웁살라 방송의 가족프로그램을 들었다. 웁살라 방송의 가족프로그램은 예스타 크누트손이

진행했다. 손잡이가 달린 축음기와 「오 솔레 미오」, 「하루하루 나아지면 되는 거야」. 그리고 "45국에 9223번, 요한손 가족의 집입니다"고 대답할 수 있는 전화기. 하지만 우리 가족에게는 친구가 없었다. 이웃도 없었다. 물론 우정을 나눌 친구나 이웃이 있으면 좋겠다고 바란 적은 있지만, 크게 문제 될 것은 없다고 생각했다. 우리가 일간신문 정기구독자가 아니라는 점도 마찬가지였다.

아빠는 종종 석간신문인 아프톤티드닝엔을 사들고 왔다. 신문을 뒤적거릴 때마다 슬그머니 드는 생각. 이제 우리 가족도 일간신문 하나 정도 구독할 여유가 있는 것 아닌가? 스웨덴에서 무슨 일이 벌어졌는지, 세계 여기저기에서는 어떤 일이 일어났는지 우리도 매일매일 알아야 하는 것 아닌가? 지식은 짐이 아니라 즐거움이라 하지 않았는가? 게다가 이제 곧 에바도 브렌쉬르카에 있는 상급학교로 진학할 테고, 그리고…… 그래, 신문을 구독해야 할 이유는 셀 수 없이 많다. 중요한 것은 결정을 내리는 일이다. 결정만 된다면 내일이라도 당장 집에서 신문을 받아볼 수 있을 것이다. 얼마나 간단한 일인가? 모든 일이 이처럼 간단하게 끝날 거라고 생각하는 사람이 있다면 그는 요한 요한손을 몰라도 너무 모르는 사람이다. 그는 일을 그런 식으로 허술하게 처리하지 않는다. 어떤 일을 계획할 때면 그것과 관련된 모든 측면을 일일이 살피고 심사숙고하며, 또 비교하고 검토한다. 지금 당장은 직접적인 관련이 없어 보일지라도 언젠가 혹은 어떤 식으로든 관계될 기미가 있다면 그는 역시 이를 심사숙고하고, 비교하고, 검토한다. 먼저 기초부터 확실하게 닦아두어야 하는 거야. 그다음에 벽돌을 하나하나 쌓아 올려 나가는 거지. 즐거움과 상상력에서 나온 아무리 멋진 설계도가 있다 하더라도 기초가 튼튼하지 못하면 모든 게 공중누각에 불과해.

가장 먼저 해야 할 질문은 어떤 신문을 구독할 것인가이다. 아니다. 정정하겠다. 우리가 선택할 수 있는 신문에는 어떤 것들이 있는가이다. 더겐스 뉘헤테르, 스톡홀름스티드닝엔, 스벤스카 닥블러뎃, 그리고 모론티드닝엔. 이렇게 네 가지 신문이 최종적으로 물망에 올랐다.

이제 최종 후보에 오른 신문을 한 부씩 사러 가자. 그리고 면밀하게 분석하고 비교하는 거야. 결정이란 언제나 신중해야 하는 것 아니겠어? 혹시 반대하는 사람 있어? 없지? 좋아!

이제부터 우리는 며칠 동안 일간신문을 연구하면서 저녁 시간을 보내게 될 것이다. 자세히 보면 네 가지 신문은 모두 판형이 제각각이다. 그래, 판형 비교부터 시작하는 거야. 한 가지 신문을 다른 신문 위에 올려놓고 비교해볼 수 있을 것이다. 하지만 학문의 좁고 험한 길을 가려는 우리가 그렇게 안이한 방법을 사용할 수는 없다. 그건 곤란하다. 줄자 좀 가져와!

이번 작업은 에바와 내가 '차가운 길'을 측량할 때와 완전히 다르다. 한 치의 오차 없이 밀리미터까지 정밀하게 측정한다. 이건 아이들의 심심풀이 놀이가 아니다. 어디까지나 우리 가족이 새로운 세계로 발을 들여놓기 위한 준비 작업이다. 우리 가족의 '근대화'와 관련된 중차대한 문제다.

그동안 우리가 연구한 결과에 따르면 더겐스 뉘헤테르가 판형도 가장 크고, 발행 부수도 가장 많다. 그렇다고 결정된 것은 아니다. 판형이 가장 크다고 해서 제일 좋은 신문이라고 말할 수는 없지 않겠는가? 발행 부수가 가장 많다고 가장 좋은 신문인 것도 아니지 않는가? 뿐만 아니다. 아직 손도 대지 않은 문제가 잔뜩 남아 있다. 신문을 들고 읽을 때 편안한가? 앉아서 읽을 때는 어떤가? 서서 읽을 때는? 결코 소홀히 해서는 안 될 또 다른 문제도 있다. 아이들의 팔 길이에는 적합한가? 아이들이 신문을 들고 볼 때 신문과 눈 사이의 거리를 적절하게 유지할 수 있는가? 가만있자, 아이들의 팔 길이가 어떻게 되더라? 줄자 이리 가져와!

"그냥 모론티드닝엔으로 결정해요." 엄마가 제안한다. "모론티드닝엔 지국이 우리 집에서 제일 가깝잖아요."

하지만 모론티드닝엔 지국이 브렌쉬르카 중학교 선생님들의 집에서도 제일 가까운가? 이것은 결코 지나친 질문이 아니다. 무슨 일이든 한 가지 측면만 부각되어서는 곤란하다. 여러 측면에서 질문을 던져보아야 한다. 그리고 각 질문에 대한 답을 뒷받침해주는 논거들의 중요도를 정확하게 비교해야 한다. 무엇보다 중요한 것은 각 신문의 내용을 비교하는 일이다. 1면 기사들은 어떠한가? 문예면은? 국제 뉴스는? 국내 정치면과 사회면은? 가정면, 문화면은? 연재소설은? 광고는? 사설은? 사진은? 신문의 광활한 세계를 탐험하면서 우리는 조금씩 지쳐간다. 그다지 낯선 곳이 아니라고 생각한 게 잘못이었다. 무엇을 기준으로 기사의 내용을 비교하고 분석한단 말인가? 무엇이 잘된 기사고, 무엇이 잘못된 기사인가? 어디서부터 시작해야 하는가?

그렇게 며칠이 지나간다. 깊이 파고들면 들수록 더욱더 복잡해질 뿐이라는 생각이 엄습해오자 서서히 나태해지기 시작한다. 우리는 가장 좋은 신문을 찾고 싶었다. 하지만 과연 가장 좋은 신문이라는 것이 존재하기는 하는 것일까? 얼마나 많은 지식이 있어야 그것을 가려낼 수 있을까? 사회에 대한, 정치에 대한, 문화에 대한, 종교에 대한, 철학에 대한, 경제에 대한, 그리고 이루 열거할 수 없을 정도로 많은 분야에 대한 지식들. 과연 우리가 그런 지식을 골고루 갖추고 있는가? 가장 좋은 신문을 찾아낼 수 없다면? 그렇다고 아무 신문이나 볼 수도 없지 않은가? 신문 따위엔 신경 쓰지 말고 그냥 돈이나 아끼는 것이 최선의 길일까?

우리가 그동안 힘겹게 연구한 결과가 이렇게 끝나야 하는가? 아니다. 그럴 수는 없다. 구독할 신문을 결정하기 위한 우리 연구의 결과가 결국 어떤 신문도 구독하지 말자는 것이 되어버린다면, 게다가 그 결과가 우리 연구의 논리적 귀결이 아니라 우리의 무지 때문이라면 이 얼마나 우스꽝스럽고도 불쾌하기 짝이 없는 노릇인가?

네 가지 신문을 모두 구독하면 되잖아.

입 닥치지 못해, 젠장!

마침내 더겐스 뉘헤테르를 보기로 결정이 난다. 특별한 까닭이 있는 건 아니다. 그냥 그렇게 결정했을 뿐이다. 이때 우리 모두의 마음을 은근히 짓누르는 돌덩이 같은 질문이 하나 떠오른다. 그동안 힘겹게 심사숙고하고, 비교하고, 검토했던 연구 과정이 모두 헛된 것이었단 말인가? 절대로 그렇지 않아! 엄마의 일갈. 어찌 되었건 우리는 분명히 무언가를 배운 거야.

우리는 모두 행복하게 웃으며 엄마의 지혜로운 말을 큰 소리로 따라 한다. 앎이란 곧 힘이다. 배우는 것은 결코 짐스러운 일이 아니다.

중요한 결론에 밑줄을 긋듯이 그렇게 복창한다.

이제는 기다리는 일만 남았다. 긴장. 그리고 길고 긴 기다림. 아니, 왜 신문이 오질 않지? 뭐가 잘못된 거야? 불안감이 감돈다. 더겐스 뉘헤테르 지국에서 우리를 정기구독자로 받아들이지 않겠다는 거야 뭐야?

하지만 우리를 정기구독자로 받아들이지 않을 이유가 어디 있는가? 빚이 있는 것도 아니고, 범법행위를 한 적이 있는 것도 아니지 않은가? 불안감이 점점 커진다. 불현듯 또 하나의 가능성이 떠오른다. 그래, 신문 배달원이다. 더겐스 뉘헤테르 지국에서 우리를 싫어할 특별한 이유가 없다면 신문 배달원이 우리 집 우편함을 찾지 못했을 수도 있다. 가만, 우편함을 못 찾은 게 아니라 아예 구독신청 쪽지를 보지 못한 것이 아닐까?

우리는 '긴 계단'으로 달려간다. 계단 난간에 그 전날 우리가 붙여 놓았던 구독신청 쪽지가 그대로 달려 있다.

'신문 배달하시는 분께. 요한손 가족이 더겐스 뉘헤

테르 정기구독을 신청합니다. 이 계단 아래쪽으로 10미터 정도 가다가 왼쪽 길로 꺾어져 들어오면 거기 요한손 가족의 우편함이 있습니다.'

난간에 매달려 팔랑거리는 쪽지를 바라보면서 모두 이렇게 자문한다. 우리처럼 똑똑하고 이성적인 사람들이 어떻게 이처럼 우스꽝스런 짓을 했을까? 어쩌면 나는 이야기를 좀 더 재미나게 만들기 위해 실제로 일어나지도 않았던 일을 꾸며대고 있는지도 모른다.

다음 날 아침, 신문이 배달되었다.

"신문이 몇 시에 온 줄 알아요? 다섯 시에 나가 보니까 벌써 와 있는 거예요, 글쎄." 엄마가 흐뭇한 표정으로 말한다.

식탁 위에 신문을 올려놓고 엄마와 아빠가 나란히 붙어 앉는다. 엄마는 머리를 아빠의 가슴에 묻고, 아빠는 엄마의 허리에 한 손을 두르고 신문을 읽는다. 그러다가 서로를 쳐다보고 다시 신문을 보다가 또 서로를 쳐다본다. 어른들도 어린아이들처럼 저렇듯 꿈꾸는 표정을 지을 때가 있다니. 놀라운 일이다.

아빠에게는 일자리가 있고, 우리에게는 전화가 있다. 그리고 매일 아침 배달되는 신문도 있다. 일간신문의 정기구독자가 되었다는 것은 정말이지 굉장한 일이었다.

아니, 그런 느낌이 들었다.

갑자기 아빠가 깔깔 웃으면서 엄마를 가리켰다. 엄마의 이마에 신문지 잉크가 시커멓게 묻어 있다. 에바가 손거울을 가져왔다. 거울 속을 들여다보는 엄마의 얼굴이 행복해 보인다. 엄마의 표정은 이렇게 말하고 있다. 이 얼마나 멋진 일인가? 봐, 내 이마에 신문 잉크가 묻어 있잖아. 이제 우리는 신문을 구독하는 집이 된 거야. 행복에 겨운 엄마가 신문에 난 광고를 하나 발견한다.

불효자 : 주연으로 출연할 아역 공모.
갈색 눈, 검은색 머리카락의 남자아이.

빅토르 뤼드베리스의 소설 『싱고알라』를 영화로 찍는다고 했다.

"우리 한번 응모해볼까?" 엄마가 나에게 물었다.

"심사하는 사람들만 설득할 수 있으면 되는 거야." 아빠가 말했다. "그 소설에 나오는 남자아이는 대체 어떤 아이야?"

『싱고알라』를 이미 읽은 엄마가 우리에게 이야기를 들려주었다. 우리는 옹기종기 모여 앉아 엄마의 이야기를 들었다. 시뻘겋게 달궈진 쇠를 모루에 올려놓고 망치로 두드리는 소리가 진동한다. 편자를 만들 쇳덩이들을 올려놓은 화덕에서는 바작바작 소리를 내며 불꽃이 일렁이고 있다. 병사들 사이를 아름다운 싱고알라와 그녀의 남편 에를란드 기사가 걸어간다. 아름다운 싱고알라는 아이를 낳다 불행하게도…….

"이 정도면 충분해요." 엄마가 말했다. "책은 듣는 게 아니라 읽어야 하는 거예요."

"애는 이제 겨우 여덟 살이잖아." 아빠가 말했다.

"다섯 살 때부터 이미 읽을 줄 알았어요."

"읽을 줄 안다고 해서 읽은 걸 다 이해하는 건 아냐. 여덟 살짜리가 이해하기에 한계가 있는 것도 있다고."

"절대 그렇지 않아요."

"그래도……."

엄마와 아빠가 실랑이를 벌였다. 엄마가 우리에게 그 소설을 읽어주는 것으로 의견이 모아졌다.

"이 불효막심한 놈."

기사의 입에서 무시무시한 음성이 흘러나왔다. 아이는 벌벌 떨고 있었다. 말하고 있는 사람은 그의 아버지가 아니었다. 그것은 아버지에 덧씌워진 악마였다.

"아! 얘야, 너는 모른다. 내가 너를 얼마나 사랑하는지." 한밤중에 방황을 마치고 다시 돌아온 에를란드 기사가 말했다.

"이 손 치워. 날 만지지 마. 난 당신 아들이 아니야."

매일 저녁 밥상을 치우기 무섭게 우리는 옹기종기 모여 엄마가 읽어주는 소설을 들었다. 엄마가 왜 그 소설을 읽어주고 있는지 이유도 새까맣게 잊어버린 채 우리는 모두 이야기 속으로 깊이깊이 빠져 들었다.

"아버지, 용서해주세요! 제발, 절 죽이지 마세요!"

"아버지?" 분노로 미쳐 날뛰는 기사의 음성이 메아리처럼 울려 퍼졌다. "내 영혼을 산산이 부숴놓은 이 사악한 놈. 지옥에서 온 악귀. 악마와 마녀의 끄나풀. 신앙심으로 충만했던 아름다운 내 아내를 죽여 놓고는 날 보고 아버지라고? 너는 네 엄마와 함께 죽었어야 해."

"아, 삶이란 얼마나 고통스러운 것인가?" 엄마가 한숨지었다. 아빠가 팔을 들어 엄마의 어깨를 감싸 안는다. 그리고 다시 평화.

이제 곧 나는 스타가 될 것이다. 부자가 될 것이고, 유명해질 것이다. 그래, 이제 곧 우리 가족은 부자가 되는 것이다. 원하는 것은 무엇이든지 살 수 있을 것이고, 가고 싶은 곳으로 여행할 수 있을 것이다. 프랑스에서 영화를 찍을 때면 파리로, 영국에서 영화를 찍을 때면 런던으로. 우리 가족은 돈 한 푼 들이지 않고 공짜로 여행을 즐길 수 있을 것이다. 할리우드로 가게 될지도 모른다. 미국에 살고 있는 에릭 삼촌에게도 한번 들러 볼 수 있을 것이다.

"전 세계를 돌아다니며 영화를 찍게 될 거야. 우리 가족 모두가 함께 다니는 거야." 아빠 역시 꿈에 부풀어 있었다.

"생각만 해도 너무 기뻐요." 엄마가 말했다.

드디어 심사가 있는 날이다. 남자아이 수백 명이 긴 줄로 늘어서 있었다. 아이들은 대부분 엄마와 함께 왔다. 하지만 내 곁에는 엄마뿐만 아니라 그날 하루 휴가를 낸 아빠도 있었다. 줄은 아주 천천히 줄어들었다. 간혹 새치기하는 엄마들도 있었다. 아이들 앞에서 저런 짓을 하다니. 저런 엄마를 보면서 자란 아이들이 어떨지 안 봐도 뻔해. 얌체 같은 제 엄마하고 다를 게 뭐가 있겠어? 그런 아이가 어떻게 영화배우로 뽑힐 수 있냐고. 괜히 헛수고만 하는 거지. 안 그래?

엄마가 아이들의 얼굴을 죽 둘러보았다. 대부분 금방이라도 울음을 터트릴 것 같은 표정이었다. 머리카락이 붉은 아이들도 있었고, 금발인 아이도 있었다. 눈동자가 푸른 아이들도 많았다. 신문에서 묘사한 불효자의 모습과 닮은 아이를 찾아보기란 쉽지 않았다. 엄마의 얼굴에 안도의 빛이 흘렀다.

"아마도 저 사람들은 글을 읽을 줄 모르는 모양이지." 아빠가 말한다. "한번 둘러봐. 저렇게 멍청이처럼 생긴 아이들이 어디 주연배우에 어울리기나 할 것 같아? 소설 속의 그 불효자랑 닮은 애라고는 한 명도 없잖아. 저런 아이들을 끌고 나와서 뭘 어떻게 하겠다는 건지, 나 원!"

엄마가 아빠의 말에 고개를 끄덕이며 동의를 표시한다. 아빠의 어조는 더욱 강경해진다. 저 말라깽이를 좀 봐. 도대체 여길 왜 왔나 모르겠군. 어디 가당키나 해? 저 뚱보는 또 어떻고. 쟤는 못생긴 제 엄마를 꼭 닮았군 그래. 쟤는 적어도 열다섯 살은 먹은 것 같은데, 원래 열 살이어야 하는 거 아냐?

아니, 가만. 그런데 저 아이는 누구지?

말끔하게 차려입은 뭇 아이들과 차림새가 다른 어떤

아이가 몇 미터 앞에 서 있다. 그렇다고 평상복을 입은 것은 아니다. 한쪽 어깨를 드러낸 채 모피로 된 옷을 마치 아무렇게나 걸친 듯 입고 있다. 그 아이가 깊숙이 눌러쓰고 있는 모자 역시 모피로 만든 것이다. 몇 년 뒤면 엄청나게 유행하게 될 그 모자는 물개 사냥꾼들이 쓰는 것과 비슷해 보인다. 엄마와 아빠의 얼굴에 불안한 기색이 스친다. 엄마가 쥐라도 난 듯 양쪽 다리를 번갈아 가며 쭉쭉 뻗더니 줄 앞쪽으로 어슬렁거리며 걸어간다. 엄마가 돌아와서 아빠에게 속삭이듯 말한다. 신경 쓰지 않아도 될 것 같아요. 별거 아니에요. 뭐랄까, 왜 동화책에 나오는 '잠의 요정' 알죠? 모래 할아버지 말예요. 그 모래 할아버지의 어린 시절 모습 같다고 할까? 카프카의 벌레 같다고 할까? 뭐 그런 모습들을 섞어 놓은 것 같아요.

이제 우리 차례다.

엄마와 아빠는 내가 뽑히리라는 것을 추호도 의심하지 않았다. 꿈이란 꿈일 뿐이다. 하지만 우리는 꿈을 꾸고 있는 것도, 눈먼 행운을 바라고 있는 것도 아니라고 말했다. 나보다 그 역할을 잘 이해하는 아이는 없을 거라고 했다. 또 나만큼 소설 속의 아이와 외모가 흡사한 아이도 없다고 말했다.

긴장을 한 탓인지 갑자기 불효자의 이름이 생각나질

않았다. 따지고 보면 그 이름을 꼭 알고 있어야 할 필요
는 없었지만, 그때 나는 왠지 아주 중요한 것을 잊어버
린 것 같은 기분에 사로잡혀 조금 허둥거렸다.

빨리 생각해내야 하는데. 아, 그 불효자의 이름이 뭐
였더라? 자칫 작은 실수 하나로 우리 가족이 백만장자
가 될 수 있는 기회가 무산될 수도 있다. 그런데 왜 이렇
게 자꾸 긴장이 되는 거지? 진정해야 해. 우리 가족의
운명이 나한테 달려 있어. 그래. 우리는 높이 올라갈 수
있다고. 수많은 사람들이 우리를 우러러보게 될 거야.

엄마가 나를 책상 앞에 놓인 의자에 앉혔다. 책상 건
너편에는 심사위원 두 명이 따분해 죽겠다는 표정으로
앉아 있었다. 꾸벅꾸벅 졸고 있지 않은 게 그나마 다행
이었다.

“자, 여기요.” 엄마가 그들을 똑바로 쳐다보며 말한
다. “여기 당신들이 찾는 그 불효자가 있어요!”

엄마의 또박또박 끊어지는 말투와 강렬한 눈빛에 심
사위원들이 흠칫 놀란다. 그들이 내 얼굴을 뜯어보듯이
살펴본다. 내 눈도 그들의 눈길을 피하지 않는다. 키가
큰 심사위원은 베레를 썼고, 키가 작은 심사위원은 검은
선글라스를 꼈다.

“몇 살이니?” 키가 작은 심사위원이 두 손으로 재킷

의 깃을 잡고 앞으로 오므리며 묻는다.

"자기 나이보다 훨씬 성숙한 아이예요." 내가 대답하기 전에 엄마가 빠르게 말한다. "칠흑같이 어두운 곳에서도 잘 참고 견디는 아이죠."

"너 깜깜한 장롱 속에 갇혀본 적 있니?" 이번에는 키가 큰 심사위원이 묻는다.

"아니요. 하지만 캄캄한 궤짝 속에 갇혀본 적은 있어요." 내가 대답한다.

"그래? 젠장, 이거 멋진데!" 심사위원들이 서로 마주보며 껄껄 소리 내며 웃는다. "혹시 친척 중 목사가 있니?" 키가 큰 심사위원이 질문을 계속한다.

"모르겠어요."

"모른단 말이지. 제기랄, 이거 정말 멋진데. 모른다고 딱 부러지게 말하는 모습이 영락없이 불효자의 모습인걸!"

"그런데 너 왜 불효자의 역할을 하고 싶은 거니?" 다시 키가 작은 심사위원이 묻는다.

대답은 간단하다. 부와 명예. 하지만 그렇게 말해서는 안 된다. 주연배우가 될 사람이 쉽게 입에 담을 수 있는 말이 아니다. 솔직하긴 하지만 적절하지 않은 대답이다.

"자신의 삶이 마치 갈기갈기 찢어져버린 한 장의 그

림 같다던 에를란드 기사의 말에 가슴이 아팠거든요.”
내가 대답한다. “사랑하는 아내와 함께 있을 수 없다면
삶이 아무런 의미도 없다고 울부짖는 에를란드 기사의
고통스러운 영혼을 위로해주고 싶어요. 왜 불효자의 역
할을 맡고 싶으냐고요? 예술 때문이겠죠.”

“제기랄, 멋지지 않소?” 아빠가 말한다.

엄마가 자랑스럽게 고개를 끄덕인다. 아빠는 만족스
러운 표정으로 두 심사위원을 번갈아 쳐다본다. 그들이
눈을 동그랗게 뜬다. 아마도 내 대답이 깊은 인상을 심
어준 모양이다. 키가 작은 심사위원이 일어나 나에게 다
가온다. 내 어깨를 잡고 이리저리 돌려세운다. 물을 묻
혀 착 달라붙도록 빗어 넘긴 내 머리카락을 헝클어뜨린
다. 머리를 약간 옆으로 기울게 하고는 한 발 뒤로 물러
서더니 턱에 손을 가져다 대고 나를 응시한다. 한참 동
안 그렇게 쳐다보고 있더니 잠시 눈을 감고 생각에 잠긴
다. 다시 눈을 뜨고 나를 응시한다. 마치 돋보기를 들이
대고 살펴보는 것 같다.

“제기랄.”

“어떻소?”

“젠장, 멋지군!”

몇 가지 질문이 더 이어진다. 자신감으로 충만한 내가

막힘없이 대답한다. 두 심사위원이 책상 건너편에서 이마를 맞대고 뭐라고 속삭인다. 언뜻언뜻 "제기랄" 혹은 "멋져" 같은 말들이 들린다. 좋은 신호다. 좋은 말만 들리는 것은 아니다. "키가 아무래도……." 혹은 "나이가 좀……."

"연기 실력을 좀 보여드릴까요?" 아빠가 그들에게 말한다.

"이 아이의 생김새는 극중 인물과 아주 딱 맞아떨어져요." 키가 작은 심사위원이 입을 연다. "하지만 키가 너무 작아요. 불효자는 키가 큰 편이거든요. 머리카락 색깔이며 피부색이며 저 우울한 눈동자까지 모든 게 너무나도 똑같은데…… 쯧, 나이가 너무 어려요."

도대체 무슨 말을 하고 싶은 거야? 나를 뽑겠다는 거야, 말겠다는 거야?

"2, 3년 뒤에 다시 한 번 꼭 응모해주세요."

"아니, 무슨 말을 하는 겁니까? 그때면 영화 촬영이 다 끝났을 텐데 응모는 무슨 응모를 하라는 겁니까?" 아빠가 말한다.

"물론 그렇기는 하죠. 하지만 다른 영화도 있지 않겠어요?"

"예, 예. 그럼 그때는 또 나이가 너무 많다고 하겠죠."

엄마가 말한다.

심사위원들이 어색한 미소를 짓는다. 그들은 엄마와 아빠가 어떤 사람들인지 모른다. 부디 조심해야 할 텐데. 나는 불안한 마음으로 엄마와 아빠를 돌아본다. 그들의 어두운 눈동자가 보통 때보다 더욱 어두워졌다. 하지만 그 깊은 어둠 속에 금방이라도 터져 솟구칠 것 같은 용암이 이글거린다.

"이봐, 저 아이랑 저 아이 부모 말이야. 제기랄, 확실히 보통 사람들하고는 뭔가 달라 보이지 않아? 그들한테 맞는 역할이 뭐 없을까?" 키가 작은 심사위원이 자기 동료에게 나직하게 말한다.

"젠장, 헛소리 집어치워. 우리가 뭐 코미디 하는 거야?" 키가 큰 심사위원이 콧김을 가쁘게 내쉰다.

엄마가 책상 모퉁이를 돌아 심사위원들을 향해 성큼성큼 걸어간다. 심사위원들의 머리카락을 움켜잡는다. 기운차게 두 팔을 벌렸다 오므린다. 머리통 두 개가 쿵 소리를 내며 박치기를 한다.

"잠깐, 기다려봐요." 키가 작은 심사위원이 콜록콜록 기침을 해대며 쉰 목소리로 다급하게 외친다.

뒤돌아서는 우리 등에다 대고 다시 한 번 이야기해보자고 소리친다. 이제야 정신을 차린 모양이다. 하지만 너무 늦었다. 엄마는 뒤도 돌아보지 않고 방문을 열고 밖으로 나간다. 아빠와 내가 엄마의 뒤를 따른다.

"당신, 잘했어. 그런 놈들한테는 그렇게 해줘야 하는 거야. 정말 잘했어." 거리를 걸으며 아빠가 엄마를 치켜세운다. "예의 바른 사람들을 그런 식으로 모욕하다니. 그 따위로 굴다가는 큰코다친다는 걸 이제 놈들도 똑똑히 깨달았을 거야."

나중에 그 영화를 본 사람들은 말도 못하게 못생긴 아이가 불효자 역을 맡았다는 사실을 잘 알고 있을 것이다. 뒷거래로 배역을 정한 것이 확실하다. 원래 영화판이라는 데가 그렇지 않은가? 하마터면 그런 세계에 발을 들여놓을 뻔했다. 엄마가 말했다. 네가 뽑히지 않은 게 얼마나 다행인지 몰라. 기적이라고까지 말할 수는 없지만, 적어도 운이 좋았던 것만은 틀림없어. 우리 모두 고마워해야 해. 너처럼 착한 아이가 그런 집시 아이 역할을 맡을 수는 없지. 응모하기 전에는 왜 그런 생각을 하지 못했는지 조금 의아했지만, 어쨌든 내가 그 불효자 역으로 뽑히지 않아서 모든 게 다 잘된 것 같았다.

"바야데레!" 바깥의 찬 공기에 추위를 느꼈는지 몸을 웅크리고 부엌으로 들어서면서 아빠가 소리친다. "이제 때가 된 거야. 바야데레!” 아빠가 우리를 바라보면서 한 쪽 눈을 찡긋한다. “얘들아, 너희 바야데레가 뭔지 아니?” 팔을 활짝 펼쳐 든 아빠의 몸이 빙그르르 돈다. “인도에서는 사원에서 춤추는 무희를 바야데레라고 부르지. 내가 일곱 개의 큰 바다를 여행할 때 쉬바의 사원을 방문한 적이 있었어. 아름다운 바야데레가 춤을 추고 있었지. 춤으로 신을 공경하고 예찬하고 있었던 거야.”

아빠가 빙글빙글 돌며 머리 위로 뻗어 올린 두 손을 이리저리 흔들어댄다. 우리 부엌이 금과 은과 눈부신 보석으로 치장된 천국처럼 아름다운 사원으로 변한다. 아빠가 춤을 추며 엄마를 바라본다.

“하지만 다른 뜻도 있어. 인도에서 멀리 떨어진 어떤 나라에서는 집 안에 있는 화장실을 바야데레라고 부르지. 이제 곧 나, 요한 요한손은 내 사랑하는 아들과 딸과 아내를 위해 바야데레를 지을 거야. 우리도 이제 19세기 생활에서 벗어나야 하지 않겠어? 집 안에 화장실을 짓는 거야. 바야데레를 말이야. 어때?”

“하지만 벨린 씨가 가만히 있을까요?”

보나마나 뻔한 노릇이다. 말도 안 되는 소리 집어치우라고 고함을 질러댈 것이다.

“우리가 이 집을 사버리면 되는 거잖아. 안 그래?” 아빠가 말했다. "그런 다음에 우리가 원하는 대로 바야데레를 짓는 거야. 보일러도 들여놓자. 그리고 사우나도 하나…… 참, 얼마 전에 길을 가다가 교장 선생을 만난 적이 있어."

아빠가 어떻게 그런 일을 잊어버리고 이야기하지 않을 수 있단 말인가? 교장 선생이 자기가 사는 멋진 저택으로 나를 초대했어. 집 안의 가구들이 정말 굉장하더군. 당신도 한번 봤어야 하는데. 손으로 짠 아라비아 양탄자하며 진짜 명나라 도자기도 있었어.

"우리는 저녁을 먹으면서 철학에 관해 토론했지." 아빠가 말했다. "참으로 멋진 저녁 식사였어. 식사시간 내내 축음기에서는 바흐와 모차르트가 흘러나왔어. 왜 그런 음악 있잖아? 진정한 의미에서 문화라고 할 수 있는 그런 음악 말이야. 공중에 붕 떠 있는 것처럼 황홀한 기분이었어. 그런데 왠지 내 친구가, 그러니까 교장 선생이 무엇인가에 억눌려 있는 것 같은 느낌이 언뜻언뜻 드는 거야. 식사가 끝나갈 즈음에 교장 선생이 머뭇거리면서 이야기를 꺼내더군. 자기는 지금 재정적인 곤경에 처해 있다고, 조금만 지나면 곧 문제가 해결될 테지만 그때까지 어떻게 견뎌야 할지 모르겠다고 말이야. 그래서 돈이 얼마나 필요하냐고 물어봤어. 할 수만 있다면 내가 좀 도와주겠다고 했지. 어떻게 된 일인지 그가 필요한 액수만큼 내 지갑에 돈이 들어 있는 거야. 두말 않고 빌려 줬지. 그래서 지금 내 지갑에는 돈이 한 푼도 없어. 아무래도 이 집을 사서 바야데레를 짓는 일은 오늘이나 내일 당장은 힘들 것 같아."

엄마는 "당신이 속은 거예요!" 하고 말하지 않았다.

"한동안 교장 선생이 나를 속였을지도 모른다는 생각이 들더라고." 아빠가 말했다. "하지만 문제는 돈이 아니야. 나를 진짜로 실망하게 한 건 말이지, 호의를 가장해서 날 초대했을지도 모른다는 거였어. 내 도움이 필요했다면 나를 만나자마자 곧바로 얘기했어야 해. 나를 저녁 식사에 초대하는 건 그다음 문제지. 나한테서 돈을 뜯어내려고 초대했을지도 모른다는 생각이 들 때마다 몹시 화가 나는 거 있지?"

하지만 엄마는 "지금 당신을 화나게 하는 사실이 그때는 당신한테 기쁨을 주지 않았나요?" 하고 묻지 않았다. 교양과 학식을 두루 갖춘 지체 높은 교장 선생이 당신 같은 사람에게 도움을 청했으니, 당신은 얼마나 고마운 생각이 들었겠어요, 아닌가요? 교장 선생과 당신의 지위가 겉으로야 여전히 천차만별이겠지만, 적어도 이제 둘 사이에서만큼은 동등한 친구처럼 여겨지지 않겠어요? 그럴 거예요. 이제 더 이상 당신은 교장 선생 앞에서 주눅 들지 않을 거예요. 하긴 돈이 무슨 대수인가요? 멋진 일이에요. 엄마는 이 모든 말들을 입 밖에 내지 않았다. 엄마는 분명 아빠에게 뭔가 물어보고 싶었을 것이다. 하지만 그런 말 역시 꺼내지 않았다.

엄마가 잔소리를 하지 않고 가만히 듣고만 있자 아빠의 얼굴이 다시 환하게 밝아졌다.

"저녁을 먹고 난 후에 코냑을 탄 커피를 내오더군." 아빠가 말했다. "어떤 코냑이었는지 알아? VSOP, XYZ!"

"멋지군요!" 엄마가 말했다.

"그래, 따지고 보면 세상 모든 게 멋진 거야."

하지만 멋진 바야데레는 멀어져 있었다.

꿈이란 꿈일 뿐이다. 맞는 말이다. 그렇지만 꿈을 꿀 때 우리는 얼마나 행복한가! 그런 점에서 꿈이란 측정할 수 없을 만큼 소중한 가치로 이루진 가능성이기도 하다. 꿈을 꾼다는 것. 언젠가 혹은 어느 날 실제로 이루어질지도 모르는 그런 가능성을 상상한다는 것. 얼마나 멋진 일인가? 꿈을 꾸는 시간은 얼마나 아름다운가? 할머니가 텔루스보리 거리의 한 가게에서 장을 보고 있다. 소리 내어 웃는다. 웬만큼 멀리 떨어져 있는 사람들도 다

들을 수 있을 정도로 커다란 웃음소리다. 예전에 늘 듣던 억눌린 듯한 "호호호"가 아니다. 크고, 높고, 밝게 "호호호." 할머니가 웃는다. 웬일인지 손으로 입을 가리지 않는다. 다 썩어가는 싯누런 이도, 그 사이사이 숭숭 뚫려 있던 구멍도 보이지 않는다. 그 자리에 새하얀 이들이 가지런하게 줄을 맞춰 반짝이고 있다. 할머니가 틀니를 해 넣었다.

할머니의 웃음소리가 거침없이 울려 퍼진다. 틀니 하나에 이토록 커다란 행복을 느끼는 우리는 얼마나 작디작은 인간들인가? 아니! 대수롭지도 않은 작은 것에 행복을 느끼는 작디작은 인간들의 마음은 얼마나 넓고 커다란가?

할머니는 정말 기뻐하고 있었다. 할머니의 기쁨은 더욱 커졌다. 나는 길을 지나다 가게 안에서 웃고 있는 할머니를 보았다. 그처럼 행복하게 웃고 있는 할머니를 그냥 지나칠 수가 없었다. 밖에서 할머니가 나오기를 기다리고 섰다가 장바구니를 받아들었다. 할머니와 할아버지의 신고 때문에 내가 위탁 가정으로 보내진 이후로 엄마도, 아빠도, 에바도 그리고 위탁 가정에서 다시 집으로 돌아온 나도 그들에게 말을 걸지 않았다. 아는 척도 하지 않았다. 할머니와 나란히 길을 걸었다. 할머니는 달팽이처럼 느릿느릿 걸었다. 나는 할머니와 속도를 맞추기 위해 아주 천천히 걸어야 했다. 보폭을 좁혀서 걸을 수밖에 없었다. 서둘러야 할 이유는 없었지만, 자꾸 조급증이 일었다. 할머니가 걸음을 멈추고 '긴 계단' 을 내려다보며 길게 숨을 내쉬었다.

모든 것이 급변하고 있었다. 숨 가쁜 속도 속에서 변하고 또 변했다. 개혁에 개혁이 거듭되었고, 새로운 것이 새로운 것 위에 건설되었다. 가난하기 짝이 없었던 낡은 사회의 모습이 일소되고, '민중의 안락한 가정' 이라는 구호가 실현되는 참이었다. 이 모든 것들이 할머니에게 커다란 기쁨을 안겨주었다. 틀니까지 안겨주었으니까. 그렇지만 막연한 불안이 할머니를 놓아주지 않았다. 이 멋진 변화가 과연 자신이 평생 꿈꾸어 오던 그것과 일치하는지 확신할 수 없는 모양이었다. 미래의 어느 날, 지금의 이 변화를 돌아보는 누군가의 입에서도 "정말 멋진 변화군" 하는 말이 흘러나올까? 우리는 지금 올바로 가고 있는 것일까? 어쨌든 가난은 씻겨 나가고 있는 것이 아닌가? 빚을 갚으라는 독촉장이 놓여 있던 책상 위에 지금은 저축 통장이 놓여 있지 않은가? 그 책상도 새로 사들인 것 아닌가? 어찌 되었건 노동계급의 삶은 윤택해지지 않았는가? 할머니가 평생을 두고 자신에게 부여했던 노동계급으로서의 정체성 역시 변하고 있었다. 노동자들은 이제 더 이상 노동계급으로 불리지 않았다. 전기냉장고 사용자로, 슈퍼마켓 고객으로, TV 시청자로 불렸다. 참으로 독창적인 방식으로, 그리고 순식간에 계급사회가 해체되었다. 사람들 역시 더 이상 사회계급이 어쩌고저쩌고 하는 따위의 얘기를 입에 올리지 않았다. 물론 할머니는 자신의 계급의식 역시 변화했다는 사실을 인정하지 않았다. 오히려 때때로 브란팅의 이론을 좌판처럼 펼쳐놓고는 노동계급이 강력해졌으며 정치적으로 성숙했다고 말했다. 비로소 정신적으로 해방되었고, 이제 곧 국가권력을 장악할 것이며, 머지않아 완전한 사회주의가 실현될 것이라며 열변을 토했다.

할머니는 단 한 번도 쉬지 않고 '긴 계단'을 내려왔다. 길에 내려서서 허리를 구부리고 숨을 헐떡였다.

"먼저 집으로 뛰어가도 괜찮아. 나 때문에 괜히 기다릴 필요 없어." 할머니가 말했다. "장바구니는 식탁 위에 올려놓으려무나."

나는 머뭇거렸다.

"그래, 네가 오늘 이 할미를 이렇게 친절하게 도와줬으니 상을 줘야겠지." 할머니가 돈을 내밀었다.

"아니에요." 내가 말했다. 그러고는 할머니의 장바구

니를 흔들며 집을 향해 달려갔다. 새로운 세계의 도래를 알리는 파발마처럼 앞으로 뛰어갔다. 뛰어가면서 슬쩍 뒤를 돌아보았을 때 할머니는 여전히 같은 자리에 멈춰 서서 숨을 고르고 있었다. 걱정 말고 어서 달려가라는 듯 할머니가 팔을 들어 손짓했다. 나는 달렸다. 새로운 시대로 뛰어들었다.

물론, 여전히 소아마비를 걱정하는 사람들이 있었다. 밥을 먹고 바로 목욕을 하면 욕조에 빠져 죽는다는 말을 믿는 사람도 있었고, 집게벌레가 귓속으로 들어가는 통에 뇌막염에 걸리는 사람도 있었다. 하지만 그 같은 우스꽝스러운 몇 가지 일을 제외하면 낡은 시대의 모습을 찾아보기 힘들었다. 크란센의 거리에서는 더 이상 아론의 후예들을 볼 수가 없었다. 말똥이 사라지면서 흔하디흔한 참새마저 자취를 감추었다.

새 시대가 열리고 있었다. 3주로 늘어난 휴가. 합성섬유. 모터스쿠터. 합리성이 지배하는 세계에서 경제는 눈부시게 성장했다. 돛을 올려라! 우리의 행복한 1950년대 위에 당신도 올라탔는가? 준비되었는가? 나가자, 사랑이 가득한 낙원을 향해!

새로운 시대, 새로운 정신. 당시 너도나도 부르고 다녔던 멋진 유행가 가사처럼 미국에서 건너온 이 새로운 정신은 일종의 달콤한 꿈이었다. ‘슈가 인 더 모닝, 슈가 인 디 이브닝, 매일 매일 슈가.’ 사람들은 미국에 설탕이 엄청나게 많을 거라고 상상했다.

그러니까 미국은 설탕이 넘쳐흐르는 달콤한 사랑의 낙원이었다. 이에 질세라 스웨덴도 달려 나갔다. 기술이 혁신되었고, 생산성이 높아졌고, 날마다 새로운 물건들이 쏟아져 나왔다. 심지어 거리에서 흘러나오는 노래까지 새로웠다.

돛을 올리고, 함께 나가야 한다. 의구심의 끈을 놓지 않고 주저한다면 혹은 숨을 고르기 위해 잠시라도 멈춰 선다면 당신은 가능성의 나라에서 멀어질 것이다. 의심과 두려움을 떨쳐버리고 무조건 달려야 한다.

그 따위 것들은 던져버려야 한다. 새로운 것, 근대적인 것은 순수한 기쁨을 준다. 그것은 미래에 대한 믿음이며 무한한 가능성이다. 아빠가 뿌린 희망의 씨앗은 엄마의 마음속에서도 싹을 틔웠다. 그가 집을 사서 바야데레를 지을 거라고 말하던 그 순간에. 엄마는 잡화점을 차리겠다고 말했다. 물론 오늘이나 내일 당장은 어렵겠지만, 언젠가는 차릴 거라고 했다. 고무줄도 팔고, 뜨개질바늘도 팔고, 색색가지 실도 팔 것이다. 모양이 다른 크고 작은 단추도 있고, 머리핀도 있다. 그런 자질구레

한 물건들로는 큰 이문을 남기지 못한다는 걸 엄마도 잘 알고 있다. 하지만 그런 것들을 가져다 놓지 않으면 손님을 끌어들일 수가 없다. 바늘을 사러 가게에 들른 여자에게 블라우스나 원피스를 보여준다. 엄마는 어떤 물건들을 진열해야 여자들의 눈이 휘둥그레질까 고심한다. 벌써 여사장이 되기라도 한 듯 근엄한 표정을 짓는다. 엄마는 잘 다린 원피스를 단정하게 빼입고, 공장에서 퇴근하는 여공들을 기다린다. 엄마의 어깨 위에서 원피스 칼라가 새하얗게 빛난다. 월급봉투를 받아든 여공들이 가게 안으로 몰려 들어온다. 새로 나온 나일론 스타킹을 만져보기도 하고, 물방울무늬의 원피스를 입어보기도 한다.

"다 팔리고 하나 남은 거예요." 엄마가 말한다.

엄마의 장사 수완은 날로 발전한다. 가게로 들어서는 손님을 보는 순간, 곰살궂게 말을 걸어야 할지 혼자 내버려 둬야 할지 단박에 알아챈다. 또 말을 걸어야 한다면 어떤 이야기를 해야 하는지도 훤히 꿰뚫고 있다. 사람마다 건네는 이야기의 내용이나 말투가 달라야 한다는 것도 잘 안다. 무엇보다 중요한 건 손님이 말하기 전에 원하는 바를 알아차려야 한다는 점이다. 물건을 사러 온 사람의 마음속에는 언제나 까다로운 구두쇠와 씀씀

이가 헤픈 허풍선이가 공존하는 법이다. 그 둘 중에서 누구를 불러낼 것인가는 전적으로 물건을 파는 사람에게 달려 있다. 물건을 사러 온 사람에게 가게 안은 축제의 장이어야 한다.

"이거 한번 보세요. 예쁘기도 하지만, 원단이 얼마나 좋은지 몰라요." 엄마가 말한다. "이렇게 품질 좋은 블라우스가 이런 가격이라니! 파는 나도 도무지 믿을 수가 없다니까요." 엄마가 덧붙인다.

미드솜마르크란센에서 살고 있는 여자들에게 블라우스 하나를 파는 데에는 사실 그렇게 긴 시간이 필요하지 않다. 비록 그 여자들의 옷장에 그와 비슷한 블라우스가 수없이 걸려 있다 해도 별로 문제될 것이 없다. 그들은 사고, 사고, 또 산다. 잠시 입고 다니다 옷장에 걸어 두고는 사고, 사고, 또 산다. 이제 그녀들이 휴가철을 맞아 마요르카로 몰려갈 날도 몇 년 남지 않았다. 그때가 되면 여자들은 이렇게 수다를 떨 것이다. 얼마 주고 갔다 왔어? 거기 물가는 어때? 어머나, 그렇게나 싸? 우리도 이번엔 꼭 다녀와야지. 우리만 못 갔다 온 거 같아서 창피해 죽겠다니까.

엄마가 뢰트모가타 모퉁이의 잡화점 안에 우두커니 서서 꿈을 꾸고 있다. 조그만 잡화점을 운영해서 떼돈을 번다는 건 망상일 수도 있다. 하지만 잘만 한다면 에바와 나를 대학까지 공부시키고, 때때로 아빠에게 새하얀 나일론 와이셔츠를 사 주고, 엄마도 새로 출간된 책 몇 권쯤은 손쉽게 사 볼 수 있게 될지도 모른다. 악취가 진동하는 어분 풀로 나무 액자를 만드느라 낑낑대지 않아도 될 것이다. 지긋지긋한 돈 걱정에서 해방될 수 있을지 모르고, 근대화에 뒤처질까봐 전전긍긍하지 않아도 될지 모른다. 걱정 없이 먹고 살 수 있을 거라는 생각만으로도 이미 부자가 된 것 같았다.

잡화점을 차리고 싶다는 엄마의 꿈은 나를 영화배우로 만들어 백만장자가 되려고 했던 꿈에 비해 얼마나 현실적이고 소박한가? 엄마에겐 계획이 하나 더 있었다. 비록 우물쭈물 털어놓긴 했지만 엄마는 언젠가 때가 되면 서점을 열어보고 싶다고 말했다.

아빠의 계획은 더욱더 비현실적이었다. 항만 운영권을 사들이겠다, 큰 기업체를 세워 뮈르딩엔 그룹이라 부르겠다 등등이었다. 아빠에겐 일자리가 있었고, 월급도 꼬박꼬박 나왔다. 그러니까 우리가 살고 있던 집을 사들여 바야데레를 짓고 사우나도 짓겠다는 꿈 정도는 사실 그리 불가능하지 않았다. 다만 아빠가 월급의 일부분만 집에 가져온다는 것이 문제였다. 일자리는 아빠의 마음에 드는 모양이었다. 일터에서 돌아오면 아빠는 매일 저녁 그날 자신이 했던 일에 대해 이야기해주었다. 이야기 속에는 곧잘 거대한 화물선과 집채만 한 크레인과 화물차 그리고 곡물 자루 혹은 포도주가 가득 찬 통 따위가 등장했다. '팔레트'나 '보세창고'처럼 언뜻 이해가 되지 않는 말도 있었지만, 아빠의 이야기는 늘 흥미진진했다. 항만에서 바라보는 태양은 아주 크고 따뜻해 보인다는 말도 자주 했다. 아빠는 비나 눈보라나 바닷가의 매서운 바람이나 살을 에는 추위에 대해서는 한 마디도 하지 않았다. 사고가 자주 일어나는 항만 하역작업은 꽤나 위험하고 거칠고 고된 일이었을 텐데도 한 마디 언급도 없었다. 힘든 일에 지쳐 날카로워진 노동자들이 툭 하면 서로 싸웠을 법도 한데 아빠의 이야기 속에서 그들은 언제나 서로서로 도우며 즐겁게 일했다. 휴식 시간이 되면 함께 간식을 먹고 커피를 마시며 유쾌하게 잡담을 나누었다.

"당신 언제 한번 직장 동료들 초대하지 않겠어요?"
엄마가 아빠에게 물었다.

아빠는 내켜하지 않았다. 함께 일을 하면 사람들은 강한 동료애를 느끼게 되지. 그건 사실이야. 일터에서는 모두 친구가 되지. 하지만 다른 곳에서 직장 동료를 만

나는 건 위험해. 사람이란 상황에 따라 달라지게 마련이 거든. 함께 일을 할 때랑 그렇지 않을 때랑 다르다는 얘기야. 똑같은 사람인데도 말이지. 사람들은 위험한 상황을 본능적으로 느껴.

고된 노동은 사람들을 변화시킨다고 했다. 나쁜 면면들이 드러날 수도 있지만, 그보다는 대체로 협동심, 동료에 대한 배려, 희생정신 등과 같은 긍정적인 면들이 표출되는 경우가 더 많다고 했다. 함께 일하는 사람들에게는 공동의 목표가 있기 때문이라는 것이다. 모두 힘을 모아 화물선에 짐을 싣는다. 혹은 화물선에 실린 짐을 부린다. 함께 땀을 흘린다. 시원한 바람이 부는 부두에 서서 땀을 씻으며 방금 끝낸 하역작업을 바라본다. 싱글싱글 웃으며 뿌듯한 마음으로 서로를 칭찬한다. 어이, 이번에도 우리 멋지게 해냈어. 안 그래?

항만에서 하역작업을 하는 백작은 세상에서 자기 한 사람뿐일 거라며 아빠가 너스레를 떨었다. 늘 그랬다. 고된 하역작업도 아빠의 이야기 속에서는 한바탕 흥겨운 축제로 변했다.

노동이란 흥겨운 박자와 우아한 멜로디가 있는 것이라고 아빠가 말했다. 그는 노동의 아름다움과 가치와 힘을 강조했다. 노동자들이 연대해서 하지 못할 일이란 아무엇도 없다며 목소리를 높이기도 했다.

새로운 시대였다. 아빠는 수세식 화장실이 있는 집을 갖고 싶어했고, 엄마는 잡화점 여사장이 되는 꿈을 꿨다. 엄마의 말처럼 우리에게 뭔가 위대하고 기적적인 일이 일어날 것만 같았다.

시간이 쏜살같이 흘러갔다. 선생님들은 모두 에바가 인문계 중학교에 가야 한다고 입을 모았다. 하지만 엄마, 아빠는 에바와 나 모두를 대학에 보내는 건 무리라고 판단했다. 에바는 결국 실업계 중학교에 진학했다. 1년이 지났다. 이번엔 내가 진학 상담을 받기 위해 홀름 선생님 앞에 앉았다.

"단도직입적으로 말씀드리겠습니다. 인문계 중학교에 보내려면 비용이 만만찮게 듭니다." 홀름 선생님이 말했다. 미드솜마르크란센 초등학교 선생님들 중에서 엄격하기로 소문난 홀름 선생님은 학생들의 집안 사정을 속속들이 잘 알고 있었다. "등록금이며 책값이며 이런저런 비용들……."

"우리 집 형편이 많이 나아졌어요." 엄마가 말했다.

홀름 선생님이 무엇인가를 골똘하게 생각하는 표정으로 우리를 둘러보더니 불쑥 에바에 관해 이야기했다. 정말 특별한 재능을 지닌 아이였지요. 나는 재빨리 머릿속으로 딴생각을 하기 시작했지만, 엄마와 아빠는 탐욕스럽게 보일 정도로 눈을 반짝이며 선생님의 말에 귀를 기울였다. 자기 누나의 반만이라도 닮았더라도……. 하지만 집안 사정이 허락한다면 인문계에 보낼 수는 있지만…….

"그럼 인문계로 보내주십시오." 아빠가 말했다.

엄마도, 아빠도, 홀름 선생님도, 그 누구도 내 의견을 물어보지 않았다. 그들을 이해하지 못하는 건 아니었지만 슬그머니 화가 치밀어 올랐다. 우리 집 형편이 나아졌다고는 해도 그렇게 넉넉한 편은 아니었다. 게다가 홀름 선생님이 말했다시피 내 성적이라는 것도 신통치 않았다. 단 한 번도 학년 수석을 놓친 적이 없는 에바에 비한다면 나는 그야말로 저 아래쪽이었다. 에바도 가지 못한 인문계 중학교를 왜 내가 가야 한단 말이지?

"성실하게 공부하지 않은 걸 부끄럽게 생각해라." 홀름 선생님이 말했다. "그리고 너한테 학업의 기회를 주기 위해 애쓰시는 부모님께 항상 감사해야 돼."

"하지만……."

"조용히 해!" 홀름 선생님이 눈을 부라렸다. 그러고는 진학 신청서를 작성하기 시작했다. 만약 진학 신청이 받아들여진다면 나는 가을부터 인문계 중학교에 다니게 될 것이다.

저녁에 엄마와 아빠는 홀름 선생님이 했던 한 마디, 한 마디를 곱씹었다. 그 말들 사이로 잔뜩 꿈에 부푼 엄마와 아빠의 상상이 스며들었다. 나와 우리 가족의 멋진 미래가 상상 속에 펼쳐졌다. 상상의 날개를 활짝 펼친 엄마와 아빠의 표정이 한없이 행복해 보였다.

엄마는 에바의 머리를 빗어주고 있었다. 엄마는 에바가 지금 어떤 멋진 기사의 초대를 받아 무도회에 갈 준비를 하는 거라고 상상한다. 그래서 머리단장을 하고 있는 거야. 어때? 멋지지 않니? 안 그래요, 여보? 아빠가 무척 흥미롭다는 얼굴로 엄마를 쳐다본다. 공주처럼 아름답게 단장을 마친 에바가 기사를 기다린다. 기사는 예의 바르고 점잖은 데다가 아주 잘생기고 늠름한 젊은이다. 기사가 문 앞에 서서 엄마와 아빠에게 정중하게 인사한다. 에바가 춤을 추고 있다. 무도회에 온 모든 사람들이 선망의 눈길로 에바를 바라본다. 기사는 에바를 자동차에 태워 집까지 바래다준다.

나는 그 모든 이야기를 한쪽 귀로 흘려듣는다. 에바를 시샘하는 마음이 있는지도 모른다. 하지만 내가 그런 멍청한 상상 속에 등장하지 않는다는 건 천만다행이다.

"절대로 잊어버려선 안 돼." 아빠가 에바에게 말했다. "기사와 헤어질 때는 반드시 네 손을 내밀어야 해. 손등이 위로 오게 해서 팔을 완만한 아치형으로 구부리고, 기사가 네 손등에 입 맞출 수 있도록, 이렇게 말이야. 교양 있는 숙녀들은 다 그렇게 하는 거야. 작별 인사가 끝나면 바로 집 안으로 들어와. 곧바로 말이야. 알아듣겠지?"

아빠의 상상 속에서 에바는 벌써 무도회에서 집으로 돌아왔지만, 엄마는 아직 에바를 무도회에 보내지도 않았다. 립스틱은 무슨 색깔이 좋을까, 화장이 너무 옅은 것은 아닐까, 마스카라를 해야 하나 등등. 엄마는 에바의 긴 머리카락을 말아 올리느라 끙끙거리고 있었다. 무도회에 가려면 꼭 그런 머리 모양을 해야 한다고 했다. 아빠가 복도에 걸려 있는 거울을 떼 왔다.

"우와! 여기 앉아 있는 게 누구야? 세상에서 제일 아름다운 이 숙녀가 누군지 알아? 내 딸이야, 내 딸!" 아빠가 과장된 몸짓으로 엄지손가락을 치켜들었다. 가슴을 앞으로 쑥 내밀고 어깨를 흔들었다. 아무래도 머리를 말아 올린 에바의 모습이 마음에 안 드는 모양이었다.

아빠가 불안하게 서성거렸다. 만약 그 기사가 신사가 아니라면? 겉은 멀쩡하게 생겼지만 속은 시커멓기 짝이 없는 치한이라면? 겉과 속이 다른 사람이 얼마나 많은데! 어떤 사내인지 먼저 정확하게 알아낼 방법이 없을까? 불안이 점점 커져간다. 아빠의 말이 위험수위를 넘어선다. 엄마가 아빠의 말을 끊는다. 무도회 상상은 거기서 막을 내렸다. 우리 그냥 무도회가 아니라 에바의 첫 데이트라고 생각해요. 미국에서는 남자와 여자가 약속을 정해 만나는 것을 데이트라 부른다고 했다. 에바의 첫 번째 데이트 상대는 누구일까? 아마도 33번지에 사는 녀석일 것이다. 에바만 보면 늘 히죽히죽 웃는, 계집애같이 예쁘장하게 생긴 그 녀석. 그들은 영화를 보기 위해 자바 극장으로 들어간다.

33번지에 사는 그 녀석이 원하는 게 뭘까? 사내자식들이 원하는 건 한결같다. 젊으나 늙으나 다 그렇고 그런 것이 사내들이다. 다시 아빠의 걱정이 깊어진다.

"걱정이 돼서 아빠가 그냥 한번 해보는 소리야." 엄마가 말했다. "하지만 우리 예쁜 공주님한테는 그런 일이 절대로 일어나지 않을 거야."

"미리 알아둬서 나쁠 게 뭐가 있어요? 아는 건 짐이 아니잖아요." 에바가 쏘아붙였다. 사실 에바는 이미 무도회 상상 때부터 아빠의 말에 몹시 기분이 상해 있었다.

우리는 서둘러 현실로 돌아와야 했다. 에바가 아빠를

쏘아보고 있었던 탓이다. 벽이라도 뚫어버릴 것 같은 눈초리였다. 아빠가 에바의 눈길을 피하며 뭔가 할 일을 잊어버렸다는 듯 주위를 두리번거렸다. 그러더니 슬금슬금 엄마 뒤로 꽁무니를 뺐다. 엄마는 화가 난 에바를 달래려고 아빠를 나무랐다. 드문 경우이긴 하지만, 행복한 미래를 향한 여행도 이런 식으로 끝날 때가 있는 법이다. 그래도 우리는 날마다 즐거운 상상 속에서 '슈가 인 더 모닝, 슈가 인 디 이브닝, 매일 매일 슈가', 랄랄라, 달콤한 사랑의 낙원을 향해 노를 저었다. 끊임없이 새로운 장면들이 만들어졌다. 상상력이 만들어낸 위대하고 아름다운 미래 속에서 우리는 행복했다. 저녁 내내 식탁에 둘러앉아 길고 긴 이야기를 나눴다. 에바를, 나를, 그리고 뮈르딩 호숫가의 허름한 집에 사는 모든 사람들을 변화시킨 멋진 이야기들. 물론 우리 가족만 그런 것은 아닐 것이다. 많은 사람들이 이야기를 하고, 이야기 속에서 변화하고, 어떤 사람들은……. 잠깐만, 숨 좀 돌리고 이야기하자!

무슨 일이 일어난 거야? 왜 저렇게 사람들이 잔뜩 모

여 있는 거지? 아니, 모두 사내들뿐이잖아? 그렇다, 모두 사내들이다. 매일 저녁 무렵이 되면 젊은 수말이 되었건, 늙은 숫염소가 되었건 사내들이 뮈르딩엔으로 모여든다. 잃어버린 열쇠라도 찾는 양 나무 덤불을 뒤적인다. 들장미 열매를 따는 시늉까지 하는 사내들도 있다. 아직 영글지도 않았는데 말이다. 한편으로 그들은 뭔가 특정한 목적을 지니고 온 게 아니라는 듯 시큰둥한 표정을 지으려고 애를 쓴다. 그러면서 자꾸만 킬라베리에 있는 전차 정류장 쪽을 힐끔거린다. 정류장에도 사내 몇몇이 서성대고 있다. 누군가를 기다리는 모양이다. 도대체 누구를 기다리는 것일까?

마침내 그녀가 온다. 일을 마치고 그녀가 돌아온다. 따각, 따각, 따각. 뾰족구두를 신고 뮈르딩엔 쪽으로 걸어오고 있다. 우리의 메릴린 먼로는 오늘, 너무나 다행스럽게도 긴 외투를 입지 않았다. 허리 조금 밑으로 내려오는 정장 윗도리만 걸치고 있을 뿐이다. 게다가 엉덩이에 딱 달라붙는 치마! 오, 하느님 감사합니다! 감사하나이다, 우리의 메릴린 먼로여!

메릴린 먼로라니? 정말로 할리우드에서 메릴린 먼로가 왔다고는 생각하지 않을 것이다. 물론 아니다. 하지만 관능미로 말하자면 그녀는 메릴린 먼로에 조금도 뒤지지 않는다. 좋다. 그녀가 누구인지 말해주겠다. 바텐 레드닝스 거리 23번지에 사는 뚱보 여자. 비곗덩어리의 엄마. 릴리 클라린!

그녀는 이제 뚱보가 아니다. 뚱보가 아니라고 말하는 것조차 그녀에 대한 모욕이다. 그녀의 몸매는 기가 막힐 만큼 육감적으로 변모해 있었다. 대략 1년 정도 시간을 두고 일어난 변화였다. 새로운 시대로 접어들면서 그녀의 변화도 시작된 것 같다. 처음엔 그 누구도 릴리 클라린의 변화 과정을 알아차리지 못했다. 온몸에 뒤룩뒤룩 달라붙어 있던 살이 어느 날 갑자기 사라져버린 것 같았다. 모두들 그녀의 놀라운 변신에 혀를 내둘렀다. 휘황찬란하게 빛나는 금발. 뾰족하게 내민 붉고 도톰한 입술. 불룩 튀어나온 젖가슴. 잘록한 허리. 그리고 저 엉덩이! 오, 신이시여! 실룩실룩 이리저리 흔들리는 저 엉덩이!

메릴린 먼로가 뮈르딩엔을 지나 엉덩이를 흔들며 미끄러지듯이 '긴 계단' 쪽으로 걸어간다. 열쇠를 찾는 사내들, 3월에 들장미 열매를 따러 나온 사내들이 마치 사격을 준비하는 저격수처럼 일제히 주저앉는다. 뒤에 있는 병사의 시선을 가리지 않도록 조심하면서. 그러지 않았다가는 자기 때문에 중요한 순간을 놓친 동료 병사가 화를 내며 턱을 갈기려들지도 모른다. 이따금, 길고 긴 기다림과 끈끈한 동료애에도 불구하고 모든 것이 허사로 돌아갈 때도 있다. 칭송 받아 마땅한 보통 여자가 나타나 그 절묘한 순간을 훼방 놓기 때문이다. 만일 그녀가 앞서 걸어가고 있는 미녀의 희미한 그림자라도 되는 듯 뒤에 바짝 붙어 가는 날이면 병사들은 모든 전의를 상실하게 된다. 그러면 칭송받아 마땅한 보통 여자가 메릴린 먼로를 빨리 지나쳐주든지 아니면 차라리 천천히 걸어와주기를 기도하는 수밖에 없다. 악의를 지닌 게 분명한 보통 여자를 원망하면서 그들은 씁쓸하게 입맛을 다신다. 그러곤 저녁 내내 아쉬움 때문에 울적해진 가슴을 쓸어내린다.

하지만 오늘은 확실히 운 좋은 날이다. 외투를 걸치지 않은 메릴린 먼로 뒤에 아무도 없다. 시야는 트여 있다. 사내들의 숨소리가 점점 가빠진다. 메릴린 먼로가 계단을 오르기 시작한다. 여전히 무엇인가를 찾는 척하는 사내들의 몸도 더욱 낮아진다.

메릴린 먼로는 정말 아무것도 모를까? 아니다. 그녀는 당연히 모든 것을 알고 있다. 자신의 몸에 척척 감겨오는 사내들의 시선을 또렷하게 느끼고 있다. 하지만 그녀는 자신에게 쏟아지는 수많은 눈길 속에서도 아무렇지 않게 행동하는 법을 이미 오래전에 터득했다. 이전에 사람들은 저토록 뚱뚱한 여자는 처음이라는 듯 자신을 바라보았다. 마주치는 사람마다 그랬다. 그러나 이제 자신을 바라보는 사람들의 시선은 그때와 전적으로 다르다. 그녀는 이 사실을 잘 알고 있다. 한 걸음 한 걸음 계단을 오른다. 아무것도 모르는 듯 천연덕스럽게 계단을 오른다. 그렇지만 자신의 몸 위로 쏟아지는 뜨거운 시선 때문에 그녀의 피도 끓어오른다. 3월, 이른 봄 저녁의 차가운 공기가 후끈후끈 달아오른다.

발을 들어 올릴 때마다 엉덩이를 꼭 죄고 있는 치맛단이 올라간다. 허벅지 깊숙한 곳이 보인다. 사내들의 가슴이 요동친다. 엉덩이가 시소처럼 좌우로 실룩거린다. 눈부신 황금빛 머리카락이 출렁인다. 공기는 달아오르고 달아올라 천상으로 솟구친다.

불여우 같은 년. 옷 입은 꼬락서니하고는. 그거 다 남자들 눈길 끄느라 일부러 그러고 다니는 거라고. 얼빠진 사내들 같으니. 크란센에 사는 보통 여자들이 입을 삐죽거린다. 그 여자들은 모두 결혼을 했고, 외출할 때마다 모자를 썼다.

엄마는 그런 보통 여자들에 비해 메릴린 먼로에게 관대했다. 그녀를 바라보는 사내들의 눈길에 대해서도 훨씬 너그러웠다. 하지만 엄마는 보통 여자들 편에 속하기를 원했다. 따라서 메릴린 먼로를 경멸하는 그들에게도 관대했다.

메릴린 먼로가 뭇 사내들의 숭배를 한 몸에 받지 않았더라면 사실 보통 여자들이 그녀를 미워할 까닭은 조금도 없었다. 개중에는 그녀가 진짜 메릴린 먼로일지도 모른다고 떠벌리고 다니는 사내도 있었다. 믿거나 말거나. 어쨌거나 사내라는 사내는 모두 그녀가 할리우드를 떠나 미드솜마르크란센에 정착해준 점에 대해서 한없이 고마워했다.

"꼭 짚고 넘어가야 할 문제가 있어." 아빠가 말했다. "메릴린 먼로가 태어남과 동시에 릴리 클라린은 어디론가 사라져버렸어. 도대체 어디로 가버린 걸까? 혹시 메릴린 먼로의 몸속에서 함께 살고 있는 건 아닐까? 어떻게들 생각해?"

우리는 아무 말도 하지 않았다.

"아니야. 메릴린 먼로가 태어났을 때 릴리 클라린은 죽어버린 거야. 죽음은 삶의 필수불가결한 전제조건이거든."

"도대체 무슨 말을 하는 거예요?"

"잘 들어봐." 아빠가 말했다. "변신은 언제나 삶과 죽음에 맞닿아 있어. 무엇인가가 죽어야 무엇인가가 새롭게 태어나는 거지."

엄마는 "요한, 당신은 정말 훌륭한 철학자예요" 하고 말하지 않았다.

'친애하는 메릴린 먼로여! 나는 당신을 숭배합니다. 간절하게 탄원하오니 저와 꼭 한번 만나주십시오.'

쪽지에는 그렇게 적혀 있었다. 교장 선생의 부탁을 받고 아빠가 자신의 모든 문학적 재능을 쏟아 부어 만든 문장이었다. 아빠와 나는 그 쪽지를 공중전화박스 옆에 서 있는 자작나무 가지에 매달았다. 역시 교장 선생의 부탁이라고 아빠가 일러주었다. 공중전화 박스 옆만이 아니었다. 며칠을 두고 아빠와 나는 가로수에도, 전차 정류장 안내판에도, 크란센 곳곳에 그 쪽지들을 매달았다.

"메릴린 먼로 꿈을 꿨어." 내가 아빠에게 말했다.

"메릴린 먼로 꿈을 꾼 게 너 혼자만은 아닐 걸." 아빠가 껄껄 웃으며 대답했다.

그다지 유쾌한 꿈은 아니었다. 나는 메릴린 먼로의 집 뜰에 서 있었다. 벽에 걸쳐놓은 사다리를 타고 올라가 창을 통해 메릴린 먼로의 방 안을 들여다보았다. 메릴린 먼로가 한 남자의 품에 안겨 있었다. 메릴린 먼로의 몸을 부드럽게 쓰다듬고 있는 남자의 뒷모습이 어딘가 낯이 익었다. 남자가 돌연 뒤돌아섰다. 아빠가 나를 응시하고 있었다. 그런 꿈이었다.

잠시 동안 망치로 뒤통수를 한 대 얻어맞은 것 같은 표정을 짓고 있던 아빠가 눈을 찡긋하며 말했다. 우리가 쪽지를 매달고 다니는 것은 어디까지나 교장 선생의 부탁 때문이야. 교장 선생은 자신이 뚱보 여자를 메릴린 먼로로 착각하고 있는 것은 아닌지 자기 눈으로 직접 확인해보고 싶은 거야. 나로 말할 것 같으면 그 뚱보 여자한테는 눈곱만큼도 관심이 없어.

"그렇다면 왜 교장 선생님이 직접 쪽지를 매달지 않는 거야?"

"꿈 같은 건 신경 쓰지 마. 꿈은 어디까지나 꿈일 뿐이야." 아빠가 대답했다.

"경애하는 메릴린 먼로여! 제발 나를 뿌리치지 마시오. 나는 당신의 전화번호를 잃어버렸소. 그렇다고 당신의 집을 방문하는 무례를 범하고 싶지는 않소. 오는 일요일, 지난 일요일 저녁 우리가 스쳐 지났던 그곳에서 같은 시간에 당신을 기다리고 있겠소."

"교장 선생님이 아빠한테 왜 이런 부탁을 하는지 이해가 되질 않아. 전화번호부를 찾아보면 될 텐데 말이야." 내가 말했다.

"전화번호를 바꾼 모양이야. 하지만 교장 선생님이 나한테 이런 부탁을 하는 더 큰 이유는 다른 데 있어. 지금부터 내가 하는 말을 잘 새겨듣도록 해. 너도 꼭 알아 둬야 하는 거야. 그러니까 말이지, 내가 제일 먼저 강조하고 싶은 말은 여자들 치고 남자한테서 구애받기를 원하지 않는 여자는 이 세상에 단 한 명도 없다는 사실이야. 그리고 또 여자들은 모두 누군가가 자신을 열렬히 사랑하고 있다는 사실을 과시하고 싶어해. 말하자면 공개적으로 구애받기를 원하는 거야. 하지만 한편으로는 자신이 답을 해야 한다는 책임감 때문에 공개적인 구애에 부담을 느끼는 것도 사실이지. 결국 여자들이 원하는 구애란 공개적이면서도 은밀한, 그런 구애란 소리야. 사실 그런 방식은 구애를 하는 남자한테도 아주 커다란 선물을 가져다줘. 이름도, 얼굴도 모르는 남자가 자신한테 열렬히 구애를 해오는 데 호기심을 느끼지 않을 여자가 어디 있겠어? 남자는 그런 식으로 여자의 가슴에 사랑의 불씨를 지펴놓는 거야. 만나기 전부터 말이지. 나중에 그 불씨가 커다란 불꽃이 되어 하늘 높이 활활 타오를 수 있도록."

아빠와 나는 몇 군데를 더 돌아다니며 쪽지를 붙였다.

"게다가 내 친구는 교장이라는 사회적 지위 때문에

함부로 행동할 수가 없거든. 교육자가 방탕한 생활을 한다고 의심 받을 수도 있는 일이잖아. 사실 교장 선생은 어디까지나 그 사랑의 여신을 가까이에서 한번 보고 싶은 것뿐인데.”

“말도 안 되는 소리야. 라르스우베의 엄마는 여신이 아니야.”

“어이, 젊은이. 내 말을 잘 들어. 사랑에는 말도 안 되는 소리란 없는 거야. 사랑은 모든 걸 가능하게 해. 어떻게 보면 사랑이라는 그 자체가 말도 안 되는 것일 수도 있거든. 사랑에 빠지지 않은 사람의 눈에는 그런 게 모두 우스꽝스러워 보일 수 있지. 하지만 사랑은 위대하고 아름답고 엄숙한 거야. 이기적인 인간의 마음을 숭고하게 만들어주는 게 바로 사랑이야. 사랑이 원하는 것은 ‘나’가 아니라 ‘너’야.” 아빠가 말했다. 사랑에 대한 아빠의 설명은 거기서 그치지 않았다. 비약에 비약을 거듭하면서 열정적으로, 한참 동안이나 더 사랑에 대해 이야기했다.

어쨌든 쪽지 덕분에 교장 선생은 메릴린 먼로를 만날 수 있었다. 하지만 그 만남은 여러 모로 꽤나 실망스러운 만남이어서 그 뒤에도 아빠는 교장 선생을 위해 꽤 긴 한 통의 편지를 썼다.

해마다 봄이 되면 뮈르딩엔이 물에 잠겼다. 헤게르스 텐스 거리로 이어지는 ‘짧은 계단’에서 텔루스보리 거리로 이어지는 ‘긴 계단’까지, 철둑길에서 킬라베리에 있는 전차 정류장까지 온통 강으로 변한다. 장화를 신은 아이들. 이름 모를 물새들. 길을 잃어버린 갈매기들. 그리고 물을 피해 안식할 곳을 찾아 이리저리 헤매 다니는 작은 짐승들. 한번은 사람들이 비가 그치고 물이 빠진 뮈르딩엔 바닥에서 버둥거리고 있는 물개를 발견한 적도 있다. 스칸센 동물원에서 차가 와서 실어갈 때까지 물개는 질척한 뮈르딩엔의 땅바닥을 꼬리로 두들겨대면서 끽끽 울었다.

전차를 타고 다니는 사람이든지, 아니면 걸어서 다니는 사람이든지 뮈르딩엔을 지나 킬라베리나 아스푸덴 방향으로 가는 사람들은 한참을 돌아서 다녀야 했다. 물론 물이 그다지 차오르지 않았을 때는 길가 난간에 매달려 갈 수도 있었다. 그렇게 한다고 해서 돌아서 다니는 것보다 수고가 덜하고 시간이 줄어드는 것은 결코 아니었다. 하지만 ‘사람은 습관의 동물’이라는 말을 반드시 증명이라도 해야겠다는 듯 기어코 난간을 타고 물에 잠긴 길 위를 건너는 사람들도 더러 있었다. 일을 마친 뒤 지친 몸을 이끌고 집에 돌아가기 위해 원숭이처럼 난간에 매달려 뮈르딩엔을 지나는 사람들을 보고 있자면 나도 모르게 우울해지곤 했다.

비가 다시 내리기 시작한다. 이슬비처럼 부슬거리는가 싶더니 금세 빗방울이 굵어진다. 굵은 빗줄기가 영원히 멈추지 않을 것처럼 며칠을 두고 계속 쏟아져 내린다. 까치들은 비에 젖은 채 조용히 나뭇가지 위에 앉아 있다. 사람들도 고개를 숙이고 종종걸음을 친다. 지붕 끝에 달린 물받이를 따라 빗물이 세차게 흘러내린다. 어디서 쓸려왔는지 모래와 쓰레기가 하수구를 막아버리고, 엄청난 양으로 불어난 물이 길을 따라 저지대로 몰려든다. 뮈르딩엔은 삽시간에 물에 잠겼다.

"나한테 좋은 생각이 하나 떠올랐는데, 어디 한번 들어보겠어? 사람들한테 좋은 일도 하면서 돈도 벌어들일 수 있는 일이야. 말하자면 일석이조인 셈이지." 아빠가 말했다. "뗏목을 만드는 거야. 뮈르딩엔이 물에 잠겨 멀리 돌아서 다닐 수밖에 없는 사람들을 태워다주는 거지. 뗏목 만들기가 어려울 거라고 생각하겠지만, 절대 그렇지 않아. 알고 보면 아주 간단해. 넓고 두꺼운 널빤지 네다섯 장을 서로 연결하는 거야. 뒷면에 각목을 대고 못질

해서 말이지. 그런 다음 작은 드럼통 따위를 빨랫줄로 단단히 옭아매면 끝이야. 그 뗏목으로 돈을 조금 받고 ‘긴 계단’에서 ‘짧은 계단’으로, 혹은 킬라베리 정류장으로, 그리고 그 반대 방향으로 사람들을 실어다주는 거야.”

수위가 점점 높아지고 있었다. 그러나 빗줄기는 좀체 잦아들지 않았다. 하늘에 구멍이라도 뚫린 것 같았다. 물론 잠시 비가 그칠 때도 있었다. 그럴 때면 나무들은 재빨리 가지를 흔들어 빗물을 털어냈고, 거미들은 제 세상을 만난 듯 여기저기 거미줄을 쳐댔다. 하지만 사람들은 집 안 가득 들어찬 눅눅한 습기 때문에 숨 쉬는 것조차 불쾌할 지경이었다. 어떻게 손을 쓸 방도가 없었다. 빗물이 스며든 낡은 벽에서도 물방울이 뚝뚝 떨어졌다. 아무리 불을 때도 소용없었다.

끝없이 펼쳐진 시커먼 하늘 아래 상황은 점점 악화되었다. 급기야 우리 집 몇 미터 앞까지 물이 차올랐다. 집 앞은 빗물에 쓸려온 진흙 때문에 온통 진창이었다. 크란센이 물에 잠겨가고 있었다. 바닥이 없는 깊고 깊은 뮈르딩 호수 속으로 크란센의 거리가 서서히 빨려 들어가고 있는 것 같았다.

부엌 식탁에 둘러앉아 저녁을 먹었다. 바깥엔 비가 퍼붓고 있었다. 우리는 창 너머로 그 모습을 바라보면서

밥을 먹었다. 먹장구름으로 뒤덮인 저 우중충한 하늘에 언젠가 태양이 떠 있었던 적도 있었지. 유리창 위로 빗물이 줄줄 흘러내렸다. 그때 복도에서 무슨 소리가 들려왔다. 숨을 헐떡이는 소리. 도저히 참을 수 없다는 듯이 튀어나오는 욕지거리. 문을 열었다. 비옷을 걸치고 장화를 신은 할아버지가 서 있었다. 금세 숨이라도 넘어갈 것처럼 헐떡이면서 전차 정류장까지 갔다 오는 길이라고 말했다. 어디 구멍을 낼 만한 마땅한 곳이 없나 둑을 살펴보고 오는 길이야. 이대로 뒀다가는 우리 집까지 물바다가 될 거야. 제기랄. 빨리 뮈르딩엔에 차 있는 물을 빼내야 할 텐데, 이거 원……. 젠장, 영 적당한 곳이 없단 말이야. 뮈르딩엔에 물이 차 있어서 작은 구멍 하나만 뚫어도 수압 때문에 쫙 빠질 텐데. 얼어 죽을, 이 망할 놈의 비는 언제 그칠 건지.

눈앞으로 뮈르딩 호수의 물이 쏟아져 들어온다. 할아버지가 뚫어 놓은 작은 구멍은 세차게 들이치는 물의 압력에 점점 커진다. 눈 깜짝할 사이에 우리 집이 보이지 않는다. 전차 정류장마저 완전히 물에 잠긴다. 크란센의 거리란 거리, 집이란 집은 모두 물속에 잠겨 흐느적거린다. 흔들리는 들장미 덤불 사이로 쓰레기와 죽은 들쥐가 둥둥 떠다니고, 뮈르딩엔의 풀들은 바람에 흩날리듯 이리저리 물속에서 춤춘다. 돌연 뮈르딩엔이 불타오르던 그때의 광경이 떠오른다. 와락 두려움이 인다.

"참 나, 머리는 생각하라고 있는 거지 장식품으로 달려 있는 게 아니에요." 아빠가 말했다. "장인어른, 둑에 구멍을 뚫으면 뮈르딩엔에 차 있는 물이 호수 쪽으로 빠져나가는 게 아니라 호수 쪽 물이 뮈르딩엔 쪽으로 쏟아져 들어올 거라는 생각은 안 했어요?"

할아버지의 얼굴이 붉으락푸르락했다. 아무리 그래도 그렇지 아빠의 말은 너무 심했다. 칭찬 받으려고 한 일 때문에 꾸지람을 들을 때 기분이 얼마나 참담해지는지 아는 사람은 안다.

"어서 위층으로 올라가세요, 아버지. 감기 들겠어요." 엄마가 서둘러 말했다.

그날 밤 나는 꿈을 꾸었다. 내가 만든 뗏목, 콘−티키를 요한손 백작이 살펴본다. 꽤 잘 만든 뗏목이라며 백작은 칭찬을 아끼지 않는다. 조금 겸연쩍은 기분이 든다. 사실 칭찬을 들을 정도로 멋진 뗏목은 아니다. 그 옛날 서쪽 바다와 동쪽 바다를 가리지 않고 심지어 머나먼 남쪽 바다까지 휩쓸고 다녔던 우리 선조, 바이킹의 모습이 떠오른다.

시험 항해를 마치고 돌아와 킬라베리에 닻을 내린다.

10외레밖에 안 해요. 에바가 소리친다. 사람들이 에바에게 돈을 내고 콘—티키 위로 오른다. 나는 긴 나무 막대기를 들고 서 있다. 드디어 콘—티키가 출발한다. 페루의 항구도시, 카야오를 향해 대서양을 횡단한다. 고래와 상어와 오징어와 바다거북과 가재와 조개와 뮈르딩어가 콘—티키를 따라온다. 스웨덴의 위대한 수영 선수, 셀리 바우어와 여란 라르손 역시 물살을 가르며 우리와 함께 대서양을 건넌다. 낮이면 우리 머리 위로 뜨거운 태양빛이 쏟아지고, 밤이면 하늘에서 수많은 별들이 반짝인다.

항구에 도착한다. 승객들은 물 한 방울 묻지 않은 발로 '긴 계단'으로 내려선다. 에바와 내가 그들에게 인사를 건넨다. 안녕을 기원하면서. 그리고 콘—티키를 돌린다. 우리를 기다리고 있는 다른 승객들을 태우기 위해 다시 대서양을 횡단한다.

마지막 손님을 실어 나른 다음 집으로 돌아온다. 에를란드 기사가 우리를 반갑게 맞는다. 멋지게 해냈어. 그가 말한다. 제기랄, 정말 멋지게 잘해냈어. 바로 그 순간 물이 쏟아져 들어온다. 누군가 둑에 구멍을 뚫어놓았다. 구멍은 그다지 크지 않다. 그렇지만 빨리 손을 쓰지 않으면 구멍이 점점 커져 결국에는 둑이 무너질 것이고 우리 집은 완전히 물속에 잠기게 될 것이다. 손을 집어넣어 구멍을 막는다. 하지만 그다지 오래 버틸 수 있을 것 같지는 않다.

엄마와 아빠 그리고 에바가 구멍을 메우기 위해 애를 쓴다. 그러나 이제는 구멍이 문제가 아니다. 순식간에 불어난 물이 둑 위로 넘쳐흐른다. 우리는 어찌할 바를 모르고 발만 동동 구른다. 기적과 같은 일이 펼쳐진다. 우리 가족의 절망적인 상태를 알아차린 '보통 사람들'이 삽을 들고 달려온다. 어디선가 아론이 수레를 끌고 나타난다. 수레 위에는 모래자루가 가득 실려 있다. 모두 합심해서 구멍을 막고, 둑 위에 모래자루를 쌓는다. 우리 집 앞의 둑은 이제 네덜란드의 제방보다도 더 높고 튼튼하다.

일이 끝나자 엄마가 사람들을 초대한다. 놀랍다. '보통 사람들'이 우리 집 식탁에 둘러앉아 커피를 마시고 있다. 서로서로 어깨를 맞대고 앉아 뜨거운 커피를 마시고 있다. 조금만 늦었더라도 큰일 날 뻔했다고 입을 모은다. 장대 같은 빗속에서도 그렇게 손발이 잘 맞을 수가 없었다며 모두들 신이 나서 이야기한다. 잔치라도 벌이고 있는 것 같다. 사람들이 집으로 돌아가기 위해 자리에서 일어선다. 엄마와 아빠가 고맙다고 다시 한 번

인사한다. 고마울 게 뭐가 있느냐고 모두들 손을 휘휘 젓는다. 칼레 블롬멜린 씨가 앞으로 나선다. 그렇게 마음 쓸 것 없습니다. 당연히 서로 도우며 살아야 하는 것 아닙니까? 혹시 다음에 다른 누군가가 곤경에 처하게 되면 그때 도와주세요. 그럼 되는 겁니다.

무너질 뻔했던 둑이 고쳐졌다. 그것도 예전보다 더 튼튼하게. 하지만 그것보다 더 중요한 사실이 있다. 우리 가족 모두가 기뻐 어쩔 줄을 모른다. 사람들이 우리를 도와줬어. 사람들이 몰려와서 우리를 도와준 거야. 우리 식탁에 모여 앉아 웃고 떠들며 함께 커피를 마셨어. 사람들이 말이야.

다음 날도 비가 내린다. 에바와 나는 다시 콘-티키를 몰고 나간다. 콘-티키로 올라타는 사람들 중에는 칼레 블롬멜린 씨도 있다. 아빠가 물속에 몸을 담그고 둑을 살펴본다. 칼레 블롬멜린 씨가 큰 소리로 아빠를 부른다. 아빠가 돌아본다. 칼레 블롬멜린 씨가 손을 흔들어 아빠에게 인사한다. 에바와 나도 아빠에게 손을 흔든다. 아빠의 기분 좋은 웃음소리가 메아리친다.

당신이 믿거나 말거나, 바로 그 순간에 장대같이 퍼붓던 비가 뚝 그친다. 순식간에 먹장구름이 걷히고, 새파란 하늘에서 햇빛이 쏟아진다. 우리는 칼레 블롬멜린 씨를 내려주고도 몇 번인가 더 대서양을 횡단한다. 콘－티키를 몰고 집으로 간다.

집으로 돌아오는 도중에 작은 뗏목, 콘－티키는 커다랗고 멋진 여객선, 알베르티나로 변신한다. 아빠가 일곱 개의 큰 바다를 떠돌아다닐 때 타고 다니던 배다. 형형색색의 종이테이프가 흩날린다.

온화한 바람이 불어온다. 알베르티나를 타고 집으로 돌아오는 에바와 나를 보고 사과나무가 가지를 흔든다. 둥지에서 까치가 날아오른다. 꼬리 끝으로 푸른 하늘에 멋진 빛깔의 선을 그리며 이리저리 날아다닌다. 화사하게 쏟아지는 봄 햇살을 받으며 우리 가족이 웃고 있다. 마침내 칭송 받아 마땅한 '보통 사람들'의 무리에 속하게 된 우리 가족이 서로의 얼굴을 바라보며 웃고 있다. 엄마가 말했던 그 위대하고 기적적인 일이 일어난 것이다.

행복한 꿈이었다.

스웨덴 사람은 생일잔치를 꼭 열어야 한다. 또 잔치에 가고 싶은 사람은 누구라도 갈 수 있다. 스웨덴의 생일잔치라면 그래야 마땅하다. 하지만 가기 싫다면 가지 않아도 그만이다. 꼭 가야 하는 것은 아니다. 어차피 초대장 같은 것을 주고받지도 않는다. 이렇다 보니 생일잔치에 올 사람이 모두 몇 명이나 될지 예상하기란 결코 만만한 일이 아니다. 친구들은 몇이나 올까? 친척들 중에서는 또 몇 명? 가만, 그렇게 친하지 않은 사람들도 몇 명쯤 올지 몰라.

생일이 다가올수록 불안은 증폭된다. 잔치 따위는 취소해버리고 어디론가 여행이라도 떠났으면 하는 생각이 불쑥불쑥 솟구친다. 막상 생일이 되어서도 그렇다. 흥겨운 생일잔치를 본 사람이 있는가? 이 세상 생일잔치란 생일잔치는 다 그런 것이다. 물론 잔치 자리에는 언제나 하객들을 웃기지 못해 안달을 하는 어릿광대 같은 사람이 있기 마련이다. 그는 쉬지 않고 떠들어댄다. 마치 자기가 직접 겪은 일인 것처럼 혹은 자기가 직접 만들어낸 유머인 것처럼 으스대며 이야기한다. 그 자리에 있는 사람들 중에서 그가 늘어놓는 그 멍청하고도 우스꽝스러운 이야기가 재미있다고 느끼는 사람은 아무도 없다. 뿐만 아니라 그가 직접 겪은 일이라고 혹은 직접 만든 유머라고 믿는 사람 또한 아무도 없다. 그래도 그는 아랑곳하지 않고 오랫동안 이야기하고, 아주 오랫동안 또 이야기한다.

잔치 자리에 어릿광대가 두 명이라면? 달갑지 않은 사태가 벌어질 수도 있다. 그들은 저마다 사람들의 주의를 끌기 위해 경쟁할 것이고, 그러다 보면 이야기가 지나친 자화자찬이 될 위험도 있다. 생일잔치의 주인공은 이제 완전히 뒷전으로 밀려나 수다쟁이 둘이 경쟁적으로 쏟아놓는 따분하기 짝이 없는 무용담이나 듣고 있어야 한다. 다른 하객들도 지루하기는 마찬가지다. 두 어릿광대 중에서 그래도 조금은 덜 멍청한 사람이 오늘이 자기 생일이 아니라는 사실을 잠시 잊어버렸다는 것을 깨닫고 이야기 주제를 슬쩍 바꿀지도 모른다. 오늘 생일을 맞아 이렇게 우리를 초대해준 이 친구로 말할 것 같으면……. 주인공의 좋은 점 몇 가지를 거론하려 하지만, 아무래도 떠오르는 게 없다. 할 수 없이 그는 자기가 늘 생각하던 자신의 장점을 마치 잔치 주인공의 것인 양 칭찬한다. 이 친구로 말할 것 같으면 과묵하면서도 모두에게 다정다감하며, 섬세하면서도 언제나 너그럽고, 진취적이면서도 자기를 내세우지 않는……. 자, 오늘 생일을 맞은 이 친구의 건강을 위해 우리 모두 잔을 듭시다.

생일잔치란 늘 이런 식이다. 생일잔치 따위를 열겠다는 생각은 아예 머릿속에서 지워버리는 편이 낫다. 하지만 누군가에게 이미 날짜와 시간을 알려주었다면?

"누구한테 얘기했어요?" 엄마가 아빠에게 물었다. "기억이 잘 안 나. 벨린 씨하고 사진관하는 프란스 프란손한테 얘기한 건 확실한데……. 그리고 또 누구한테 얘기했더라?" 아빠가 엄마에게 대답했다.

아빠의 표정이 어두웠다. 오늘은 아빠의 생일이다.

"아무도 오지 않을 거야." 아빠가 시계를 힐끗 쳐다보면서 말했다. 전에 없이 자주 눈길을 보내는 아빠에게 감사의 인사라도 건넨다는 듯 시계바늘이 부지런히 똑딱거리고 있었다. 30분이 훨씬 넘었다. 우리 모두 옷을 차려입고 비누 냄새와 아쿠아베라 스킨 냄새와 오데콜롱 향수 냄새를 피우며 초조하게 식탁에 앉아 있었다. 다시 30분이 훌쩍 지나갔다.

"아무도 오지 않을 거라고 했잖아." 아빠가 말했다.

그때 현관문이 열렸다. 모두들 긴장했다. 할아버지였다. 맥이 빠졌다. 할아버지가 아빠에게 선물을 내밀었다.

"생일 축하하네. 자네 장모는 지금 아파서 꼼짝도 못하고 침대에 누워 있다네." 할아버지가 말했다.

생일 선물은 푸른 바탕에 흰 사선이 그어진 넥타이였다. 할아버지는 식탁에 앉아 빠른 속도로 샌드위치 일곱 개와 계피가루를 뿌린 빵 하나와 과자와 케이크 한 줄을 먹어치우고는 트림을 하며 위층으로 올라갔다. 시간이

지날수록 아빠의 어깨가 늘어졌다. 몹시 가슴이 아팠다.

모든 일에는 끝이 있기 마련이다. 이 장(章)도 그렇다. 이 장을 시작할 때 그렇게 쾌활했던 내 목소리도 마찬가지다. 아니, 잠깐만. 아직 끝이 아닌지도 모르겠다. 복도에서 무슨 소리가 들린다. 흥겨운 노랫소리다. 아빠가 벌떡 일어서서 성큼 복도로 나선다. 아빠와 함께 두 남자가 부엌으로 들어온다. 한 명은 키가 꽤 큰 편이고, 다른 한 명은 보통 성인보다 조금 작은 듯싶다. 하지만 둘 모두 뚱뚱하고 또 얼굴빛이 붉다. 그리고 두 사람 모두 멋진 재킷을 입고 알 카포네처럼 모자를 비스듬히 썼다. 괜히 서로들 툭툭 치며 소리 내 웃는다. 웃음소리가 흡사 말 울음소리 같다. 그렇다고 해서 말 장사치들은 아니다. 궁정 사진사 프란손 씨와 백만장자 라스크 씨다. 생일 축하하네. 그들이 아빠의 어깨를 두드리며 선물을 건넨다. 그들의 웃음소리가 쩌렁쩌렁 귀를 울린다. 엄마와 눈이 마주치자 갑자기 꿀 먹은 벙어리처럼 입을 다문다. 시끌벅적한 개구쟁이 소년들에서 궁정 사진사와 궁정 악사로 돌아온 프란손 씨와 라스크 씨가 엄마에게 정중하게 인사를 건넨다.

엄마와 이야기를 나누는 그들이 식탁에 올려놓은 술병 쪽을 자꾸만 힐끔거린다. 자기들은 그 술병과 아무런 상관도 없는 것처럼 보이려고 애를 쓰지만, 자신도 모르게 눈이 자꾸 그쪽으로 향한다. 샌드위치를 하나씩 집어 든다. 이렇게 맛있는 샌드위치는 처음 먹어본다며 엄마를 치켜세운다. 하지만 그들의 표정에는 뭔가 아쉬움이 가득하다.

"손님들께 술 한 잔 따라드리지 그래요?" 엄마가 아빠를 바라보며 말한다. 엄마의 말이 떨어지기가 무섭게 기다렸다는 듯이 아빠가 서둘러 술병을 들어 술을 따른다.

남자들이 술잔을 들고 힐끔힐끔 엄마의 눈치를 살핀다. 엄마도 음료수가 든 자신의 잔을 들어 올린다. 엄마가 미소 띤 얼굴로 음료수 한 모금을 홀짝 마시고는 다시 잔을 내려놓는다. 남자들이 엄마의 모습을 곁눈질한다. 그들도 엄마처럼 한 모금만 홀짝 마시고 술이 아직 반 넘게 남아 있는 잔을 내려놓는다. 그들은 지금껏 한 번도 그런 방식으로 술을 마셔본 적이 없다.

프란손 씨가 라스크 씨를 바라본다. 생일잔치에 왔으니 뭔가 한마디 해야 하는 것 아니냐는 듯이 눈을 찡긋거린다. 아무래도 할 말이 생각나지 않는지 라스크 씨가 헛기침만 한다. 침묵은 모두를 불편하게 한다. 할 수 없이 프란손 씨가 입을 연다. 목소리를 한껏 낮추어 근엄하고 부드러운 저음으로. 하지만 그의 말은 아빠의 생일과 아무런 상관이 없다. 집을 참 잘 꾸며 놓았군요.

“그래요. 나도 지금 막 그렇게 생각하고 있었어요.” 라스크 씨가 맞장구를 치며 고개를 조금 갸우뚱한다.

수줍은 듯 미소를 지으며 엄마도 고개를 갸우뚱한다.

갑자기 그렇게 하겠다는 생각도 없이, 꼭 그렇게 해야 할 아무런 이유도 없이 모두들 고개를 조금 갸우뚱한다. 엄마가 잔을 들어 음료수를 홀짝 들이켠다. 남자들도 잔을 들어 술을 들이켠다. 라스크 씨가 성냥개비로 만든 그림을 바라본다. 아빠가 나에게 크리스마스 선물로 만들어준 것이다. 벽에 걸려 있는 그림을 한참 동안 뚫어져라 쳐다보고 있던 라스크 씨가 머리를 끄덕이더니 다시 고개를 조금 갸우뚱한다. 아빠가 라스크 씨와 프란손 씨에게 그것을 어떻게 만들었는지 이야기한다. 종이를 가지고 와서 그림까지 그려가며 제작 과정을 상세하게 설명한다.

뭔가 할 말이라도 있는 것일까? 라스크 씨가 연거푸 헛기침을 한다. 프란손 씨는 자기 앞에 놓인 빈 잔을 내려다보며 눈을 끔벅거린다. 물론 아빠는 그들이 무엇을 원하고 있는지 진즉에 잘 알고 있다. 아빠 역시 그들과 똑같은 마음이니까. 엄마가 음식을 좀 더 내오기 위해 자리에서 일어선다.

아빠가 잽싸게 술병을 집어 들고 잔을 채운다. 세 남자가 침묵 속에서 건배를 외치고는 술 한 잔을 단숨에 입 안으로 털어 넣는다. 엄마 쪽을 슬쩍 살펴보고는 아빠가 다시 빈 잔에다 술을 따른다. 역시 모두들 단숨에 잔을 비운다. 전광석화처럼 빠른 동작들이다. 엄마가 빵과 음식이 담긴 접시 두 개를 들고 식탁으로 돌아와 앉는다.

남자들이 경건한 표정으로 엄마를 바라본다. 모두들 고개를 조금 갸우뚱한다. 생일잔치라고 하기에는 너무나도 엄숙한 분위기다. 자칫 기분이 울적해질 것도 같다. 분위기를 북돋우기 위해서 엄마 혼자 분주하다. 남자들에게 이것저것을 권하기도 하고, 혹시 더 필요한 게 없느냐고 말을 걸기도 한다. 그래도 분위기는 별로 나아지지 않는다.

남자들이 조용히 앉아 음식을 먹는다. 온화하고 우아한 동작으로 천천히 음식을 먹는다. 하지만 엄마가 자리에서 일어나기만 하면 돌변한다. 병을 들고 서둘러 잔에다 술을 따른다. 딱딱하게 굳어 있던 남자들의 혀가 조금씩 부드러워진다.

"그런데 그 마술 바이올린은 도대체 얼마나 받고 판 건가?" 아빠가 라스크 씨에게 묻는다.

"제기랄, 이보게 요한손. 제발 그 소리 좀 집어치워. 안 팔았다니까. 집에 그대로 있어. 몇 번이나 얘기해야 믿을 텐가?"

"알았네, 알았어. 아니면 아닌 거지 뭘 그렇게 발끈하나?" 아빠가 웃으면 잔을 집어 든다. "자 친구들, 이렇게 와줘서 정말 고마워. 건배!"

생일잔치가 끝난 뒤에 아빠가 꽤 많이 마신 것 같은데 이상하게도 정신이 말짱하다며 고개를 갸우뚱했다. 엄마는 웃으면서 자기가 마술을 부린 것이라고 말했다. 하지만 술에다 물을 좀 탔다고는 털어놓지 않았다.

프란손 씨의 채근에 견디다 못한 라스크 씨가 결국 자리에서 일어나 한마디 한다. 그가 한 말을 여기다 옮겨놓고 싶은 마음은 없다. 단지 하나 지적하고 싶은 것은 라스크 씨의 말투가 묘했다는 점이다. 아빠가 좋은 사람이라고 칭찬하는 그의 말은 오히려 아빠가 막돼먹은 인간이라고 비아냥거리고 있는 것처럼 들렸고, 놀랄 만한 일들을 참으로 많이 해낸 사람이라며 아빠를 치켜세우는 말은 지금까지 살아오는 동안 가치 있는 일이라고는 단 하나도 하지 않은 사람이라고 비꼬는 것 같았다.

묘하기는 프란손 씨의 표정도 마찬가지였다. 자신을 비꼬는 말일 수도 있다는 생각은 꿈에도 하지 못한 채 그저 흐뭇한 표정으로 라스크 씨의 말을 듣고 있는 아빠가 바보천치 같아 보였는지 볼을 실룩거리며 웃음을 참고 있었다. 라르스우베가 로페의 무리에게 모욕을 당할 때마다 재미있어서 어쩔 줄 모르겠다는 듯이 킥킥거리며 웃던 아이들의 모습이 떠올랐다.

아빠가 초대했다던 집주인 벨린 씨는 오지 않았다. 손님은 더 이상 오지 않았다. 칼레 블롬멜린 씨도 오지 않았다. 집이 물속에 잠길 위기에 처했을 때 우리를 도와주었던 사람들 중 그 누구도 아빠의 생일잔치에 오지 않았다. 하긴 아빠가 그들을 초대했을 리도 만무했다. 그건 어디까지나 내 꿈속의 일이었으니까.

아빠가 백만장자 라스크 씨와 사진관 프란손 씨에게 받은 선물을 풀었다. 할아버지가 선물한 것과 똑같은, 푸른 바탕에 흰 사선이 그어진 넥타이였다.

아빠가 넥타이를 맸다. 방으로 들어가더니 비단 머플러를 걸치고 나왔다. 내가 선물한 빨부리에 담배를 꽂아 피워 물었다. 얼굴에 전분을 바르지는 않았다.

아빠의 너스레에 잠시 웃음이 터져 나왔을 뿐, 따분하기 그지없는 생일잔치였다.

나직한 목소리가 들렸다. 아빠에 대한 이야기였다. 목소리는 작디작은 한 인간에 불과한 그가 얼마나 멋지고,

특별하고, 위대한 사람인지 이야기했다. 미려한 표현에 감탄을 금치 못하며 모두들 그 나직한 목소리에 귀를 기울였다. 누구였을까? 나도 확실하게 잘라 말하기는 어렵다. 하지만 깊은 애정이 담긴 목소리로 아빠에 대해 이야기할 수 있는 사람이 엄마 말고 이 세상에 누가 또 있을까?

2

그림자 그리고 빛

엄마는 그와 이야기하고 있는가? 존재하지 않는 그와? 아니다. 엄마는 이야기하고 있는 것이 아니다. 엄마는 책을 읽고 있다. 기도하는 소년에 대한 책이다. 소년은 숲으로 간다. 숲으로 가서 기도한다. 집에서는 기도를 할 수가 없다. 왜 그런지 소년 자신도 이유를 알지 못한다. 숲 속에 있는 커다란 바위 위로 오르는 것은 쉬운 일이 아니다. 그래도 소년은 결코 깨뜨릴 수 없는 계율처럼 늘 숲 속 바위 위에서 기도한다.

소년은 왜 기도를 할까? 무엇을 간구하는 것인가? 죽지 않게 해달라고, 아무도 죽지 않게 해달라고. 아빠도, 엄마도, 할머니와 할아버지 그 누구도 죽지 않게 해달라고 소년은 기도한다. 삶이란 그저 그런 것이다. 하지만 끝이 나서는 안 된다. 살아야 한다. 살아야 한다. 모두 함께 살아야 한다. 그럴 수 있게 해달라고 소년은 기도한다.

기도를 하고 나면 마음이 가벼워진다. 삶이란 아름다운 것일 수도 있다. 바위에서 내려온다. 어린 새처럼 팔랑거리며 숲 속을 뛰어다닌다. 철둑길 위로 올라간다. 손을 뻗는다. 빗방울이 떨어지나?

삶이란 그저 그런 것이다. 대단한 의미를 지닌 것이 아니다. 그렇다고 뭔가 특별한 것을 기대할 만하지도 못하다. 그저 살아가면 되는 거다. 함께 살아갈 수만 있다면 그것으로 충분…….

하지만 아버지의 광기는 어떻게 하지?

술에 취한 아버지가 광기에 휩싸인 눈알을 번득인다. 엄마에게 소리 지른다. 엄마는 아버지의 고함을 듣지 못했다는 듯 그녀의 독서용 안락의자에 앉아 미동도 하지 않는다. 정말 책에 빠져 아무 소리도 듣지 못한 것은 아닐까? 아버지가 달려든다. 엄마의 손에서 책을 낚아챈다. 목을 졸라 죽이고 싶은 사람이라도 되는 양 책을 두 손으로 움켜잡고 비튼다. 무엇인가 바닥으로 떨어진다. 아버지가 몸을 굽혀 바닥에 떨어진 서표를 주워든다.

그녀의 서표로부터, 혹은 그녀가 읽고 있던 책으로부터 이야기는 꿈에서 깨어나 현실로 돌아온다. 이 모든 것이 꿈이 아니라 가혹한 현실이라고 이야기가 이야기한다. 하지만 소년의 엄마는 놀라운 신념을 지닌 사람이다. 삶이 힘겨운 것일수록 강인해지는 사람들. 꺾이지 않는 신념 덕분에 그들의 가혹한 현실은 아름다운 꿈속에 잠들 수 있다.

우리 엄마 이야기 같다. 하지만 엄마는 꿈이 아니다. 엄마는 이야기 속의 인물이 아니다. 엄마는 엄마 그 자신이다.

아버지 또한 꿈이 아니다. 아버지 또한 이야기 속의 인물이 아니다. 저기 미쳐 날뛰고 있는 아버지는 아버지 그 자신이다.

아버지가 엄마에게 주먹질을 한다. 권투 선수처럼 엄마의 배에 주먹을 질러 넣는다. 엄마가 바닥에 쓰러진다. 아버지가 화덕 뚜껑을 열고 엄마의 서표를 집어넣는다. 순간 세상의 빛이란 빛은 모두, 수천, 수만, 수억 조각으로 부서지고 부서진다. 칠흑 같은 어둠. 하지만 바닥에 쓰러져 있는 한 여인을, 광기에 휩싸여 거친 숨을 몰아쉬고 있는 저 남자를 나는 똑똑히 볼 수가 있다.

"잘 들어. 다음에는 책을 쳐 넣어버릴 거야. 그래. 개똥 같은 저 책들을 몽땅 불태워버릴 거야. 흥, 책이 뭐 대단한 거라도 되는 줄 알아? 천만에, 몽땅 개똥 같은 소리야. 뭐? 위대한 작가? 웃기지 말라고 그래. 세상이 뭔지도 모르는 바보 새끼들. 몽땅 다 불태워 버릴 거야. 책이란 책은 몽땅 다!"

술에 취한 남자가 화덕 앞에 서서 미친 듯이 웃고 있다. 저 남자는 누구일까? 나의 아버지일까?

"언젠가는 죗값을 톡톡히 치르게 될 거야, 요한 요한 손." 엄마가 말한다.

내가 비명을 지르기 시작한다. 귀청을 찢는 날카로운 소리. 에바가 두 손으로 귀를 막는다. 나는 목청껏 소리를 지른다. 미친 듯이 악을 쓴다.

"조용하지 못해!" 엄마가 말한다. 하지만 나는 고함을 멈추지 않는다.

"안 돼!" 내가 소리친다. "안 돼, 안 돼. 때리지 마. 안 돼! 아아아악!"

"제발 좀 조용히 해, 제발! 할머니, 할아버지가 들으면 어쩌려고 그래? 또 끌려가고 싶어?"

나는 고함을 멈추지 않는다. 머리를 어깻죽지에 파묻고 죽을힘을 다해 소리친다. 악 쓰는 소리가 저 멀리 세상 끝까지 퍼져 나갈 수 있도록, 이 세상 사람들이 모두

다 들을 수 있도록. 아버지가 내 팔을 움켜잡는다.

"안 돼! 때리지 마! 아아아악!"

급박하게 문 두드리는 소리. 아버지가 내 팔을 놓고 문 쪽을 노려본다. 에바는 큰 소리로 울고 있다.

"당장 문 열지 못해!" 할아버지 목소리다.

"참견하지 말고 꺼져. 꺼지지 않으면 죽여버릴 거야!" 아버지가 으르렁거린다.

엄마가 문을 열고 복도로 나간다. 나는 다시 소리치기 시작한다. 아버지가 또 내 팔을 움켜잡는다.

"안 돼! 때리지 마!" 어깻죽지에 파묻은 머리를 두 손으로 감싸쥐고 비명을 지른다. "죽이지 마. 안 돼. 아아아악!"

잿빛 정적. 아무 소리도 들리지 않는다. 누구일까? 도대체 저 남자는 누구일까? 짐승 같은 저 남자가 정말 나의 아버지일까?

아버지가 엄마 앞에 무릎을 꿇고 눈물 흘린다. 다시는 이런 일이 없을 거라고, 책을 불태우는 일 따위는 절대로 일어나지 않을 거라고 약속한다. 서표를 불태운 건 자신이 아니었다고……. 세상에서 가장 훌륭한 아내를 위해 세상에서 가장 아름다운 서표를 사다 주겠다고 무릎을 꿇고 눈물 흘린다.

출중한 연기력.

경찰이 들이닥치자 아버지와 엄마가 너스레를 떤다. 천연덕스러운 얼굴로 내가 잠시 발작을 일으킨 것이라고 둘러댄다. 아이를 키우다 보면 그럴 때가 종종 있지 않느냐면서, 이웃 사람들이 오해를 한 것 같다고 말한다. 이제는 아무렇지 않으니 걱정 말고 돌아가라고, 괜한 수고를 끼쳐 미안하다고 이야기한다. 그러면서 나를 보고 미소 짓는다. 서로를 쳐다보며 미소 짓는다. 경찰이 돌아간다. 그들은 어떻게 그토록 출중한 연기를 펼쳐 보일 수 있었을까? 서로를 깊이 사랑하고 있기 때문일까?

아무도 이야기하지 않는다. 찢어진 입술. 시퍼런 멍자국. 울퉁불퉁 불거진 혹. 아무도 만지려 하지 않는다. 후회와 용서, 화해와 맹세가 되풀이될 뿐이다.

하지만 이번에는 뭔가 다르다.

"안나, 사람 죽일 수 있어?" 아버지의 목소리가 음산하다.

엄마가 아버지를 쳐다본다. 오랫동안 눈을 떼지 못한다. 아버지가 다시 입을 연다.

"안나, 내가 누군가를 죽일 수 있는지 나한테 한번 물어 봐."

왜 저런 질문을 하는 걸까? 지금은 자기가 한 짓을 후

회할 시간이 아니던가? 용서를 빌 시간이 아닌가? 우리를 껴안고, 용서해줘서 고맙다고, 다시는 이런 일이 없을 거라고, 절대로 다시는…….

"물어볼 필요 없어요." 엄마가 대답한다. "나는 이미 그 대답을 알고 있어요. 당신은 절대로 그렇게 악한 사람이 아니에요."

그제야 마땅한 일들이 순서대로 일어난다. 눈물, 후회, 용서, 화해. 그리고 신성한 맹세.

"다시는 이런 일이 없을 거야. 약속해. 절대로, 두 번 다시 그러지 않을게." 아버지가 자기 가슴 위에 손을 얹는다. "맹세해. 다시는 안 그럴 거야."

아버지가 약속을 지킬 거라고 믿는 사람은 아무도 없다. 아버지 스스로도 자신의 약속을 믿지 않는다. 절대로, 두 번 다시 일어나지 않을 거라는 그 일이 다시, 또 다시, 계속해서 되풀이될 거라는 사실을 아버지도, 엄마도, 에바도 나도 너무나 잘 알고 있다. 하지만 반드시 그런 것만은 아니다. 상반된 진실이 동시에 존재하는 것처럼 우리는 아버지의 약속이 지켜지지 않을 거라고 확신하면서도 그 약속이 결코 헛되지 않을 거라는 사실 또한 의심하지 않았다.

에바와 내가 소파침대에 나란히 누워 있다. 어둠 속에

서 에바가 나지막이 속삭인다. 너, 사람 죽일 수 있니?

"죽일 수 있을 것 같아." 내가 대답한다. "누나는?"

"나도 죽일 수 있을 것 같아."

엄마의 서표는 화덕 속에서 불타버렸지만 이야기는 계속된다. 이야기가 이야기한다. 소년이 숲으로 간다. 두 손을 모으고 기도한다. 소년은 신을 믿지 않는다. 신을 믿지 않는 소년이 두 손을 그러잡고 기도한다. 소년의 귀에는 아무것도 들리지 않는다.

잿빛 정적.

화덕에서 새나오는 그림자 그리고 빛.

아버지가 일을 그만두었다. 우리의 꿈 가운데 많은 부분이 실현되고 또 실현되어가던 바로 그 순간, 정확하게 바로 그 순간에. 아버지는 해고당한 것이 아니라고 말했지만, 왜 일을 그만두었는지 이유를 밝히지는 않았다.

새로운 시대가 아닌가? 모든 것이 변화하고 있지 않은가? 변화를 위해서 희생이 따를 수밖에 없다면, 새로운 것들이 자리 잡기 위해서 낡은 것들이 매장될 수밖에 없다면 오히려 감사하는 마음으로 새로운 시대의 폭력을 받아들여야 하는지도 모른다.

새로운 시대 때문인가? 변화하는 사회 때문일까? 아버지는 왜 일을 그만두었을까?

우리가 사는 세상에는 이해할 수 없는 일들이 얼마나 많은가? 생각해보면 나도 한때는 모든 것을 이해하려는 미치광이들 중 하나였다. 하지만 이제는 아니다. 이해할 수 없으면 이해할 수 없는 그대로 받아들여야 할 것도 있다는 사실을 이제는 안다. 비록 지금 내가 당신에게 이야기를 들려주고 있는 사람이라고 할지라도 이야기 속의 그 모든 일들의 원인을 알고 있을 필요는 없지 않은가? 하지만 왜? 도대체 왜?

아버지는 대답을 들려주지 않았다. 어깨를 으쓱하고 말거나 혹은 마치 이유 같은 것은 있을 수 없다는 듯이 도무지 말도 안 되는 멍청한 이유들을 억지로 갖다 붙일 뿐이었다.

아버지는 다시 술을 마시기 시작했다. 하루 중 거의 모든 시간을 술집에 틀어박혀 보냈다. 에바가 자기는 절대 그런 일 따위는 하지 않을 거라고 단호하게 거절했기 때문에 아버지를 찾아 술집을 뒤지는 일은 늘 내 몫이었다. 술집에 앉아 있는 아버지는 때로 우울해 보였고, 때로는 즐거워 보였다.

"사람은 누구나 추억과 꿈으로 살아가지. 특히 지금처럼 모든 것이 급변하는 시대에는 모두들 꿈에 부풀어 살아가기 마련이야. 또 한편으로 지난 시절 자신들이 얼마나 궁핍하게 살았던가 추억하면서 말이지. 그러면 이제 자신이 아주 부자가 된 것처럼 느껴지거든. 마치 백만장자라도 된 듯 행복한 착각 속으로 빠져드는 거지." 아빠는 내가 선물했던 빨부리에 담배를 꽂으며 말했다. "인생이란 가련한 배우들이 연기하는 끔찍한 연극에 불과해." 아빠가 빨부리에 꽂은 담배에 불을 붙였다. "하지만 말이지, 인생이 연극에 불과하다는 사실을 통찰할 수 있을 때 그제야 비로소 우리는 인생을 진지하게 살 수 있는 거야."

그렇다면 아빠는 의식적으로 스스로 가련한 배우가 되어 연극을 하고 있는 것일까? 때로는 바야데레 짓는 사람이 되었다가, 때로는 거리의 사진사가 되었다가, 때로는 익살꾼이 되었다가, 혹은 백작이 되거나 주정뱅이 백수가 되어 연극을 하고 있는 것일까? 그리고 오늘은 그가 좋은 아버지, 좋은 남편이 되어 우리를 데리고 제과점에 가기로 약속했던 일요일이다.

"백작 나리, 더 필요한 것이 없으신지요?" 술집 여자 종업원이 아버지 앞에 맥주잔을 내려놓으며 말했다. 아버지는 모든 것이 만족스럽다는 듯 천천히 손을 저었다.

"아버지가 백작이라면 그럼 나도 백작이야?" 내가 물었다.

"아니지. 넌 남작이지. 백작 아들은 남작이 되는 거야."

"근데 저 여자, 아빠가 정말 백작이라고 믿는 거야?"

"내가 정말 백작인지 아닌지는 그렇게 중요하지 않아. 비록 내가 백작이 아니라고 해도 나한테서 풍기는 분위기가 백작 같다면 모두들 나를 자연스럽게 백작으로 대접하게 되는 거야. 품위 때문이지." 아버지가 대답했다.

"시계 좀 봐. 이제 집에 가야 해." 내가 말했다.

"응, 그래. 먼저 가. 이것만 빨리 마저 마시고 뒤따라 갈게."

"다 마실 때까지 기다릴게."

"아니, 먼저 가서 엄마한테 내가 곧 온다고 준비하고 있으라고 해. 어서 가. 엄마 기다릴 거야."

엄마와 에바는 이미 옷을 갈아입고 식탁에 앉아 아버지와 나를 기다리고 있었다. 내가 아버지를 데리러 간 사이에 다림질을 했는지 침대소파 한 귀퉁이에 갓 다려 놓은 옷가지들이 차곡차곡 쌓여 있었다.

"아빠는 바로 뒤따라온다고 했어. 준비하고 있으라던

데······." 내가 엄마에게 말했다.

엄마와 에바가 외투를 입고 서서 밖을 내다보았다. 우리는 외투를 입은 채로 다시 식탁 의자에 앉아 아버지를 기다렸다. 엄마가 다시 일어나 다려놓은 옷가지를 장롱으로 가져가 정리해 넣었다. 에바와 나는 창밖만 쳐다보고 있었다.

"안 되겠다. 제과점에는 우리끼리 가자." 엄마가 말했다. 하지만 엄마에게서 제과점에 가고 싶은 마음이 이미 사라져버렸다는 것을 우리는 또렷하게 느낄 수 있었다. 엄마가 우리를 위해 희생할 필요는 없었다. 에바와 나역시 엄마와 같은 기분이었다.

"술 마시다가 또 잊어버린 거야. 세상에 어떻게 그새 잊어버릴 수가 있어?" 에바가 투덜댔다.

"아니. 잊어버린 게 아니야." 엄마가 말했다. "뭘 잊어버릴 수 있는 사람이 아니야. 때때로 머릿속에 있는 모든 것을 잊어버리고 싶어하지만, 아빠는 그 어떤 것도 잊어버리지 못하는 사람이야. 그 사람한테 내려진 저주야."

엄마가 외투를 벗었다. 에바와 나도 외투를 벗었다. 엄마가 식탁 위에 담요를 깔았다. 아직 다림질을 해야 할 옷가지가 남아 있는 모양이었다.

"더 이상은 안 돼." 다림질을 하던 엄마가 불쑥 소리쳤다. "더 이상 이런 식으로 살 수는 없어."

하지만 우리는 계속해서 그런 식으로 살았다. 더 이상은 안 된다던 그런 삶을 계속 이어갈 수 있었던 것은 아마도 사랑의 힘 때문이었을 것이다. 온갖 어려움 속에서도 우리를 함께 묶어주는 사랑과 그 사랑을 기반으로 한 엄마의 흔들리지 않는 신념. 애들아, 어떤 경우에라도 절망해선 안 돼. 서로를 미워해서는 안 돼. 언젠가 우리도 다시 위로 올라갈 수 있을 거야. 모든 것이 달라질 거야.

굳이 엄마가 그런 말을 하지 않았다 해도 나 역시 쉽사리 희망을 내팽개칠 수는 없었다. 단 한 번의 마법으로 모든 게 제자리로 돌아갈 것이라고 믿었다. 하지만 지금은? 아직도 나는 마법을 믿는가? "애들아 우울해하지 마" 하고 엄마는 말했다. 어두운 그림자가 있으면 어딘가에 밝은 빛도 있기 마련이란다.

술에 취한 아버지는 곧잘 할아버지를 조롱했다. 그럴 때 아버지의 얼굴은 야비하기가 이를 데 없었다.

아버지가 베란다에 서서 할아버지를 비웃었다. 할아버지는 노쇠해진 다리를 끌고 헐떡이면서 땔감으로 쓸 나뭇가지를 주우러 다녔다. 자신이 쓸모없는 존재가 아니라는 것을 증명하기 위해서였다. 하지만 기력이 급속도로 쇠약해진 바람에 얼마 전부터는 아예 산책마저 중단해야 할 지경이 되었다. 겨우 우리 집 뜰이나 몇 바퀴 돌 수 있을 뿐이었다. 그나마 조금 걷고 한참을 쉬었다가, 다시 조금 걷는 식이었다. 할아버지는 담배꽁초를 줍고 있었다. 아버지가 던져놓은 담배꽁초였다. 까서 말아 피우려는 것이 아니었다. 할아버지는 절대로 아버지가 던져놓은 담배꽁초를 주워 피우지 않는다.

"뜰을 한 바퀴 돌도록 담배꽁초로 원을 그려놓았거든." 비어져 나오는 웃음을 참기가 몹시 힘들다는 듯 큭큭 소리를 내며 아버지가 말했다. "한 바퀴 돌고, 또 한 바퀴 돌고, 돌고, 돌고, 또 돌고." 아버지 입에서 마침내 파안대소가 터져 나왔다.

담배꽁초를 줍기 위해 허리를 굽힐 때마다 할아버지는 균형을 잃지 않으려고 안간힘을 썼다. 꽁초 하나를 힘겹게 주워 들고 허리를 펴는 할아버지의 얼굴이 일그러졌다. 나는 곱지 않은 눈으로 낄낄거리는 아버지를 올려다보았다.

"사실은 말이지 네 할아버지한테 뭔가 할 일을 만들어주려고 그런 거야. 저런 일이라도 하지 않으면 자신이 얼마나 쓸모없는 인간처럼 느껴지겠어? 안 그래?" 아버지가 말했다. "그리고 뭐 말이 돌고, 돌고, 또 돈다는 거지. 사실 한 바퀴만 돌면 꽁초를 다 주울 수 있거든. 저런 노인네한테는 딱 적당한 운동량이지. 안 그래?”

나는 할아버지에게 달려가지 않았다. 숲을 향해 달렸다. 빽빽한 나뭇잎들이 우리의 추악한 모습을 감추어주길 바라면서. 나는 아무것도 보고 싶지 않았다. 사과나무 뒤에 숨거나 얼어붙은 길 위에 쪼그리고 앉으면 혹은 냉동 창고 뒤에 눕거나 장미나무 덤불 뒤에 누우면 될 거라고 생각했다. 오산이었다. 눈에 보이는 건 없었지만 봄의 정적을 가르는 시끄러운 목소리가 내 발목을 붙잡았다.

창고 유리창으로 아버지와 할아버지의 모습이 보였다. 안은 어두컴컴했다. 다투는 듯 커다란 목소리가 밖으로 흘러나왔다.

“여기 틀어박혀서 뭘 하고 있나?” 할아버지가 말했다. “일자리나 좀 알아보러 다니지 그래.”

“그 냄새 나는 입 좀 다무시지.”

“도대체 여기다 뭘 숨겨 놓았나? 꿀단지라도 숨겨 놓은 겐가? 옳거니, 술병을 숨겨 놓은 거로군. 어떻게 된 인간이 일할 생각은 하지 않고 주야장천 술만 퍼 마셔대는지 원.”

“주둥아리 닥쳐!”

"가족은 나 몰라라 팽개치고 술이나 퍼 마시는 주제에 부끄러운 줄도 모르다니……. 쯧쯧, 도대체가 어떻게 돼 먹은 인간인지……."

"주둥아리 닥치지 못해! 이 말라비틀어진 말 뼈다귀 같은 영감탱이. 왜? 술 냄새가 솔솔 나서 참을 수가 없었어?" 아버지가 으르렁거렸다. "이 더러운 밀고자! 어디 또 짭새를 불러보시지 그래. 당신은 딸하고 손자를 감옥에 보내고 싶어서 환장한 노인네잖아? 안 그래? 이 늙어빠진 돼지."

아버지가 할아버지 멱살을 잡고 벽으로 끌고 갔다. 할아버지는 버둥거리며 저항했다. 하지만 소용없었다. 아버지가 토끼장 문을 열고 그 속에 할아버지 머리를 집어넣었다. 군데군데 토끼 똥이 얹혀 있는 짚에 할아버지 머리를 짓눌렀다.

"자업자득인 줄 알아, 이 더러운 밀고자. 내가 이 집을 사기만 하면 그날로 당장 집 밖으로 던져버릴 테니 그리 알라고. 당신의 그 냄새나는 늙은 여편네도 같이."

집에서 쫓아낼 거라는 아버지의 말은 그 뒤로도 좀처럼 할아버지의 귀를 떠나지 않았다. 그 말이 떠오를 때마다 할아버지는 정말로 집에서 쫓겨나는 게 아닌지 불안해했다. 오갈 데 없는 신세가 될지 모른다는 생각 때문이었다.

할아버지의 머리를 짓누르고 있던 아버지의 손이 느슨해졌다. 얼굴에 토끼 똥이 덕지덕지 묻은 할아버지가 돌아서서 아버지의 가슴을 향해 주먹을 내질렀다. 하지만 주먹이 아버지의 가슴에 닿기도 전에 할아버지는 균형을 잃고 비틀거리다 바닥으로 쓰러졌다. 아버지는 숨이라도 넘어갈 것처럼 웃어댔다. 문가에 서서 그들을 바라보던 내 눈과 아버지의 눈이 마주쳤다. 웃음소리가 뚝 그쳤다. 헛간 바닥에 쓰러져 있던 할아버지도 나를 쳐다보았다. 눈꺼풀이 축 늘어진 눈에서 눈물이 흘러내렸다. 아무도 보고 싶지 않았다. 등을 돌렸다. 크고 노란 태양이 빛나고 있었다. 온 세상 구석구석을 따스하게 감싸주겠다는 듯.

룽그로에 있는 정신병원 위에도 크고 노란 태양이 떠 있었다. 따스한 햇살이 쏟아져 내리고 있었다. 1980년대의 어느 날이었다. 에바는 생기 없는 얼굴로 침대에 앉아 있었다.

"집으로 돌아갈 거야. 결혼해야 하거든."

에바에게는 결혼할 상대가 없었다. 에바의 남자친구는 얼마 전에 물에 빠져 죽었다. 그 뒤 에바는 한바탕 자살소동을 일으켰고 다시 정신병원으로 보내졌다. 미처 발견하지 못한 구멍으로 물이 새들어 와 베른트가 타고 있던 보트가 가라앉았다고 했다. 에바는 내가 베른트의 죽음을 기뻐한다고 생각했다.

내가 베른트를 싫어한 것은 사실이다. 그는 허풍쟁이였고, 에바에게 함부로 굴었다. 심지어 손찌검까지 했다. 도저히 그를 좋아할 수가 없었다. 주말이면 친구들과 보트를 몰고 바다로 나가 술잔치를 벌이던 어처구니없는 사내였다. 하지만 그날은 어쩐 일인지 혼자서 배를 몰고 나갔다고 했다.

"그 사람이 휴대폰으로 나한테 전화했어." 에바가 말했다. "토요일 저녁 늦은 시간이었어. 나는 너무 피곤해서 전화를 받지 않고 그대로 누워 있었어."

"통화를 하지도 않았다면서 전화를 건 사람이 베른트라는 걸 어떻게 알아?"

"난 알아. 죽음을 목전에 두고 나한테 전화를 했던 거야. 확실해. 나한테 무슨 말을 하려고 했던 것일까? 안녕, 이제 난 곧 죽어. 혹은 사랑해."

"그래, 불행한 일이야. 누구보다 누나 상심이 크다는

걸 알아."

에바가 나를 쏘아보았다. 경멸의 눈초리였다.

"뭐? 불행? 상심? 멍청이 같으니라고. 내가 남자 하나 때문에 행복해지고, 남자 하나 때문에 불행해질 거라고 생각해? 내 행복과 불행이 남자 하나한테 달려 있다고 생각해?"

"그런 뜻이 아니었어."

"그럼 어떤 뜻이었는데?"

그래. 어떤 뜻이었을까? 나는 아무 말도 하지 않았다. 에바 역시 아무 말도 하지 않았다. 우리는 오랫동안 침묵 속에 앉아 있었다.

"이것 좀 봐. 내가 그린 거야." 에바가 종이 한 장을 내밀었다. 무엇을 그린 것인지 알 수가 없었다. 종이에는 연필로 줄이 몇 개 그어져 있을 뿐이었다.

"우리 집이야. 뮈르딩 호숫가에 서 있던 '무너져 가는 집.' 거기서 모든 것이 시작됐던 거야. 그리고 모든 것이 끝난 곳도 바로 거기야."

"끝? 왜 끝이야?"

화가 치밀어 올랐다.

"아빠는 일곱 개의 큰 바다를 항해했던 게 아니야. 아빠는 감옥에 있었어." 에바가 말했다.

“감옥이라고? 도대체 무슨 말을 하고 있는 거야?”

“너도 다 알면서 괜히 모르는 척하지 마. 아빠가 집으로 돌아왔을 때 선물이라고 건네줬던 침대 시트, 너도 기억하지? 엄마가 다음 날 바로 다시 궤짝 속에 집어넣어 버렸던 그 침대 시트에는 ‘롱홀멘 왕립 교도소’라고 찍혀 있었어. 웃기지 않아? 아빠는 어떻게 그걸 가지고 나올 수 있었을까? 교도관한테 돈이라도 찔러 줬던 걸까?”

“누나, 그만 해.”

에바가 나를 쳐다보았다. 조금 전 같은 경멸의 눈초리는 아니었다.

“제발 그만 해, 누나.” 내가 말했다. “아버지가 단 한 번도 감옥에 갇힌 적이 없다는 건 아주 손쉽게 증명할 수 있어. 전화 한 통화면 되는 일이야. 경찰에 전화를 해서 물어보면 돼.”

“좋아. 어서 전화해.”

“누나, 좀 눕지 않을래? 많이 피곤해 보여.”

에바가 침대에 누웠다.

“난 집으로 돌아가지 않을 거야. 결혼 따윈 하지 않을 거야.” 에바가 말했다. “결혼하러 집으로 갈 거라고 했던 건 거짓말이야. 사실은 신문에다 남자친구를 구한다는 광고를 냈어. 당신과 함께 멋진 저녁 시간을 보내고 싶습니다. 죽음에 대해서, 그리고 정신병에 대해서, 그리고 삶을 가치 있게 하는 것이 어떤 것인지에 대해서 당신과 함께 이야기하고 싶습니다……. 화내지 마. 너무 무서워. 무서워서 견딜 수가 없어. 이 세상 어디에도 내가 존재할 수 있는 데가 없는 것 같아.”

“그래, 화 안 낼게. 무서워하지 마.”

“진실을 알고 있는 사람은 행복할 수 없어.”

“누나, 이제 좀 자도록 해.”

“고마워. 넌 언제나 나한테 다정했어.” 에바가 눈을 감고 혼잣말처럼 나직이 중얼거렸다.

에바가 말하는 그 진실이 그야말로 진실이라면, 그리고 그 진실을 알고 있는 사람이 에바가 아니라 나였다면 나도 에바처럼 불행했을까? 그렇다면 진실을 알지 못했던 나는 행복했던가?

등을 돌렸다. 아무도, 아무것도 보고 싶지 않았다. 우리의 추악한 모습이 이 세상 모든 것에 서려 있을 것만 같았다. 텅 비어 있는 뜰은 고요했다. 바람 한 점 불지 않았다. 크고 노란 태양이 하늘에 떠 있었다. 따스한 햇살이 '바다표범 바위' 위로 쏟아져 내렸다. 나는 '바다표범 바위'에 앉아 있었다. 따스한 햇살이 사과나무 위로 쏟아져 내렸다. 나는 사과나무에 기대 서 있었다. 풀밭 위로 따스한 햇살이 쏟아졌다. 나는 풀밭에 누웠다. 햇살은 새들의 날개 위에도 쏟아졌다. 나는 새들의 노랫소리를 듣고 있었다. 어떤 새는 믿음을 노래했고, 어떤 새는 희망을 노래했다. 사랑을 노래하는 새도 있었다. 모두들 살아 있다는 행복을 노래하고 있었다.

내가 부엌 식탁에 앉아 숙제를 하고 있을 때 아버지가 들어왔다.

"언제부터 헛간에 서 있었어?" 아버지가 물었다.

"다 봤어." 내가 대답했다. "처음부터 끝까지 다 봤어."

"그래. 뭔가를 봤겠지. 뭔가를 들었겠지. 하지만 모든 것을 다 보고, 모든 것을 다 들은 건 아니야. 넌 아무것도 몰라." 아버지가 말했다.

"그만둬. 난 아무 소리도 듣고 싶지 않아." 내가 소리쳤다. "아버지는 아직도 술에 취해 있잖아."

할머니와 할아버지까지도 걸핏하면 서로 싸움을 벌이곤 했다. 할아버지는 시간이 흐를수록 더 괴팍스러워졌다. 별것도 아닌 일에 벌컥벌컥 화를 내거나 신경질을 부렸다. 마음대로 움직이지 않는 노쇠한 몸에 화가 치밀어 올라 매사에 짜증이 나는 모양이었다.

할머니 역시 잘 걷지 못했다. 할아버지와 별반 다르지 않았다. 위층으로 물을 길어다 주는 일도, 장을 보는 일도 에바와 내가 번갈아 했다. 엄마는 여전히 할머니와 한 마디도 하지 않았다.

“착한 내 새끼들. 고맙기도 하지.” 할머니는 사소한 것에도 고맙다고 인사했다. 나는 그런 할머니가 안쓰러웠다. 언젠가는 이해하게 될 거야. 할머니는 여전히 이 말을 되풀이했다. 자신과 말도 하지 않는 딸 때문에 마음이 아픈지 고개를 숙이고 앉아 혼잣말을 중얼거리곤 했다. 나는 그 말을 들을 때마다 위탁 가정에 갔던 일이 생각나 화가 치밀어 올랐다.

“천만에, 이 늙어빠진 마녀. 난 결코 이해하지 못할 거야. 아니, 결코 이해하지 않을 거야” 하고 말하지 않았다. “괜찮아요. 다 지난 일인 걸요” 하지도 않았다.

할머니는 틀니 때문에 몹시 괴로워했다. 잇몸 여기저기가 욱신거린다며 투덜대다가 끼운 지 얼마 되지 않은 틀니를 뱉어버리기 일쑤였다. 틀니를 뺀 할머니의 볼은 눈에 띄게 오목해졌고, 입은 쪼글쪼글하게 오므라들었다. 그래도 틀니를 하지 않은 할머니의 모습이 훨씬 보기 좋았다. 틀니를 하면 몹시 사나워 보였다. 할머니, 치과의사한테 가서 틀니를 고쳐달라고 하세요. 에바와 내가 몇 번인가 그렇게 말했지만, 할머니는 시간이 너무 많이 지나서 고쳐주지 않을 거라며 고개를 젓기만 했다. 그러면서 이렇게 덧붙였다. 내 오만함을 꾸짖는 벌이야. 그러니 달게 받아야지. 할머니가 치과에 가지 않으려는데는 또 다른 이유가 있었다. 할머니는 치과의사를 몹시 무서워했다. 하지만 치과의사보다 더 무서워하는 사람이 하나 있었다. 집주인이었다. 어쩌다 그와 마주치기라도 하면 할머니는 즉시 무릎을 구부리고 인사했다. 그런 모습을 볼 때마다 나는 씁쓸한 기분을 떨칠 수가 없었다. 노동자 계급의 연대와 투쟁에 기꺼이 몸을 던질 각오가 되어 있던 용감한 할머니도 사실은 작디작은 세입자에 불과했다.

"너희가 만약 이 집을 사게 되더라도 우리를 내쫓지는 않을 거지? 그렇지?" 할머니가 말했다.

"우리가 어떻게 집을 사겠어요? 아빠는 일자리도 없는데."

"늙는다는 건 참 서글픈 일이야." 할머니가 말했다. "기력이 다한 늙은이들이 뭘 할 수 있겠어?"

할아버지에게는 걱정거리가 하나 더 있었다. 그는 막

돼먹은 에릭이 미국에서 돌아와 늙은 아버지가 가진 모든 것을 빼앗아 갈지도 모른다고 생각했다.

할아버지는 모든 것을 불신했다. 할머니라고 예외는 아니었다. 오히려 할머니를 가장 많이 의심했다. 할아버지는 할머니가 몰래 돈을 빼돌리고 있다고 생각해 매달 받는 자신의 노후연금을 꼭 틀어쥐었다. 1원 한 푼 할머니에게 내놓지 않았다. 뿐만 아니라 모든 살림살이를 반으로 나누고 각자 알아서 생활하자며 할머니를 괴롭혔다. 할아버지의 어처구니없는 성화를 견디다 못한 할머니는 결국 두 손을 들고 말았다. 침대를 부엌으로 옮기고, 찬장이며 장롱 등 위층에서 쓰던 모든 세간을 반으로 나누었다. 서로의 몫을 정하고, 필요한 것은 각자가 알아서 해결하기로 했다. 하지만 할아버지는 한 번도 장을 보지 않았다. 할머니는 우리에게 할아버지가 먹을 음식까지 함께 장을 봐 오라고 부탁을 했지만, 할아버지는 돈을 낸 적이 단 한 번도 없었다. 할머니에게 고맙다는 말 한 마디도 하지 않았다. 그러기는커녕 오히려 자기 물건이 없어졌다는 둥 말도 안 되는 누명을 씌우면서 할머니 물건들을 마음대로 사용했다.

"네 할애비도 전에는 안 그랬어. 늙어서 정신이 나가 버린 거야. 불쌍한 양반." 너무 얄미워서 에바와 내가 조금이라도 할아버지 욕을 할라 치면 할머니는 곧바로 할아버지를 두둔하고 나섰다. 할머니는 자기가 아닌 다른 사람이 할아버지를 욕하는 걸 절대 용납하지 않았다.

저녁 무렵이었다. 할아버지가 한 손에 물뿌리개를 들고, 또 다른 손에는 메모장을 든 채 위층으로 올라가는 계단 위에 서 있었다. 무엇인가를 골똘히 생각하는 모양이었다. 물뿌리개를 화분 위로 들어 올렸다가 꽃에 물도 주지 않고 다시 슬그머니 내려놓았다. 그러곤 뭐라고 중얼거리면서 메모장을 뒤적였다.

'할아버지가 모든 것을 불신하는 이유는 자기가 모든 것을 잊어버리기 때문이 아닐까' 하는 생각이 들었다. 하지만 건망증만을 탓하기엔 정도가 심했다. 할아버지는 잊어버리지 않기 위해 필사의 노력을 기울였다. 늘 두꺼운 메모장을 들고 다니며 자신이 했던 말, 했던 일, 해야 할 것들을 일일이 기록했다. 물론 그 많은 기록을 관리한다는 게 쉽지는 않았다. 건망증이 심한 할아버지에게는 더욱 더 그랬다. 뭔가를 찾기 위해서 한 시간 내내 메모장을 뒤적거릴 때도 있었고, 메모장을 뒤적거리다가 자신이 지금 무엇을 찾고 있는지 잊어버리는 때도 비일비재했다.

화분에 물을 주러 가다가도 이미 물을 주었을지 모른

다는 생각이 들면 할아버지는 몹시 당황스러워 했다. 할아버지, 흙을 한번 만져보세요. 에바가 말했다. 그래도 할아버지는 들은 척 않고 계속해서 메모장만 뒤적였다. 내가 계단 위로 올라가 화분 속의 흙을 만져보았다. 흙은 바짝 말라 있었다. 할아버지, 물 줘야겠어요. 내가 말했다. 할아버지가 직접 흙을 만져보았다. 할아버지는 다시 메모장을 뒤적이기 시작했다. 메모장 이외에는 아무 것도, 심지어 자신의 눈과 손조차도 믿을 수 없는 모양이었다.

"그거 이리 주세요. 제가 할게요." 내가 할아버지가 들고 있는 물뿌리개를 향해 손을 뻗었다.

"손 치워." 할아버지가 소리쳤다.

나도 모르게 오기가 같은 것이 일었다. 나는 물뿌리개를 뺏어 들었다.

"맞아 죽고 싶어?" 할아버지가 소리 질렀다.

순간 웃음이 터져 나왔다. 만약 몇 년 전이었다면 맞아 죽고 싶으냐는 할아버지의 고함에 덜컥 겁을 집어먹었을지도 모른다. 하지만 제대로 걷지도 못하는 할아버지가 어떻게⋯⋯. 내 웃음소리에 더욱 화가 났는지 할아버지가 으르렁거렸다. 에바가 할아버지와 나를 노려보았다. 할아버지가 계단에 털썩 주저앉았다. 나는 꽃에 물을 주었다. 물이 넘쳐 창틀과 벽을 타고 할아버지가 앉아 있는 계단으로 흘러내렸다.

에바가 할아버지를 일으켜 세우려고 뛰어 올라왔다. 에바가 허리를 굽혔을 때 할아버지가 느닷없이 에바의 뺨을 때렸다. 에바가 비틀거렸다.

"애정과 고통은 언제나 한통속이지."

어른들의 입에서나 흘러나올 법한 말이었다. 하지만 그 말을 한 사람은 에바였다. 나는 지금도 그것을 또렷하게 기억한다. 어찌 보면 에바의 말은 그때 그 상황에 아주 잘 맞아떨어지는 것처럼 들리기도 했고, 또 어찌 보면 상황과 동떨어진 우스꽝스러운 말처럼 들리기도 했다. 그런 양면성 때문이었을까? 에바의 말 속에 부인할 수 없는 어떤 거대한 진실이 담겨져 있는 것 같아 섬뜩했다.

할아버지가 멍한 표정으로 중얼거렸다.

"나는 너무 늙었어. 너무 늙었어. 너무 늙어버린 거야."

"엑크블라드, 또 무슨 바보짓을 저지른 거야? 아이고! 이 정신 나간 늙다리 양반아." 잠옷 차림의 할머니가 몹시 화가 난 표정으로 할아버지를 내려다보며 서 있었다. 할아버지가 난간을 잡고 두어 계단을 기어오르다가 고개를 돌려 나를 보았다.

"나 좀 일으켜줘, 에릭." 할아버지가 나에게 말했다.

"얘가 왜 에릭이야? 하다하다 이젠 별짓을 다 하는군 그래." 할머니가 소리쳤다. "연극하는 거야, 연극. 동정받으려고 괜히 그러는 거야." 할머니가 우리를 보고 말했다. "바보 같은 짓 그만두고 어서 일어나지 못해요?"

"에릭, 나 좀 도와줘."

"엄살떨지 말고 썩 일어나요!" 할머니가 할아버지에게 다시 소리쳤다. "당신 같은 인간한텐 눈곱만 한 동정도 과분해. 멍청한 연극 집어치우고 냉큼 일어나요. 어서!"

할머니가 팔을 뻗어 할아버지 귀를 잡아 당겼다. 할아버지가 꽥 하고 소리를 질렀다. 할머니와 할아버지가 다투는 소리를 듣지 않고 지나가는 날은 거의 없었다.

에바와 나는 계단에서 내려와 부엌으로 갔다. 마치 아무 소리도 듣지 못했다는 표정으로 식탁에 앉아 있던 엄마가 불쑥 입을 열었다. 할머니가 저렇게 심하게 구는 건…… 그래, 사랑 때문이란다. 할머니는 할아버지를 아주 많이 사랑해서. 그래서 할아버지의 쇠약한 모습을 지켜보기 힘든 거지. 하지만 나는 엄마의 말을 전적으로 신뢰할 수가 없었다.

"할머니가 복수하고 있는지도 모르잖아. 할아버지가 엄마랑 에릭 삼촌을 버리고 집을 나가버렸던 게 생각나서 말이야." 내가 말했다.

"까마득한 옛날 일이야."

"할머니도 이제 할아버지가 별거 아니란 사실을 깨달은 거야. 힘도 다 빠지고 말이지." 아버지가 말했다.

"알지도 못하면서 그런 식으로 말하지 말아요. 남자들은 죽었다 깨어나도 이해할 수 없어." 엄마가 버럭 소리를 질렀다.

엄마가 기도하고 있었다. "하늘에 계신 우리 아버지! 우리가 무엇을 하고 있는지 우리 스스로 알 순 없는 건가요? 사람이란 그런 존재인가요? 일요일 아침이었어요. 교회마다 종소리가 요란하게 울려 퍼지고 있었죠. 라디오에서 구스타프 5세가 죽었다는 방송이 흘러 나왔어요. 낮이 되었죠. 스켑스홀멘에서 죽은 왕을 애도하는 조포 소리가 들렸어요. 곧이어 새로운 왕의 즉위를 알리는 축포 소리도 들렸죠.

무슨 일 때문인가 밖에 있다가 집으로 돌아와 보니 요한이 식탁에다 하얀 천을 깔아 놓았더군요. 그 위에 마른 장미 다섯 송이가 꽂힌 화병이 하나 놓여 있었죠. 요한이 집으로 돌아왔을 때 가져온 장미였어요. 그것을 바라보자니 기분이 묘했어요. 마른 장미가 꼭 수척해진 사람 같다는 느낌이 들어서요. 그이가 화병 앞에 죽은 왕의 사진을 세워 두었더군요. 신문에서 오려낸 사진 같았어요. 사진 옆에는 촛불이 타오르고 있었죠. 요한은 검은색 정장을 입고 비단 머플러를 두르고 있었어요. 어깨 아래로 축 늘어진 머플러가 마치 팔 하나 더 있는 것처럼 보이더라고요. 웃음이 비어져 나왔어요. 요한이 또 무슨 연극을 꾸미고 있나보다고 생각했죠.

요한이 죽은 왕의 사진 앞에 깊이 머리를 조아렸어요. 제가 돌아온 것도 모르고요. 저는 억지로 웃음을 참으면서 요한을 바라보았어요. 그런데 아무래도 분위기가 이상했어요. 연극 같지가 않은 거예요. 요한의 움직임 하나하나가 그렇게 진지할 수가 없었거든요. 더럭 무서운 생각이 들었죠.

인기척을 느꼈는지 요한이 돌아보았어요. 겁에 질려 우두커니 서 있는 제 눈과 요한의 눈이 마주쳤죠. 요한은 놀라지 않았어요. 자기가 무엇을 하고 있었는지 아무런 설명도 없이, 하느님 앞으로 사람들을 초대하는 사제처럼 손을 뻗어 천천히, 그리고 고요히 저를 죽은 왕의 사진 앞으로 이끌었어요.

요한은 술에 취해 있었어요. 하지만 술에 취해서 하는 행동 같지는 않았죠. 남편에 대한 존경심이랄까, 그런 느낌이 가슴 가득 차올랐어요.

‘우리 죽은 왕을 위해 묵념을 올립시다’ 하고 요한이 나직하게 말했어요. 요한이 머리를 숙였어요. 그렇게 엄숙할 수가 없었어요. 저도 그와 함께 머리를 숙였죠. 촛불이 고요히 흔들렸어요. 창 너머 하늘에는 저녁노을이 붉게 물들어 있었고요.

‘왕은 우리를 알지 못했지’ 하고 요한이 말했어요. ‘하지만 우리는 그를 알고 있었어. 그리고 이제 그는 죽었고, 우리는 살아 있어. 기쁨과 행복 속에서 우리는 이렇게 살아 있는 거야, 안나.’

요한이 ‘국왕 찬가’를 불렀어요. 저도 모르게 입술이 따라 움직였죠. 아이들이 집으로 돌아왔어요. 요한이 엄지손가락과 집게손가락에 침을 묻히더니 촛불을 껐어요.

‘잠깐! 안나, 움직이지 마.’ 요한이 저한테 소리쳤어요. ‘움직이지 말고 그대로 있어 봐.’ 요한이 손을 뻗어 제 뺨을 쓰다듬었죠. ‘노을에 붉게 물든 이 아름다운 얼굴! 세상 어떤 예술가도 이보다 더 아름다운 얼굴을 만들지는 못할 거야.’

‘애들아, 너희 들었니? 왕이 죽었대.’

‘응. 알아.’

‘늙고 병들었던 그가 이제 쉴 수 있게 된 거야.’

요한도, 저도 그 뒤로는 그때 그 일을 한 번도 입에 올린 적이 없어요. 침묵 속에 머물러 있어야 하는 일들도 있는 법이니까요. 이상했어요. 사실 그 일에 대해서 내가 이해할 수 있는 거라곤 아무것도 없었는데 마치 내가 모든 걸 이해하는 것 같았거든요. 어쩌면 하늘에 계신 우리 아버지, 당신의 묵시를 접한 것일까요? 남편에 대한 존경심. 그리고 거대한 불안. 그때 일을 떠올리면 왜 제 마음속에서 커다란 불안이 일어나는지 모르겠어요. 불안이 점점 커져 얼음처럼 차가운 공허로 변할 때도 있어요.

존경심, 불안, 그리고 공허!

하늘에 계신 우리 아버지. 무엇이 불안인지, 무엇이 죽음인지, 무엇이 삶인지, 무엇이 사랑인지 반드시 알아야만 하는 건가요? 저는 제 남편, 요한을 사랑합니다. 요한도 저를 사랑합니다. 모든 것을 견뎌낼 수 있어요. 모든 것을 용서할 수 있어요. 아니에요. 모든 것을 견뎌내고 용서할 수 있는 것은 아니에요. 요한이 아이들한테 손찌검을 하는 것만큼은, 다른 여자와 놀아나는 것만큼은……. 그래요, 그건 안 될 일이에요."

"이 요한손을 그렇게 쉽사리 내쫓을 수 있으리라고

생각했어? 흥, 어림없지. 당신들은 날 내쫓으려고 온갖 짓을 다 했어. 당신들은 처음부터 날 미워했어. 내가 누군지 알지도 못하면서 말이야.”

“네가 어떤 놈인지는 처음부터 똑똑히 알고 있었어.” 할머니가 말했다.

“당신들은 나한테 단 한 번도 기회를 주지 않았어. 언제나 날 내쫓으려고만 했어. 자기 아들을 내쫓았던 것처럼.” 아버지가 소리쳤다. “내가 모르고 있는 줄 알아? 당신 아들 에릭은 당신들 등쌀에 견디다 못해 도망간 거야. 당신들의 그 지긋지긋한 손아귀에서 벗어나고 싶었던 거야. 당신들 뜻대로 된 거지. 왜, 아니라면 아니라고 말을 해보시지 그래. 그런 당신들이 왜 안나는 꼭 붙들고 있는지도 나는 잘 알아. 지금껏 안나를 잘도 부려먹었지, 이 더러운 밀고자들. 자기 딸과 손자를 고발하다니! 당신들은 사람도 아니야.”

“우리가 고발한 건 네놈이었어.” 할머니가 말했다.

“나를 내쫓으려고? 그래, 당신들이 밀고를 하면 안나가 날 내쫓을 거라고 생각했어? 미안해서 이를 어쩌나? 나 내쫓을 궁리 말고 당신이나 걱정하시지. 그래, 얼마나 더 살 수 있을 거라고 생각해? 6개월? 1년? 아무리 해도 1년 이상 살기는 어려울 걸. 당신은 이제 곧 끝이야, 끝." 아버지가 말했다. "끝이란 말이야, 끝. 모든 게 끝이라고. 당신은 이제 두 번 다시 햇빛을 못 보게 될 거야. 따뜻한 공기도 느낄 수 없을 걸. 당신 손자들이 커가는 모습도 못 볼 거고."

할머니는 아무 대꾸도 하지 않았다. 아버지는 할머니가 죽게 되면 할 수 없게 될 것들을 끝도 없이 늘어놓았다. 아버지가 이죽거렸다. "이를 어쩌나? 이 모든 것에서 당신은 떠나가야 하는 거야. 그날이 얼마 남지 않았어."

할머니는 아버지의 조롱 따위는 안중에도 없다는 듯 자기 생각에만 빠져 있었다.

"듣고 있어? 내가 무슨 얘기를 하는지 듣고 있냐고? 이제 곧 당신은 끝이야, 끝!" 아버지가 소리쳤다.

"내가 어쩌지도 못할 일을 가지고 아등바등하진 않아." 할머니가 말했다. "영원한 건 아무것도 없어. 아무도 죽음을 피할 수 없어."

"불쌍한 노인네 같으니라고. 너무 걱정하지 마. 장례식은 성대하게 치러주지." 아버지가 말했다. "멋진 관, 화려한 꽃, 설교 잘하는 목사, 성가대, 죽음과 관련된 모든 것들을 갖춰서 성대한 장례식을 치러주지. 당신 무덤 앞에 서서 사람들한테 이야기를 들려주겠어. 당신이 어떤 사람이었는지, 어떻게 살았는지, 진실만을 이야기할 거야. 하지만 그렇게 직설적이지 않게, 행간에다 씨를 뿌려놓을 거야. 당신이 정말로 어떤 사람이었는지, 사람들이 다시 한 번 생각해볼 수 있도록, 사람들 스스로 알아낼 수 있도록 슬쩍 암시만 주면 그것으로 족해. 스스로 만든 미움이 오래가는 법이니까.”

자신의 죽음을 놓고 놀려대는 아버지의 말에는 미동도 하지 않던 할머니였다. 하지만 아버지가 할아버지에 대해서 말하자 할머니의 눈빛이 흔들리기 시작했다. 아버지는 그것을 놓치지 않았다.

“당신 죽을 때까지는 내 당신한테 재미있는 구경거리를 선사하지. 내가 당신의 그 멍청한 영감탱이한테 어떻게 할지는 당신도 잘 알고 있을 거야. 당신이 그 멍텅구리 늙다리를 타박하는 그대로. 당신이 우리한테 보여주는 그대로 말이야. 어때? 설마 반대하는 건 아니겠지?”

아버지가 할머니의 반응을 살폈다. 할머니는 침묵하고 있었지만 동요하는 기색이 역력했다.

“욕심이 덕지덕지 묻은 영감탱이 따위는 걱정도 하지 않을 줄 알았는데, 그래도 남편이라고 조금은 걱정이 되는 모양이지? 왜? 그 영감탱이를 어디 숨기기라도 할 작정이야?”

“도대체 무슨 소리를 지껄이는 거야?”

"아무리 숨겨도 소용없어. 집 구석구석을 다 뒤져서라도 찾아낼 테니까. 약이 올라 버둥거리는 영감탱이 얼굴이 눈에 선하군."

"돼지 같은 놈." 할머니가 말했다. "그래, 멋진 계획을 잘도 세워놨군. 하지만 내 눈에 흙이 들어가기 전에는 네놈이 그 사람을 괴롭히도록 절대로 그냥 놔두지 않을 거야. 절대로."

"글쎄 마음대로 해보시라니까. 당신이 뭘 할 수 있을지 궁금하군." 아버지가 비웃었다.

"네놈이 그 사람을 괴롭히는 꼴을 보며 사느니 혀라도 물고 죽어버릴 테다……. 그리 알아."

할머니와 아버지는 서로를 노려보았다.

"그래도 사람 새끼라고 생각했는데……. 죽기 전에 네놈한테 부탁할 게 있었는데. 부탁은 무슨 얼어죽을……. 이제 보니 네놈은 사람 새끼도 아니야."

"도대체 당신이 나에 대해서 뭘 알아?" 아버지가 소리쳤다. "당신은 아무것도 몰라. 아무것도!"

아버지의 표정이 확 달라졌다. 얼굴에 가득하던 비웃음이 별안간 모두 사라졌다.

"정말로 죽을 거야?" 아버지가 할머니에게 물었다.

아버지의 표정이 변한 것만큼이나 할머니의 대답도

놀라운 것이었다. 생각지도 않게 자신에게 주어진 이점을 할머니는 이용하지 않았다.

"아니." 할머니가 조용히 대답했다.

할머니와 아버지는 더 이상 아무 말도 하지 않았다. 할머니가 자신의 손을 아버지의 손 위에 올려놓았고, 등을 구부린 아버지는 할머니의 늙고 주름진 손을 바라보았다.

할머니와 아버지의 대화는 그렇게 끝이 났다.

할머니는 아래층으로 내려온 적이 없었고, 아버지가 위층으로 올라간 적도 없었다. 서로 부딪친 일이라곤 없는 그들이 어떻게 얘기를 나눌 수 있었을까? 하지만 나는 그 대화의 내용을 분명하게 기억한다. 그들은 할머니와 아버지가 아니었던가? 그렇다면 그들은 누구였던가? 요한 요한손은 깊이 절망하고 있는 자라고 말한 사람이 누구였던가? 두려움에 떨고 있는 자라고 말한 사람은 누구였던가? 공포라고 해서 다 똑같은 공포가 아니라고, 공포에도 여러 종류가 있다고, 어둠에 대한 공포도 있고, 얼음에 대한 공포도 있고, 말(馬)에 대한 공포도 있는 것이라고, 말을 다루는 사람들조차도 말 앞에서 두려움을 느끼는 법이라고, 아니 말 앞에서 제일 두려움을 느끼는 사람들은 누구보다도 말을 사랑하는 바로 그 사람들이라고, 사람을 두려워하는 사람도 있다고. 그렇게 말한 사람은, 그렇다면 누구였던가? 삶을 향한 크고 강렬한 사랑에는 견디기 힘든 공포가 스며있는 법이라고 말한 사람은, 그렇다면 과연 누구였던가?

까옥까옥 깍깍. 까치들이 울고 또 울고 있었다. 까치들은 사과나무에 모여 앉아 울고 또 울었다. 여느 때보다 훨씬 큰 소리로, 슬픈 소리로 울었다. '차가운 길' 위에 어린 까치 한 마리가 죽어 있었다. 까치 두 마리가 죽은 어린 까치에게 내려앉았다가 사과나무 쪽으로 날아갔다가 다시 내려앉았다. 폴짝거리며 죽은 까치 주위를 돌아다니고 있었다. 깨어나라고. 깨어나 돌아오라고. 깨어나 어서 돌아오라고. 까옥까옥 깍깍. 사과나무에 앉은 까치들이 슬픔에 잠겨 까옥거렸다. 울면서 그들을 지켜보고 있었다.

죽은 어린 까치에게 달려가려고 할 때 아버지가 나를 불러 세웠다. 아버지가 내 손을 잡고 조심스럽게 죽은 까치에게로 다가갔다.

"만지진 마." 까치를 살펴보고 있던 아버지가 나에게 말했다. "죽은 지 꽤 된 모양이야. 우리 잘 묻어주자. 하지만 다른 까치들한테도 시간이 필요할 거야. 이해할 수 없는 걸 받아들일 시간 말이야. 죽음은 누구한테나 이해하기 힘든 거란다. 까치도 사람하고 다르지 않아."

다음 날, 아버지와 함께 다시 그곳으로 갔을 때 어린 까치의 주검 위에는 파리들이 새까맣게 앉아 있었다. 파리를 쫓고 나자 하얀 구더기가 꼬여 있는 것이 보였다. 흰 셔츠에 검은 정장을 입은 아버지가 장미나무 덤불 옆에 구덩이를 팠다. 아버지 옆에 서서 곁눈질로 아버지를 훔쳐보았다. 아버지는 몹시 슬퍼 보였다. 아버지가 작은 무덤 앞에 머리 숙여 어린 까치의 죽음을 애도했다. 엄숙하고도 경건한 모습이었다. 까치 두 마리가 사과나무에서 장미나무 덤불 위로 날아와 앉았다. 까옥까옥. 까옥까옥 깍깍. 머리를 까닥이며 까옥까옥 울었다.

"우리가 제 새끼를 묻어줬다고 고마워하는 거야." 아버지가 말했다.

에바는 아까부터 부엌 창 너머로 우리를 지켜보고 있었다. 그 사실을 아버지도 알고 있을까. 나는 문득 궁금해졌다.

"얼마나 설교를 잘하는지 장례식에 온 모든 사람을 울리는 목사들이 있어. 나도 종종 봤지. 그들은 떠난 사람의 일생을 감동적으로 이야기해. 남은 사람들의 마음

속에 연민이 철철 넘쳐흐르도록 말이야. 하지만 그건 연극일 뿐이야. 만약 내가 죽게 된다면 절대 그런 목사한테 내 장례식을 맡기지 마라. 잊으면 안 돼. 알았지? 잘 기억해 둬. 내 장례식은 말이지, 그러니까 그저 덤덤하게, 아니 아예 무관심하게, 죽은 사람과 자신은 아무 상관도 없다는 듯, 의식이나 집전하면 그만이라는 듯 행동하는 그런 목사한테 맡기도록 해. 내가 죽으면 꼭 그렇게 해줘. 내가 바라는 건 그뿐이야."

"왜 그런 소리를 해? 아버지는 죽지 않을 거야."

"언젠가는 다 죽어."

"아니야. 아버지는 죽지 않을 거야."

"내가 무슨 불사신이라도 되는 줄 아니? 내일 죽을 수도 있어. 사람이란 그런 거야. 살아 있는 건 다 그래."

어린 까치의 작은 무덤을 바라보던 아버지의 눈도 그랬다. 아버지의 눈 속에 거대한 공포가 서려 있었다.

"할아버지는 까치를 싫어해." 내가 말했다.

"짐승이라면 무조건 싫어하는 사람들이 의외로 많아. 그들은 우스꽝스럽게도 짐승을 좋아하게 되면 사람을 좋아할 수 없게 된다고 믿거든."

"할아버지는 다른 이유 때문에 까치를 싫어해." 내가 말했다. "까치는 다른 작은 새들을 잡아먹는대."

"그래?"

아버지가 고개를 갸우뚱하더니 무엇인가 골똘히 생각했다. 나는 생각에 잠긴 그의 진지한 표정을 좋아했다.

"저번에 헛간에서 말이야. 왜 할아버지한테 그렇게 했어?"

"나한테서 가장 소중한 걸 뺏으려고 했기 때문이야."

나는 아버지의 말을 잘 이해할 수가 없었다. 하지만 그의 목소리가 너무나 슬퍼서 더 물어보지 않았다. 몹시 혼란스러웠다. 어린 까치 한 마리의 죽음에 깊이 슬퍼하는 경건한 모습. 때 묻지 않은 아이 같은 순수한 모습. 술에 취해 꼬부라진 혀로 힘없는 한 노인을 놀려대는 야비한 모습. 더러운 돼지 같은 비열한 모습. 어쨌든 그는 나의 아버지였다. 나의 살아 있는 아버지였다.

며칠 뒤였다. 할머니가 부탁한 것들을 사들고 계단을 오르고 있었다. 위층에서 누군가 화가 나서 투덜대는 소리가 들렸다. 문에다 귀를 가져다댔다. 언젠가 에바와 내가 다락에서, 그러니까 다락에 있던 궤짝 속에서 들었던 것과 아주 흡사한 그 소리는 끊어졌다가 이어지고, 커졌다가는 작아졌다. 그때와 똑같았다.

가만히 손잡이를 눌러 조심스럽게 문을 열었다. 유황

타는 냄새가 코를 찔렀다. 할머니가 속치마 차림으로 부엌에 옮겨놓은 침대 위에 앉아 있었다. 윗도리를 뒤로 젖힌 바람에 어깨와 등 위쪽이 훤히 드러났다. 검버섯이 거뭇거뭇 핀 허연 피부 여기저기 종기 같은 것이 보였다.

"여기 또 한 마리 있어!" 할아버지가 소리쳤다. "피를 얼마나 빨아먹었는지 배가 남산만 해. 곧 터질 것 같아."

할머니 등에 왕진드기 한 마리가 머리를 처박고 있었다. 짙은 갈색에 무사마귀처럼 몸통이 커다랬다.

"구역질나는 놈, 넌 끝이야." 할아버지가 웅얼거리면서 엄지손가락과 집게손가락으로 왕진드기를 잡았다.

"이것 봐. 엄청나게 큰 놈이야." 할아버지가 왕진드기를 높이 치켜들고 쉰 목소리로 외쳤다. "나 참, 별꼴 다 보겠네. 여기 좀 봐. 큰 놈 위에 조그만 놈이 앉아 있어. 큰 놈 피를 빨아먹고 있다고."

할아버지가 콜록콜록 기침을 했다. 할머니 등에서 뜯어낸 왕진드기를 들고 발을 끌며 식탁으로 갔다. 식탁 위에는 넓적한 병뚜껑 하나가 놓여 있었다. 왕진드기를 병뚜껑에 내려놓고는 성냥개비에 불을 붙였다. 불꽃이 닿자 왕진드기의 몸에서 지지직 소리가 났다. 할아버지는 그것으로 만족하지 않았다. 시커멓게 그을린 왕진드기의 몸통을 성냥개비로 찔러대더니 타지 않은 부분이 위로 오게 돌려놓고는 다시 불을 붙였다. 구역질이 치밀어 올랐다. 할아버지는 마치 매혹적인 것이라도 구경하는 양 시커멓게 탄 왕진드기를 이리저리 뜯어보았다. 할머니 등 뒤로 걸어가면서 할아버지는 콜록콜록 기침을 했다. 그러곤 또 다시 할머니의 등을 살펴보기 시작했다. 할머니는 눈을 감고 조용히 앉아 있었다. 어디 또 가려운 데가 없느냐는 할아버지의 질문을 듣지 못했는지 아무 말도 하지 않았다.

"아무래도 윗도리를 다 벗는 게 좋겠어." 할아버지가 말했다. "등 아래쪽에도 분명히 몇 놈 더 있을 거야."

할아버지는 두 눈을 반짝거리며 할머니의 축 늘어진 살가죽을 뒤졌다. 그 순간, 추하고 역겹다는 느낌은 서서히 사그라졌다. 할아버지의 자상한 손길과 눈을 꼭 감은 채 평화롭게 미소 짓는 할머니. 사뭇 아름답기까지 했다. 저런 게 사랑일까?

나는 장바구니를 안으로 밀어놓고 조용히 등을 돌렸다. 어쩌면 사람들은 구시렁거리는 소리에 대해선 왜 아무 말이 없냐고 물을지도 모른다. 하지만 나는 그 모든 걸 눈으로 직접 이해하지 않았던가?

그 모습은 여전히 내 가슴속에 남아 있다.

나는 계단을 내려와 베란다로 나갔다. 아버지를 만났

더라면 이렇게 물어보았을 것이다. 왜 울었어?

아버지는 베란다에 앉아 있지 않았다. 아버지가 앉아 있던 곳은 술집이었다. 나는 아버지 곁으로 다가갔다. 아버지가 떠나지 못하게 하고 싶었다. 그는 나에게 편지 한 통을 보여주었다.

이 세상 그 무엇보다도 사랑하는 메릴린!
나는 더 이상 견딜 수가 없습니다. 당신은 나의 모든 것입니다. 당신을 향한 내 사랑을 말로는 다 표현할 수가 없군요. 오, 아름답고 사랑스러운 나의 여신이여…….

교장 선생은 직접 편지를 쓰려고 몇 번인가 시도했다고 한다. 하지만 결국 자기에게 부탁하게 되었노라고 아버지가 말했다. 사랑의 기술은 책에서 배울 수 있는 것이 아니라면서.

아버지와 내가 미드솜마르크란센 곳곳에 매달아 놓은 사랑의 쪽지 덕분에 교장 선생은 메릴린 먼로와 만날 수 있었다. 그러나 결과는 만족스럽지 못했다고 한다. 아버지는 이번 편지가 교장 선생의 행복과 불행을 결정짓게 될 거라고 말했다.

당신이 없는 한 내 인생은 아무런 가치도 없습니다. 하지만 나는 원치 않는 결정을 내렸습니다. 나 때문에 당신이 괴로워하고 있다는 것을 잘 알기 때문입니다. 절망의 어둠 속에 파묻혀 생각하고, 또 생각했습니다. 우리가 함께할 수 있는 길이 어딘가에 있을지도 모른다는 희망을 차마 버릴 수가 없었습니다. 그러나 나는 힘들어하는 당신의 모습을 더 이상 지켜볼 수가 없습니다. 오, 사랑하는 나의 메릴린!

아버지는 나더러 메릴린 먼로에게 가서 그걸 전해주라고 했다. 이런 내용이 담긴 편지를 교장 선생 손으로 직접 줄 수는 없는 노릇이라면서. 물론 아버지가 전해줄 수도 있다고 했다. 하지만 그랬다가 메릴린이 편지를 쓴 장본인이 누구인지 눈치 채고 거절하고 만다면?

"어떻게 반응하는지 잘 살피도록 해. 아주 정확하게 관찰해야 돼. 교장 선생의 운명이 달려 있는 일이야. 빨리 다녀 와. 갔다 오면 레모네이드 한 잔 사 줄게." 아버지가 백작처럼 우아한 동작으로 비단 머플러를 어깨 뒤로 넘기며 말했다.

내가 막 술집 문을 나서려는 순간 아버지가 큰 소리로 나를 불렀다. 고개를 돌려 아버지를 보았지만, 아버지는 나를 보고 있지 않았다. 아마도 맥주를 한 잔 더 주문하려고 술집 종업원을 불렀던 모양이다.

메릴린 먼로의 집으로 가는 길에 혹시 비곗덩어리가 문을 열어주면 어쩌나 몹시 걱정되었다. 문 앞에 도착해서도 바로 초인종을 누르지 못하고 멈칫거렸다. 그렇게 한참 망설인 끝에 나는 운명을 시험하는 기분으로 초인종을 눌렀다. 다행히 비곗덩어리의 엄마, 릴리 클라린이 문을 열고 나왔다. 나는 릴리 클라린에게 아니 메릴린 먼로에게 편지를 내밀었다.

당신을 힘들게 하지 않으려면 이 무모한 희망을 접어야겠지요. 나는 나 자신이 선량한 사람이라고 생각했습니다. 당신을 힘들게 하는 줄 알면서도 당신을 사랑한 나는 악마였습니다. 결과적으로 그렇게 되었다 할지라도 내가 당신을 괴롭히려고 사랑한 것은 아니라는 사실을 당신도 알 것입니다. 이제 나는 깨달았습니다. 사랑은 고통이라는 것을 말입니다.

당신은 나를 겁쟁이라고 생각하겠지요. 그렇습니다. 나는 겁쟁이입니다. 하지만 내가 이별을 결정한 까닭은 나의 고통 때문이 아니라 당신의 고통 때문입니다. 오, 사랑하는 메릴린! 부디 행복하게 지내세요. 부디 행복하게!

릴리 클라린, 아니 메릴린 먼로가 편지를 읽고 있는 동안 나는 점점 일그러지는 그녀의 얼굴을 똑똑히 보았다. 몇 마디 위로의 말이라도 건네야 하는 게 아닌가 생각하고 있는데 그녀가 입을 열었다.

"이 미친 작자한테 가서 제발 꺼져버리라고 전해. 어디 먼 후추밭 같은 데로 말이야." 메릴린 먼로가 숨을 몰아쉬며 소리쳤다. "그리고 뒈질 때까지 거기서 나오지 말라고 해." 메릴린 먼로가 편지를 구기더니 내 앞에 팽개쳤다.

"그래, 그래. 어서 와." 내가 술집 문을 열고 들어서자 아버지가 소리쳤다. "그래 어떤 소식을 가져왔어? 어서 앉아. 응? 어서 말 좀 해봐!"

나는 내가 보았던 것, 메릴린 먼로가 말했던 것, 그 모든 것을 있는 그대로 아버지에게 전했다.

"음, 그래. 음, 그렇게 말했단 말이지……." 아버지의 눈이 가늘어졌다. 아버지는 맥주를 마시는 사이사이 독한 소주를 홀짝홀짝 들이켰다. 그러면서 잔뜩 굳은 표정으로 무엇인가를 골똘히 생각했다.

종업원이 음식이 담긴 큰 접시를 가져왔다. 아버지가 나를 슬쩍 쳐다보았다.

"배는 안 고프지? 그래도 목은 꽤 마를 거야." 내가 대답도 하기 전에 아버지가 종업원을 향해 고개를 돌렸다. "우리 젊은 남작을 위해 레모네이드 한 잔 가져다주겠소?"

아버지는 접시를 자기 앞으로 끌어당겼다.

"아니, 이거 뭐야?" 아버지가 험악한 표정을 지었다. "세상에! 도로 가져 가! 당장 도로 가져 가! 도대체가 말이지, 아직도 내가 누군지 몰라서 이래?"

종업원이 이해할 수 없다는 표정으로 아버지를 물끄러미 바라보았다. 아버지가 신경질적으로 비단 머플러를 툭툭 털었다. 나이 많은 여자 종업원이 달려왔다.

"이것 봐, 이거. 접시가 차잖아." 아버지가 말했다. 나이 많은 종업원이 아버지의 귀에다 대고, 새로 온 아이라서 아직 뭐가 뭔지 잘 모르니 너그럽게 용서해달라고 속삭이고는 접시를 들고 돌아갔다.

"모름지기 괜찮은 레스토랑이라면 잘 데운 접시에다 음식을 담아내야 하는 거야. 그렇지 않으면 음식이 금방 식어버리거든." 아버지가 설명했다. "그리고 남자는 자기가 생각하는 바를 항상 당당하게 얘기할 수 있어야 해. 무조건 겸손하게만 행동하면 다른 사람들한테 멸시를 받는다고. 유감스럽지만 그게 인지상정이야.”

나이 어린 종업원이 다시 접시를 가져왔다. 아버지는 손으로 접시를 만져보고 난 뒤 접시에 담긴 감자와 생선 튀김과 소스를 꼼꼼히 살피기 시작했다.

“도대체 건포도 소스는 어디 있는 거야?”

“여기 있잖아요.” 새로 온 나이 어린 종업원이 퉁명스럽게 대답했다.

“뭐야? 건포도도 없는 건포도 소스?”

“건포도 여기 보이네요, 뭐.” 종업원이 손가락으로 건포도 하나를 가리켰다.

“손 치우지 못해! 도로 가져 가! 당장!” 아버지가 손을 홰홰 내저었다. 나이 많은 종업원이 다시 달려 나와 접시를 가져갔다.

내가 만약 몇 년 전 이렇게 술집에 앉아 자기가 무식한 ‘보통 사람들’과는 다르다는 것을 보여주기 위해 애쓰는 아버지의 시범을 보고 들었다면 틀림없이 말도 못하게 감동했을 것이다. 하지만 이제 나는 더 이상 그를 존경할 수가 없다.

“교장 선생이라는 사람이 있기는 한 거야?” 내가 물

었다.

"뭐? 교장 선생이 있느냐고? 네 스스로 그 깊은 절망의 증인이 됐으면서 대체 무슨 멍청한 소리야? 가여운 교장 선생한테 얼마나 실례가 되는 말인지 한번 생각해봐. 그 사람은 지금도 밤이면 밤마다 춥고 어두운 거리에서 메릴린의 창을 바라보고 있어. 창에 어리는 그녀의 그림자라도 볼까 해서 말이야."

"우스꽝스러워."

"그 사람은 지금 '이불언덕' 위에 서 있을 거야. '이불언덕' 위에 서서 메릴린의 집으로 들어가는 한 남자를 바라보고 있어. 이미 어두워졌지만, 그 남자가 누군지 알아볼 수는 있지. 환하게 불을 밝힌 창 너머로 메릴린과 그 남자가 꼭 붙어 앉아 있는 것이 보여. 언젠가 자신이 앉았던 소파에 다른 남자가 앉아 있는 거야. 우스꽝스럽다고? 그래, 맞아. 멍청한 어릿광대처럼 보일지도 모르지. 하지만 상상해봐. 사랑 때문에 절망에 빠진 한 남자가 언덕에 서서 사랑하는 여인의 창을 바라보고 있는 거야. 어때? 아름답다는 생각이 들지 않아? 그 남자가 가엾지 않아?"

나이 어린 종업원이 음식이 담긴 접시를 다시 가져와 내려놓자 아버지가 말을 끊었다. 이번에는 모든 것이 마음에 드는 모양이었다.

"존경이란 말이지 마음에 들지 않는 게 있으면 주눅 들지 않고 당당하게 요구할 수 있는 사람한테만 주어지는 거야." 아버지가 말했다.

하지만 존경스러운 백작을 바라보는 술집 종업원의 얼굴에는 조소가 가득했다. 그리고 새로 가져온 건포도 소스에 건포도가 더 늘어난 것 같지도 않았다. 다른 손님들이 모두 우리를 쳐다보고 있었다. 얼굴이 화끈거렸다.

"메릴린은 그를 더 이상 만나려 하질 않았어. 그녀의 삶에서 그를 축출해버린 거야. 그는 절망에 빠져 있어."

아버지가 맥주잔을 비웠다. 그러고는 우아한 동작으로 빈 맥주잔을 머리 위로 치켜들고 종업원 쪽을 쳐다보았다.

"그래도 내 멋진 친구인 교장 선생은 말이지……."

"그 사람은 더러운 돼지새끼야!" 내가 불쑥 소리쳤다. "멍청하기 짝이 없는 더러운 돼지새끼야!"

찬물이라도 끼얹은 듯 술집 안이 조용해졌다. 모두들 우리를 뚱한 표정으로 지켜보았다. 아버지가 자리에서 벌떡 일어나더니 마치 박수갈채에 답례라도 하듯이 사방을 향해 꾸벅꾸벅 허리를 굽혀 인사했다.

아버지가 그런 어처구니없는 행동을 한 데에는 분명

무슨 까닭이 있었을 테고, 내가 그렇게 어처구니없이 불쑥 소리를 질러댄 데에도 분명 무슨 이유가 있었을 것이다. 이제야 나는 알겠다. 아버지의 어처구니없는 행동과 내가 어처구니없이 불쑥 소리를 지른 것도 실은 사랑과 절망 때문이었다는 것을.

일주일 뒤에 우리는 엄마에게서 메릴린 먼로가 약혼을 했다는 소식을 전해 들었다. 사실 말은 하지 않았지만 이미 전에 몇 번 그녀가 남자와 다정하게 팔짱을 끼고 가는 모습을 보긴 했어. 그 둘은 길을 가면서도 상대방만 쳐다보느라 다른 사람들이 자기들을 보고 수군거리는 것도 모르더라고 글쎄. 뭐 아주 잘생긴 남자는 아니었지만, 그렇다고 뭐 아주 못생긴 남자도 아니었어. 그저 평범하게 생긴 남자였어. 사실 우리가 아주 잘 아는 남자야. 릴리 클라린의 약혼자가 누구인지 말해줘? 자, 모두들 잘 들어. 릴리 클라린의 약혼자는 바로……이바르손 씨야.

결코 오래가지 못할 것이라고 모두들 입방아를 찧었지만, 그들의 사랑은 굳건했다. 메릴린 먼로가 미드솜마르크란센을 떠나 할리우드로 가자 이바르손 씨도 그녀를 쫓아 곧 미드솜마르크란센을 떠났다. 메릴린 먼로에게서 작별인사를 받은 사람은 미드솜마르크란센을 통틀어 엄마, 한 사람밖에 없었다. 뚱보 릴리 클라린이 사라지더니 이제는 메릴린 먼로마저 사라져버렸다. 하지만 그녀가 보여주었던 기적들은 오래도록 내 머릿속에서 사라지지 않았다.

몇 년이 흐른 뒤에 엄마는 봉투에 릴리 이바르손이라고 적힌 편지 한 통을 받았다. 몇 줄 내용을 소개하자면…… 우리 가족은 아주 잘 지내고 있으며, 당신 가족역시 잘 지내고 있기를 진심으로 빌고 있다. 이바르손은 야간 대학을 졸업해 기술자에서 기사로 승진했다. 동봉한 사진에 보이는 집이 우리가 살고 있는 집이다.

여전히 비쩍 마른 이바르손 씨와 예전처럼 다시 뚱뚱해진 릴리 클라린과 그의 뚱뚱한 엄마에 비해 조금도 덜 뚱뚱하지 않은 라르스우베 그리고 곱슬곱슬한 금발에 몸집이 조그마한 여자아이 둘이 집 앞에 서 있었다. 눈부시게 빛나는 금발을 출렁이며 릴리 클라린이 카메라 앞에서 행복하게 웃고 있었다.

"백작 나리, 뭐 더 필요한 것은 없으신지요?" 나이 많은 종업원이 아버지에게 물었다. 아버지는 그 기회를 놓치지 않고 또 맥주 한 잔과 레모네이드를 주문했다.

“이제 그만 집에 가자.” 내가 말했다.

“조금만 더 있다가.” 아버지가 말했다.

“백작 나리, 이제 성으로 돌아가야 할 시간이옵니다.” 내가 공손하게 머리를 숙였다.

“그만둬.” 아버지가 말했다. “나는 집으로 갈 수가 없어. 네 엄마가 날 경멸할 거야. 집으로 가고 싶지 않아. 도대체 어떻게 돼먹은 인간이냐고 나한테 묻겠지. 나도 나 자신한테 물어보곤 해. 도대체 난 어떻게 돼먹은 인간이냐고 말이야. 난 더러운 돼지새끼야. 멍청하기 짝이 없는 더러운 돼지새끼야. 세상에서 가장 멋진 여자와 결혼을 하고서도 난 멍청하고 더러운 돼지새끼 같은 짓만 하고 돌아다니지. 나는 네 엄마를 사랑해. 하지만 난 그녀를 괴롭히기만⋯⋯. 그리고 에바와 너한테도. 나도 나 자신을 이해할 수가 없어.”

아버지가 잔을 들고 벌컥벌컥 술을 들이켰다.

“이제 그만 마셔.”

“그래, 그래. 알았어. 먼저 집으로 가도록 해. 가서 엄마한테 전해. 이 세상 누구보다도 네 엄마를 사랑한다고. 가서 그렇게 말해. 미안하다고, 용서를 빈다고, 내가 그렇게 말하더라고 전해. 좀 이따가 따라갈게.”

나는 포기하지 않았다. 아버지가 종업원을 불러 계산

을 하고 자리에서 일어섰다. 문가에 나이 많은 종업원이 서 있었다. 아버지가 그녀의 손을 잡더니 손등에다 가볍게 입을 맞추고는 지폐 몇 장을 쥐어주었다.

"곧 다시 왕림해주시기를 바라나이다, 백작 나리." 문을 열며 종업원이 말했다.

아버지는 고개를 끄덕하더니 비단 머플러 한 자락을 어깨 뒤로 넘겼다. 바람이 거세게 불었다. 채찍처럼 얼굴을 때리는 바람을 피해 몸을 돌렸다. 하늘을 올려다보았다. 어두운 하늘 위로 먹장구름이 몰려왔다.

"왜 그래?" 아버지가 물었다. "교장 선생이 불쌍해서 그래?"

왜 사람들은 전혀 관심도 없는 일을, 그저 관심이 없는 정도가 아니라 아예 원하지도 않는 일을, 아니 원하지 않는 정도가 아니라 끔찍하게 싫어하는 일을 자신의 의지에 반하여 저지르는 것일까?

그해 여름 나는 앙숙이었던 로페 얀손과 친구가 되었다. 그와 어울려 다니며 나중에 나 자신을 몹시 부끄럽게 여길 수밖에 없는 짓들, 아무리 생각해도 내가 저지른 일이라고는 생각할 수 없는 그런 일들을 저지르고 다녔다. 물론 그 당시에는 한순간도 주저하지 않았다.

로페와 나는 하루도 거르지 않고 매일 만났다. 극장 간판이나 영화 포스터, 상점 진열대 따위를 들여다보면서 미드솜마르크란센의 거리를 어슬렁거렸다. 돌아다니다 문이 열려 있는 집이 보이면 슬그머니 들어가 지하실이나 다락을 뒤지기도 했다. 버스를 타고 미드솜마르크란센을 벗어나 스톡홀름의 다른 구역으로 놀러 갈 때도 있었다. 그럴 때면 버스에 나란히 앉아 당시 유행하던 「두 개의 빨간 돛단배」와 「우리 집 정원에서」를 흥얼거렸다. 곧잘 슐베리에 올라가 놀기도 했다. 슐베리를 '용산' 이라고 부르는 사람도 있었고, '코끼리 산' 이라고 부르는 사람도 있었다. 또 어떤 사람들은 '거인 산' 이라고도 불렀다. 아주 옛날에는 평지였는데, 그곳에서 살던 거인이 죽어 화석이 된 것이 지금의 슐베리라고 했다. 슐베리에는 커다란 동굴이 하나 있었다. 그 동굴을 처음 보았을 때 로페와 나는 아마도 거인의 몸속으로 들어가는 비밀통로일지도 모른다고 생각했다. 동굴 속은 아주 깜깜했다. 손전등으로 비쳐본 동굴 벽에는 온갖 추잡한 그림들이 그려져 있었다. 사실 동굴 속에서 살고 있는 것이라곤 어둠과 정적과 공포뿐이었지만, 왠지 비록 우리 눈에는 보이지 않지만 세상에서 추방당한 모든 존재들이 숨어 어둠과 정적과 공포 속에서 생명을 힘겹게 이어가고 있는지도 모른다는 생각이 불쑥불쑥 들었다.

낭떠러지에 서서 오줌 줄기로 십자가를 그으며 술베리의 유령들을 불러내기도 했다. 물론 한 번도 성공한 적은 없다. 낭떠러지에 서서 오줌을 누고 있는 로페를 보고 있으면 문득 그의 등을 밀어버리고 싶다는 충동이 일어날 때가 있었다. 그럴 때면 비명을 지르며 벼랑 아래로 떨어지는 로페의 모습이 떠올라 몸이 덜덜 떨렸다. 왜 그래? 떨어질까봐 무서운 거야? 로페는 그렇게 묻곤 했다.

그 당시 로페에 대한 나의 감정을 한 마디로 잘라 말할 수는 없다. 그와 그가 지닌 대담함에 경탄을 하고 있었던 것도, 그렇다고 경멸을 하고 있었던 것도 아니다. 어쨌든 그때 나는 매일 로페와 붙어 지냈다.

우리는 행동반경을 점차 넓혀 갔다. 때로는 멀리 떨어진 트레칸텐 호수나 혹은 맬라르 호수로 놀러 갈 때도 있었다. 호숫가 계선주(繫船柱)에 올라 물속으로 뛰어들면서 누가 멀리 점프를 하나 시합하기도 했다. 그때 우리는 무엇을 입증하고 싶었던 것일까? 주말 농장이 모여 있는 디아넬룬드에 놀러 가면 벌건 대낮인데도 당

근을 훔쳤고, 테겔브룩스 거리를 따라 걸으며 가로등과
반지하 상점들의 유리창을 박살내기도 했다. 한번은 로
페가 고양이 꼬리를 잡고 투포환 선수처럼 빙글빙글 돌
리다가 허공 속으로 집어 던진 적도 있었다. 고양이는
비명을 지르며 30미터도 넘게 날아가 길바닥에 내동댕
이쳐졌다.

"이제 네 차례야." 로페가 말했다.

"그렇게 당했는데 우리 곁으로 올 것 같아?"

"당연하지." 로페가 대답했다. "아까 내가 그놈한테
했던 것처럼 살살 구슬려 봐. 분명히 슬금슬금 다시 기
어들 걸."

내가 혐오스러워 한다는 것을 눈치 채고 로페는 고양
이들이 어린 새를 잡아먹기 때문에 싫다고 말했다. 할아
버지가 까치를 싫어하는 것과 같은 이유였다.

물결무늬 깃털의 앵무새를 보여주겠다며 로페가 나를
자기 집으로 데려갔다. 로페에게는 내가 이미 알고 있던
두 형 말고도 여동생 둘이 더 있었다. 그중 한 아이는 수
두에 걸려 침대에 누워 있었다. 안 그래도 좁은 방은 몇
몇 침대 때문에 더 좁아 보였다. 바닥엔 매트리스가 깔
려 있었다. 사람에 비해 침대가 부족한 모양이었다. 책
도, 신문도, 그림도, 하다못해 작은 사진액자 하나 없는

방이었다. 창가에는 화분이 하나 있었는데 그 옆으로 새장이 보였다. 창틀과 방바닥 여기저기 새 모이가 떨어져 있었다. 방 구석구석마다 먼지 뭉치가 굴러다녔다. 몹시 지저분한 방이었다. 로페의 큰형 예스타가 여동생이 누워 있는 침대에 걸터앉아 미심쩍은 눈초리로 나를 쳐다보았다.

로페는 새장에서 앵무새를 꺼내 손바닥 위에 올려놓았다.

"내 앵무새야." 로페가 말했다. "이름이 펠레야. 어때, 멋있지?"

내가 고개를 끄덕였다.

"너 돈 가진 거 있냐?" 예스타가 물었다. "포커 한 판 치지 않을래?"

나는 마치 그의 말을 듣지 못한 것처럼 아무 대답도 하지 않았다.

"1크로네만 내면 애 가랑이 사이를 한 번 만지게 해줄게." 예스타가 침대에 누워 있는 여동생을 가리켰다.

"돈 없어."

"그래? 그럼 어쩔 수 없지."

침대에 누워 있던 여자아이가 히죽히죽 웃었다. 로페는 앵무새의 물결무늬 깃털만 쓰다듬고 있었다.

"좋아, 공짜로 만지게 해줄게." 예스타가 말했다.

나는 방을 박차고 나가고 싶었다.

"괴롭히지 말고 가만 좀 놔둬." 로페가 소리쳤다. "애가 원하지 않으면 원하지 않는 거야."

그때 방문이 벌컥 열렸다. 에브루가 서 있었다. 가슴이 덜컥 내려앉았다. 술에 취한 에브루가, 아니 로페의 아버지가 비틀거리며 부엌으로 갔다.

로페는 앵무새를 다시 새장에 집어넣고는 창밖을 물끄러미 바라보았다. 나는 로페에게 이제 그만 집에 가야 한다고 말했다.

"너희 집에도 앵무새 있니?" 로페가 물었다.

"우리 엄마는 집에서 짐승을 못 키우게 해." 나는 로페에게 거짓말을 했다.

길가에 놓인 자전거 타이어에 구멍을 낸다든지 누군가 패주고 싶어지질 때 혹은 그와 비슷한 짓을 저지르고 싶을 때마다 로페는 늘 내 의견을 물었다. 우리는 매끈하게 빼입고, 시건방지게 구는 녀석들을 으슥한 곳으로 끌고 간 다음 장미넝쿨 가지로 만든 채찍을 휘두르며 흠씬 두들겨 팼다. 하지만 내가 싫다고 하면 로페도 바로 마음을 접었다. 내가 원하지 않는 일을 강요한 적은 한 번도 없었다. 그렇지만 나는 대개 그의 계획에 동참했다. 온갖 못된 짓에 동참했을 뿐 아니라 때로는 내 편에서 먼저 악행을 제안하기도 했다. 나는 이미 쉽사리 지울 수 없는 얼룩으로 물들었다. 자칫하다가는 또다시 위탁 가정이나 보육시설로 끌려갈 수도 있었다. 하지만 악행을 저지르고 다닌다는 사실이 발각되지 않는 한 문제될 것은 없었다.

"아무도 우릴 잡을 수 없어."

로페는 멍청이들이나 경찰에 잡혀가는 법이라고 말했다. 그는 장차 갱단의 두목이 되어 냉혹하고 교묘한 술수로 부자들의 돈을 빼앗을 거라고 했다. 하지만 자기는 아주 영리하기 때문에 결코 감옥 따위에 잡혀 들어가는 일은 없을 거라고 자신했다. 그러면서 나더러 자기 갱단에 들어와 함께 일하지 않겠느냐고 물었다. 로페와 내가 욕심 많은 부자의 더러운 돈을 강탈한다. 뺏은 돈의 일부를 가난한 사람들에게 나누어준다. 나머지 돈으로 우리는 저택을 사들인다. 차고에는 리무진이 있고, 화려하게 장식한 욕실은 운동장처럼 크다. 우리는 리무진을 몰고 미드솜마르크란센을 한 바퀴 돈다. 우리가 차를 멈추자 아이들이 몰려든다. 번쩍거리는 리무진을 구경한다. 아이들 속에 섞여 있던 나이 든 여자들이 차창 안을 들여다보고는 놀라 자빠진다.

로페의 이야기를 듣고 있으면 기분이 좋아지긴 했다. 하지만 열광을 할 정도는 아니었다. 나는 갱단의 두목이 되고 싶은 마음이 추호도 없었다. 갱단의 두목이 되고 싶어서 그런 못된 짓을 저지르고 다니는 것도 아니었다. 그렇다면 이유가 대체 무엇이었을까? 왜 그런 짓을 저지르고 다녔던 걸까?

"우리는 백만장자가 될 거야." 로페가 말했다.

"하지만 영리한 경찰도 많아. 교묘한 술수에 우리가 걸려들 수도 있어." 내가 말했다. 하지만 로페는 내 말을 듣고 있지 않았다.

"백만장자 말이야, 백만장자. 진짜 백만장자. 우리가 원하는 건 뭐든 다 할 수 있는 거야."

뢰트모가타에 늘어선 집들은 대개 다세대주택이었다. 그 사이 단독주택 세 채가 나란히 있었는데, 가운데 집엔 곧잘 불이 꺼져 있곤 했다. 우리는 여러 날 저녁 그 앞을 어슬렁거렸다.

"하루 날 잡아서 저 집을 털자." 로페가 말했다.

나는 얼른 대답을 하지 못하고 머뭇거렸다. 아무리 못된 짓만 골라 저지르고 다녔다지만, 집을 턴다는 건 유리창을 깨거나 빨랫줄에 넣어 놓은 옷가지에 흙을 집어

던지는 것과 전혀 다른 문제였다.

"절대 들키지 않을 거야." 로페가 말했다. "어때? 같이해볼래?"

"좀 두고 보자."

실제로 그 일이 일어났던가. 한밤중 술에 취해 골아떨어졌던 아버지가 바지를 내리고 오줌을 눈 곳이 정말 내 침대였던가? 인사불성이 되도록 술을 마신 아버지가 비틀거리며 집으로 걸어왔다. 아이들 한 무리가 아버지 뒤를 따르고 있었다. 아버지의 갈지자걸음을 흉내 내며 배를 잡고 웃고 있었다. 실제로 그 일이 일어났던가? 아이들이 놀려대던 사람이 정말 나의 아버지였던가? 아니다. 그 사람은 나의 아버지가 아니다. 아니다. 저 사람은…… 그래, 그래, 그래! 곤드레만드레 술에 취한 남자 하나가 길바닥에 쓰러져 있다. 돼지새끼 몇 마리가 쓰러진 남자의 옷에서 지갑을 꺼낸다. 실제로 그 일이 일어났던가? 돼지새끼들이 뒤지고 있던 그 지갑이 정말로 내 아버지의 지갑이었던가? 아버지와 나는 언덕에 올랐다. 시원한 바람이 불고 있었다. 연을 날리기에 안성맞

춤이었다. 하지만 연은 잘 날아오르지 않았다. 실제로 그 일이 일어났던가? 그때 아버지가 내 눈 앞에서 갈기 갈기 찢어버린 그 연이 정말로 나의 연이었던가? 성냥 개비로 만든 그림이 부엌 벽에서 사라졌을 때 분노로 온 몸을 떨며 달려와 내가 죽을 때까지 주먹질을 해대던 그 사람이 정말로 나의 아버지였을까?

환영이었을까? 하얗게 피어올랐다 어른어른 사라지 는 미친 환영이었을까? 그래, 그건 단지 환영일 뿐이다. 나는 이렇게 살아 있지 않은가.

장대비가 쏟아졌다. 나다니는 사람도 별로 없었다. 로 페와 나는 뢰트모가타의 그 집으로 갔다. 역시 불이 꺼 져 있었다. 작은 정원을 지나 현관문 앞에 서서 초인종 을 눌렀다. 아무런 기척이 없었다.

집 뒤편으로 갔다. 뒤쪽에도 정원이 있었다. 말오줌나 무로 울타리를 친 뒤꼍 여기저기 과일나무가 서 있었다. 키가 큰 나무들이었다. 구스베리 덤불도 있었다. 집 안을 살펴보기 위해 창에서 제일 가까운 나무 위로 올라갔다. 깜깜해서 아무것도 보이지 않았다. 누군가 어두운 그 집 안에 서서 창 너머로 우리를 지켜보고 있는 것만 같았다.

창문을 향해 돌을 던졌다. 끔찍하게 큰 소리와 함께 유리창이 사방으로 깨져 나갔다. 우리는 구스베리 덤불 밑에 몸을 숨겼다. 그리고 한동안 누가 나오지 않나 숨을 죽이고 지켜보았다. 비가 억수같이 쏟아졌고 둘 다 흠뻑 젖었다.

우리는 벌떡 일어서 창틀을 넘어 집 안으로 들어갔다. 여느 곳과 크게 다를 게 없는 집이었다. 꼭 우리 집을 털고 있는 것 같았다. 거실에도, 침실에도 값나갈 만한 물건 따위는 보이지 않았다. 책상 서랍 안에도 훔칠 만한 것이 없었다. 다행히 부엌 찬장에 초콜릿케이크가 하나 놓여 있었다. 로페와 나는 그것을 사이좋게 나눠 먹었다.

"아까부터 누가 지켜보고 있어. 침대 밑에 숨어서 말이야." 로페가 말했다.

"알고 있어. 너희 꼰대야."

로페가 배를 잡고 웃었다.

우리는 침대 밑을 살펴보았다. 아무도 없었다.

"난 권투를 배울 거야." 로페가 말했다. "그래서 다시는 나를 때리게 내버려 두지……" 로페가 갑자기 입을 다물었다.

로페가 주머니에서 무엇인가를 끄집어냈다.

"너 이런 거 본 적 있어?"

주머니칼이었다. 로페가 칼집에 있는 작은 단추를 누르자 새파랗게 날선 칼이 툭 튀어나왔다. 로페는 침대보를 걷어내더니 베개에다 칼을 꽂았다. 몇 번인가 더 찌르고 그어대더니 킬킬거리고 웃으며 베개를 집어 들고 흔들기 시작했다. 베개 속에서 깃털이 뿜어 나와 공중으로 펄펄 날아올랐다. 로페와 나는 진흙이 잔뜩 묻은 신발을 신은 채 침대 위에 올라가 풀쩍풀쩍 뛰면서 베개를 흔들었다. 깃털이 젖은 몸에 달라붙었다. 우리는 온몸에 깃털을 붙이고 높이높이 날아올랐다.

"곧 훌름 할망구가 들이닥칠 거야." 로페가 말했다.

"짭새가 들이닥칠지도 몰라." 내가 말했다. 엄마가 들이닥칠지 모른다는 생각도 들었다.

"만약 짭새들이 온다면 내가 그놈들한테 멋진 선물을 줄 거야." 로페가 주머니칼을 들고 사방으로 찔러대는 시늉을 했다.

우리는 침대 위에서 레슬링을 했다. 서로 마주 보고 실없이 킬킬거리다가 권투도 했다. 그러곤 침대 위에 나란히 누웠다.

"중학교에 진학하는 기분이 어때?" 로페가 물었다.

"몰라." 내가 대답했다.

“내가 유일하게 좋은 성적을 받은 과목은 말이야⋯⋯.” 로페가 말했다. “역사야. 우리 꼰대가 역사 이야기를 많이 들려줬거든. 물론 역사 이야기만 해준 건 아니지만⋯⋯. 지옥에 갇혀 있었던 적도 있었대. 나도 이젠 그게 다 허풍이라는 걸 알지만, 어쨌든 얘기를 많이 해줬어. 우리 꼰대는 술에 취해야 나불대는 다른 꼰대들하고는 좀 달라. 술을 안 마셨을 때만, 그러니까 정신이 말짱할 때만 이야기를 하니까. 예전에는 우리 집에도 책이 꽤 있었어. 꼰대가 술값으로 다 팔아치워 버려서 지금은 한 권도 없지만 말이야. 너희 집엔 책 많냐?”

“몇 권.” 내가 대답했다. “우리 꼰대는 책을 안 읽어. 엄마만 읽어.”

로페는 우리 엄마가 어떤 책들을 읽는지 알고 싶어했다. 저녁이 되면 우리 가족들은 무엇을 하는지, 우리 집은 어떻게 생겼는지 이것저것 물었다.

나는 여태껏 누군가를 집으로 데려가 본 적이 없다. 하지만 로페라면 집으로 데려갈 수도 있을 것 같았다. 아버지가 술 취한 모습을 보더라도 로페는 그다지 놀라지 않을 것 같았다. 하지만 나는 그 애를 초대하지 않았다.

밖에서 자동차가 멈춰 서는 소리가 들렸다. 창가로 달려갔다. 경찰차였다. 뒤꼍으로 달아나기 위해 우리는 거실로 뛰었다. 창문 쪽에서 발걸음 소리가 들렸다. 어찌할 바를 몰라 허둥거리다가 얼른 침실로 들어갔다. 창문을 열고 무작정 뛰어내렸다. 다행히 그쪽에는 아무도 없었다.

우리는 울타리를 향해 뛰었다. 비는 여전히 억수같이 쏟아지고 있었다. 울타리를 뛰어넘어 이웃집 정원으로 들어갔다. 다행히 널빤지를 쌓아 놓고 두꺼운 천막으로 덮은 공간이 보였다. 우리는 그 속에 몸을 숨기고 납작 엎드렸다. 로페가 입을 벌리고 숨을 몰아쉬었다. 경찰 몇 명이 울타리 쪽으로 다가와 손전등으로 여기저기를 비춰 보았다. 우리를 보지 못한 모양이었다.

"그냥 엎드려 있어." 로페가 속삭였다. "틀림없이 다시 올 거야." 빗소리 때문인지 로페의 목소리는 거의 들리지 않았다.

몸이 부들부들 떨렸다. 물에 빠진 생쥐 꼴이었다. 마침내 경찰차가 떠났다. 혈안이 되어 뒤지고 다녔지만 그들은 우리를 잡지 못했다. 우리가 경찰보다 영리했으니까.

로페와 난 자유를 만끽하며 텔루스보리 거리를 뛰어내려갔다. 우리를 당해낼 자는 아무도 없어! 우리는 불사신! 아무도 우리를 이길 수 없어! 로페와 나는 어깨동

무를 하고서 비가 쏟아지는 찻길 한복판을 위풍당당하게 걸었다. 그날 우리는 우주의 중심에 서 있었다. 우리는 살아 있었다. 영원히 살아 있을 것 같았다.

'긴 계단' 위에 서서 우리 집을 내려다보았다. 환하게 불을 밝힌 창이 아름다웠다.

그날 밤 이후 로페와 나는 자주 만나지 않았다. 그리고 로페의 엄마가 돌아가셨다. 우리가 만나는 횟수도 점점 줄어들었다. 그러다 언제부터인지 아예 만나지 않게 되었다. 유년기의 마지막 여름이었다.

차라리 너희한테서 사라지는 것이 나을 거야. 로페 엄마가 죽기 전에 남긴 편지에는 그렇게 적혀 있었다. 하지만 그 편지는 로페 엄마의 시체가 뮈르딩 호수에 떠오른 지 일주일 뒤에야 발견됐다. 그것은 창가에 놓인 화분 속에 있었다. 그녀가 죽고 난 뒤 아무도 화분에 물을 주는 사람이 없었으므로 시들어버린 잎사귀가 하나 둘 떨어진 후에야 편지가 있다는 것이 밝혀졌다.

"엄마가 죽기 전에 마지막으로 한 일은 아마 화분에 물을 주는 일이었을 거야." 로페가 말했다. "아니, 죽기 바로 전에 한 일이 되겠구나. 마지막엔 편지를 썼을 테니까."

로페가 나를 피했던 것일까? 내가 로페를 피했던 것일까? 생각해보면 로페도, 나도 서로를 피하지는 않았던 것 같다. 어쨌든 우리의 관계는 그렇게 끝났다. 길을 가다 우연히 마주칠 때면 잘 지내느냐고 서로 인사를 건넸지만, 그뿐이었다. 로페는 크란센에서 자취를 감췄다.

몇 년이 흘렀다.

'가톨릭교도들'이 '이불언덕'에 앉아 햇볕을 쪼이고 있었다. 더 이상 아름다울 수 없을 것 같은 토요일 오후였다.

바텐레드닝스 거리를 따라 자동차 한 대가 굴러 내려왔다. 미국에서 만든 크고 붉은 무개차! 자동차가 부드럽게 멈춰 섰다. 누군가 담배를 뽑아 물고 불을 붙였다. 선글라스를 벗어 들었다. 로페 양손이었다. 꿈을 이룬 것일까? 몸에 딱 달라붙는 옷을 걸치고 짙은 화장을 한 여자가 로페 옆자리에 앉아 있었다.

"같이 한 바퀴 돌래?" 로페가 웃으며 소리쳤다.

나는 고개를 저었다. 아이들이 몰려들어 로페의 붉은 무개차를 보며 탄성을 질렀다. 바텐레드닝스 거리 31번지에 사는 늙은 여자가 창을 내다보고 있다가 입을 쩍 벌렸다. 틀니가 떨어질 것 같았다. 그렇다. 꿈은 이루어지는 것이다. 사실 나는 그때 탄성을 지르는 아이들도,

입을 벌리는 늙은 여자도 직접 보지 못했다. 로페만 바라보고 있었다. 그가 입고 있는 멋진 신사복, 날렵하게 맨 넥타이. 나는 그때까지 그렇게 작은 매듭으로 맨 넥타이를 본 적이 없었다. 그리고 그의 오른손! 로페의 오른팔은 여자의 어깨에 둘러져 있었고, 그의 오른손은 여자의 봉긋한 가슴에 닿아 있었다. 로페가 손가락으로 담배를 툭 퉁겨내더니 작별인사를 건넸다. 자동차가 멀리 사라져갔다. 로페의 꿈이 이루어진 그곳을 향해.

그때 우리는 열일곱 살이었다. 로페에게 운전 면허증이 있을 턱이 없었다. 아마 그 크고 붉고 멋진 미국제 무개차도 훔친 자동차였을 것이다. 하지만 무슨 상관인가? 아무도 그를 잡지 못할 텐데.

또 몇 년이 흐른 뒤, 마약을 팔고 다닌다는 혐의로 검거될 당시 로페는 마약에 취해 있었다. 그러고도 그는 몇 번인가 더 감옥을 들락거렸다. 내 그럴 줄 알았다며 다들 한 마디씩 했다. 하지만 그에게 신의 은총을 빌어주는 사람은 아무도 없었다.

에바는 정신병원 앞 공원에서 로페를 만난 적이 있다고 말했다. "등을 잔뜩 구부리고는 어슬렁어슬렁 돈을 구걸하고 다녔어. 서로 얼굴을 알아보고 몹시 놀랐지. 그가 나를 와락 껴안았는데 몸에서 어찌나 지독한 냄새가 나던지 구역질이 날 것 같았어. 얼마 전에 자기 엄마가 죽어서 자기는 너무 외롭다고, 돈 가진 것 있으면 몇 푼만 달라고 했어. 돈을 뜯어내려고 옛날에 죽은 엄마를 이용하고 있었어. 그 더러운 얼굴에 침이라도 뱉어주고 싶었어. 부모를 잃은 많은 사람들이 있지만, 다 너처럼 구걸을 하고 다니지는 않는다고 내가 버럭 소리를 질렀어. 그는 한동안 나를 멍하게 쳐다보고 있더니 조용한 목소리로 이렇게 말했어. 그냥 '아니. 주기 싫은데' 하고 말할 수는 없었느냐고 말이야."

그러고 나서 시간이 또 흘렀다. 내가 다시 정신병원을 방문했을 때 에바는 자기가 지난번에 거짓말을 했다고, 공원에서 로페를 만났다던 건 꾸며낸 이야기였다고 아무렇지도 않게 말했다.

"왜 그런 말을 지어냈어?"

"로페가 정신병원에 갇혀 있거나 구걸하며 돌아다니는 걸 네가 보고 싶어할 것 같아서. 아니, 아니 몰라. 이유 없어. 그냥 그렇게 말했어. 그냥 그런 생각이 들었어."

머리를 한 대 세게 얻어맞은 기분이었다. 하지만 그게 다가 아니었다. 그날 부엌에서 이바르손 씨는 자기에게 아무 짓도 하지 않았다고 했다.

"아빠가 부엌으로 오는 소리가 들렸어. 그래서 나는 얼른 그의 무릎으로 올라가 앉았지. 그는 나한테 아무 짓도 하지 않았어. 아무 짓도."

"왜? 왜 그런 거야? 도대체 왜……."

"왜? 글쎄……. 모든 걸 잘 알고 있는 네가 좀 설명해 주지 않을래? 뭐가 옳은 것인지, 뭐가 진실인지 넌 다 알잖아. 안 그래? 사랑하는 내 동생, 하지만 진실 따위는 아무 소용이 없는 거야."

에바가 나를 응시했다.

"내가 그 사람한테 무슨 잘못이라도 했다는 거야? 그런 넌 그를 위해 뭘 했는데? 그는 그냥 우리 집에 세 들어 살았을 뿐이야. 우리가 필요했던 건 그가 아니라 그가 내던 방세였어."

갈피를 잡을 수가 없었다.

"하지만 어떻게 그런……."

"하지만 어떻게 그런? 말해줄까? 그건 아빠가 원했던 거야. 난 나라도 아빠의 뜻에 따라야 한다고 생각했어."

"누나, 제발 바른 대로 말해줘. 정말 거짓말한 거야?"

"내가 거짓말을 했건 안 했건 지금 와서 뭐 달라지는 거 있어?" 에바가 말했다. "제발 네가 나한테 말 좀 해 줘. 내가 거짓말을 했건 안 했건, 도대체 그게 무슨 소용이 있는지 말이야. 그래, 늘 그 모양이야. 사람들은 모두 죽었다 깨어나도 찾을 수 없는 그런 것만 찾아 헤매는 거야. 존재하지도 않는 나라, 진짜 삶이란 애당초 존재하지도 않는 그런 나라에 살고 있는 거라고. 어쩌면 뭔가 다른 것이 될 수 있을지 모른다는, 그런 가능성만 꿈꾸면서. 결코 살아낼 수 없는 삶과 손잡으려고 평생 애를 쓰는 거지."

에바는 지금 무슨 말을 하고 있는가? 이바르손 씨에 대해 이야기를 하고 있는가? 아니면 아버지에 대해 이야기를 하고 있는가?

"엄마 얘기야." 에바가 말했다. "나는 엄마가 아빠를 마치 갓난아이한테 하듯이 어르고 달래고 구슬리는 모습을 자주 훔쳐보곤 했어. 정말 못 봐주겠더라. 엄마도 내가 훔쳐보고 있다는 걸 알았지. 하지만 엄마는 모른 척했어. 내가 훔쳐보도록 내버려 뒀던 거야. 아빠가 집으로 돌아오면 엄마가 아빠한테 입 맞춰 달라고 머리를 내밀곤 했잖아. 너도 기억하지? 그래, 그 아름다운 광경을 너라고 어떻게 잊을 수가 있겠니? 하지만 그건 말이지, 사실은 아빠가 술을 마셨나 안 마셨나 냄새를 맡으려고 그랬던 거야."

"그걸 어떻게 알아?"

"사랑스런 몸짓, 그건 사실은 혐오스럽기 짝이 없는 거짓인 거야. 아빠한테서 술 냄새가 나면 엄마 얼굴은 단번에 변해버렸어."

내가 무슨 말을 해야 하는가? 엄마도 사람이라고, 그렇게 말해야 할까?

"아빠는 엄마한테 곧잘 이렇게 말했어. '안나, 당신은 아이들한테 너무 많은 걸 요구해' 하고 말이야. 너도 기억날 거야. 그럴 때마다 엄마는 아빠한테 우리가 아주 재능이 뛰어난 아이들이라고 말했지. 그래, 정말 멋져. 우린 아주 재능이 뛰어난 아이들이었어. 환상적이야. 우린 우리가 원하는 모든 것을 이루어낼 거라는 말도 했지. 엄마가 어떤 식으로 말하는지 너도 잘 알잖아. 언젠가 한번 엄마한테 아빠가 '너무 그렇게 생각하지 마. 그러다 우리 모두 정신병원 신세를 지게 될 거야' 하고 말한 적도 있어."

"난 기억이 나질 않아."

"넌 언제나 네가 기억하고 싶은 것만 기억해. 네가 나무에서 떨어져 한동안 침대에만 누워 지낸 적이 있어. 엄마는 아빠더러 너한테 싸움 좀 가르쳐주라고 했어. '당신 아들은 절대로 나무에서 떨어져서는 안 되는지 모르지만, 내 아들은……' 하고 아빠가 말꼬리를 흐리고 말았지."

"정말 아버지가 그렇게 말했어?"

"불쌍한 아빠. 얼마나 힘들었을까? 자기 목소리를 침묵 속에 묻어두기란 결코 쉬운 일이 아니야. 아빠는 우리를 사랑했어. 하지만 아빠는 그 사랑을 침묵 속에 묻어둬야 했어. 불쌍한 아빠. 우리가 아빠를 도와줘야 했어. 하지만 우리는 아빠를 위해 아무것도 하지 않았지."

"아니, 그렇지 않아. 우리는 많은 걸 했어. 우리가 할 수 있는 것보다 훨씬 많은 걸."

"그게 편하다면 그렇게 생각하도록 해. 하지만 네가 어떻게 생각하든 이거 하나만큼은 분명히 해 둘 게 있어. 어떤 경우에라도 우리는 책임을 피할 수 없어."

도대체 무슨 말을 하는 것일까? 무슨 말이 하고 싶은 것일까? 에바는 정말 병이 든 것일까? 연극을 하고 있는 것일까? 나를 이 정신병원으로 끌어들여 말동무라도 삼으려는 것일까? 하지만 에바가 왜 그래야 한단 말인가? 에바가 병이 든 게 아니라 연극을 하고 있는 것이라 해도 달라질 건 없다. 이런 연극을 하고 있다는 것 자체가 이미 병들었다는 증거 아닌가. 에바가 다시 입을 열었다. 그러곤 엄마가 자살했다고 우겼다.

"누나, 무슨 얘길 하는 거야? 엄마는 아직 살아 있

어.” 내가 말했다. 그때는 엄마가 돌아가시기 몇 년 전이었다.

“그건 이바르손 씨 얘기였어. 이제 생각난다. 섹시한 금발머리랑 결혼한 탓이라고들 수군댔잖아? 이바르손 씨가 죽은 걸 두고 말이야. 하지만 우리 아버지는 절대 자살하지 않았을 거야. 그럴 사람이 아니거든. 혹시 아버지가 아직 살아 있다고 믿는 건 아니겠지? 아버진 그냥 돌아가신 거야. 누가 죽인 것도 아니고.”

나는 아무 말도 할 수가 없었다. 에바가 소파에 깊숙이 파묻혔다. 마치 질병의 안락함 속으로 침잠해 들어가듯이.

“그래, 좋아. 엄마는 살아 있어. 그럼, 당연하지. 엄마는 살아 있어. 난 그걸 잘 알아. 영혼이 없는 사람은 죽을 수도 없는 거야. 엄마한테 안부 전해줘. 삶의 의미 같은 건 애당초 없는 거라고 말이야. 아, 내가 도대체 무슨 말을 하고 있는 거야? 이런 싸구려 같은 말이나 주절대다니! 진저리가 나. 이젠 진저리가 나.”

에바가 눈물을 흘렸다. 나는 에바의 손을 쓰다듬었다.

“노래 부르지 않을래?” 에바가 물었다. 그러고는 내 대답을 기다리지도 않고 노래를 부르기 시작했다. “사랑은 아름다운 것. 함께 있어 더욱 아름다운 것……”

에바의 목소리는 아직 맑고 아름다웠다. 에바가 돌연 노래를 멈췄다.

"아빠가 자기 인생을 희생했다는 생각은 안 들어? 죽지 않으려고 말이야."

나는 과연 뭐라고 대답해야 했을까?

"끔찍한 세상이야." 에바가 말했다. "사방천지 죽음이 널려 있어."

복도에서 들려오는 슈카의 노랫소리. 살아야 한다. 작디작은 인간들아, 살아야 한다. 살아야 한다, 기쁨과 행복 속에서. 살아야 한다, 죽음이 너희의 영혼을 거두어 갈 때까지.

그리고 침묵 속에서 들려오는 아버지의 목소리. "아론은 점점 쇠약해졌어. 세월의 흐름이란 어쩔 수가 없는 거지. 나는 수레에 싣는 짐을 조금씩 줄여나갔어. 무리해서 짐을 끌게 하고 싶지 않았어. 지쳐 헐떡이는 제 모습에 굴욕감을 느끼게 하고 싶지 않았지. 아론은 그런 내 마음을 잘 알았어. 짐을 실을 때마다 아론은 애원하는 눈빛으로 나를 바라봤어. 조금 더 실어요. 괜찮아요.

난 해낼 수 있어요. 아론의 눈은 그렇게 얘기했지. 하지만 아론 스스로도 자신이 이미 노쇠했다는 걸 잘 알고 있었어. 그해 겨울이 자기가 벌목장에서 일하는 마지막 겨울이 될 거라는 사실도.

아론, 슬퍼하지 마. 아론한테 말했어. 아무리 해도 바꿀 수 없는 것에는 우리가 순응해야 하는 거야. 한 가지만은 꼭 약속할게. 어떤 일이 있어도 네가 도축장으로 끌려가는 일은 절대 없을 거야.

나는 아론을 아버지의 방목장에 맡겼어. 아론은 숲 속에 있는 커다란 풀밭 위를 맹렬하게 뛰어 다니는 젊은 말들을 조용히 바라봤지. 슬퍼 보이지는 않았어. 평온한 눈길이었지.

아론이 나를 보고 힝힝거리며 미친 듯이 달려왔어. 나는 윤기를 잃어버린 갈기를 쓰다듬으면서 오랫동안 얘기했어. 그리고 다시 헤어질 시간이 되었지. 이제 가야 할 시간이야. 너무 슬퍼하지 마. 또 올 거야. 크리스마스 휴가 때 다시 올게. 크리스마스가 되면 우린 다시 만날 수 있어. 나는 아론의 입에 각설탕을 하나 넣어주었지. 아론은 내 어깨에 머리를 기댔지. 나는 아론과 함께 한참 동안 그렇게 서 있었어.

몇 걸음 가다가 뒤돌아보고, 또 몇 걸음 가다가 뒤돌

아봐도 아론은 길게 목을 뺀 채 나를 하염없이 바라보기만 했어. 아론의 눈에서 언뜻 무엇인가를 본 것 같은 느낌이 들어 더럭 겁이 났어. 잘못 본 게 아니었어. 그때 이미 아론은 우리가 다시는 만날 수 없다는 걸 알고 있었던 거야. 우리의 영원한 이별을 슬퍼하고 있었던 거야. 아론은 도대체 그걸 어떻게 알 수 있었을까?

크리스마스 휴가를 얻어 집으로 돌아왔을 때 아론은 죽고 없었어. '네가 가고 나서 전신마비가 왔어' 하고 아버지가 말했지. 하지만 그건 거짓말이었어. 그 악마는 아론이 방목장에서 조금 기운을 차리자 곧바로 다시 일을 시켰어. 결국 아론은 기력이 다해 쓰러졌지. 아버지로선 더 이상 아론을 살려둘 필요가 없었을 거야. 이유야 어쨌든 나는 약속을 지키지 못했어. 아론은 도축장으로 끌려가면서 무슨 생각을 했을까?

'전신마비가 왔어' 하고 그는 거짓말을 했어. 그는 아론을 죽인 거야. 나는 그 이유를 알아. 그는 나한테 아론이 어떤 의미를 지니는지 잘 알고 있었어. 바로 그 때문이야. 바로 그 때문에 아론을 죽였던 거야. 그 악마는 결국 천벌을 받았지만, 이미 떠나버린 아론은 돌아오지 못했지. 이제 다시는 돌아올 수 없어."

"아니에요. 돌아올 수 있어요." 엄마가 말했다. "봐요.

지금 당신의 이야기 속에서 아론은 이미 당신 곁에 돌아
와 있잖아요. 삶 속에서는 끝일지 모르지만 이야기 속에
서는 그렇지 않아요. 무엇이든 영원히 살 수 있어요.”

3

뮈르딩 호수에
남은 이야기

그리고 또 다른 어떤 일이 일어났다. 그 일은 여기에서 꼭 이야기해야 할 성질의 것은 아니다. 그렇다고 그냥 지나칠 수만도 없다. 그러니 이야기해야겠다.

어느 날이었다. 나는 '긴 계단'을 내려오다 어떤 남자가 장미나무 덤불 근처에서 서성이는 것을 보았다. 모르는 남자였다. 하지만 나를 쳐다보는 그의 두 눈에도 낯선 사람을 바라볼 때의 눈빛이 담겨 있지 않았다. 그를 지나쳐 걷는데 등 뒤로 시선이 느껴졌다. 고개를 돌렸지만 남자는 사라지고 없었다.

다음 날도 그 남자는 같은 장소에서 서성이고 있었다. 나를 보자 그의 눈에서 언뜻 반가움 같은 것이 스쳐 지

나갔다. 하지만 그 눈빛은 뭘 물어보려는 것도, 그렇다
고 인사를 건네려는 것도 아니었다. 그렇지만 나를 알고
있는 사람의 눈빛인 것만은 확실했다. 나를 기다리고 있
었던 것일까? 도대체 이 남자는 누구란 말인가? 길을 잃
어버린 유령인가? 아니다. 그는 분명히 사람이다. 그것
도 지극히 정상적으로 보이는 평범한 사람이다.

셋째 날이었다. 남자가 보이지 않았다. 그는 장미나무
덤불 근처에 나타나지 않았다. 남자는 뮈르딩엔의 웃자
란 풀밭 위에 서 있었다. 뮈르딩 호수에서 얼마 떨어지
지 않은 곳이었다. 그곳에서 나를 유심히 쳐다보고 있었
다. 그러고는 또다시 어디론가 사라져버렸다. 정말 이상
한 일이었다. 하지만 무서운 생각은 하나도 들지 않았
다. 그렇다고 유쾌하지도 않았다.

그 뒤로 나는 그 남자를 한 번도 보지 못했다.

할머니는 거동이 불편해 집 밖으로 거의 나가지 않았
다. 아래층에도 잘 내려오지 않았다. 그냥 침대에 누워
창 너머 펼쳐진 늦여름의 푸른 하늘을 바라보곤 했다.
열어놓은 창문으로 성큼성큼 가을이 다가오는 소리가

들렸다.

　할머니의 침대 옆에는 의자 하나가 놓여 있었다. 에바와 내가 위층으로 올라가면 할머니는 언제나 우리를 거기 앉히고 손을 쓰다듬어주었다. 그러면 우리도 할머니에게 곧 건강해질 거라고 위로의 말을 건넸다. 그렇다고 할머니가 늘 침대에 누워서 지낸 것만은 아니다. 심부름해준 걸 고마워하며 장미차를 따라 주기도 했고, 이따금 음식을 만들어 주기도 했다.

　부엌문이 슬그머니 열렸다. 문틈으로 조그만 잿빛 머리가 보였다. 음식 냄새를 맡은 할아버지가 부엌 안을 들여다보고 있었다. 할아버지는 자신이 받는 노후 연금을 단 한 푼도 할머니에게 주지 않았다. 그래도 할머니는 늘 할아버지의 몫까지 음식을 만들어 식탁 위에 차려 놓거나 찬장에 넣어 두었다. 할아버지는 식탁으로 달려들어 잽싸게 접시 하나를 낚아채더니 자기 방으로 사라졌다.

　"찬장에 있는 음식도 기가 막히게 훔친단다." 할머니가 웃으면서 말했다. "밤에 살금살금 들어와서는 찬장에 있는 음식을 훔쳐 가곤 해. 그런데 그게 자기가 먹을 수 있는 양보다 훨씬 더 많이 훔쳐 가는 거야. 아마 어디다 숨겨 두나 봐."

할머니의 예상은 틀리지 않았다. 며칠 뒤 나는 할아버지 방 한 구석에 쌓아둔 빈 상자 뒤에서 커다란 봉투를 하나 발견했다. 안에는 그동안 할아버지가 훔쳐다 놓은 온갖 음식이 들어 있었다. 돌덩이처럼 딱딱하게 굳은 빵도 있었고 시퍼렇게 색이 변한 베이컨도 있었다. 곰팡이 투성이에 냄새도 지독했다. 할아버지는 아무에게도 말하지 않는다고 맹세하면 다른 곳에 숨겨둔 음식도 보여주겠다고 말했다. 할아버지가 보지 않을 때 그 봉투와 나중에 보여준 또 다른 봉투까지 모두 가져다버렸지만, 할아버지는 자신의 비상식량이 없어진 줄도 몰랐다.

할아버지는 할머니가 아프다는 사실을 통 모르는 것 같았다. 할머니가 하루 종일 침대에 누워 있기만 한다고 시도 때도 없이 신경질을 부렸다. 할머니는 아무런 대꾸도 하지 않았다. 의사를 불러와야겠다고 내가 몇 번인가 얘기했지만, 할머니는 그때마다 어차피 죽을 텐데 그럴 필요 없다며 손사래를 쳤다. 할머니는 종종 자기 장례식에 대해 이야기했다. 아무 장식도 없는 제일 싼 관을 사용하라고 당부하고 또 당부했다. 어차피 태울 건데 좋은 나무에 장식이 다 무슨 소용이냐고 말이다. 하지만 아름다운 화환은 꼭 하나 만들어달라고 했다. 할머니는 꽃을 좋아했다. 특히 장미를 제일 좋아했다.

내가 할머니의 희망 사항을 전하자 아버지는 엄숙한 표정으로 메모까지 했지만, 엄마는 고개를 돌리고 단 한마디도 들으려 하지 않았다.

"죽음에 직면하면 아무리 투철한 사회주의자도 종교적으로 변하는 모양이야." 아빠가 말했다. 농담처럼 말했지만 목소리는 무거웠다.

"사회주의자가 종교적이라는 게 도대체 왜 이상한 거죠?" 엄마가 벌컥 화를 냈다.

할머니는 때때로 에릭 삼촌에 대해 이야기하면서 눈물을 흘렸다. 세상에, 그 조그만 아이들을 떼놓을 수밖에 없었어. 안나는 다행히 마음씨 좋은 친척집으로 갔지만, 에릭은 악독한 사람을 만나 고생만 했지.

"언젠가는 이해하게 될 거야. 내가 왜 너를……."

듣고 싶지 않았다. 그때 일을 떠올리게 하는 그 어떤 말도 듣고 싶지 않았다. 할머니도 이래저래 나보다는 에바가 곁에 있는 것이 더 편한 모양이었다. 에바는 많은 시간을 할머니의 침대 곁에서 보냈다. 물을 떠다 주기도 하고, 책을 읽어주기도 하면서 할머니를 보살폈다.

"19세기 초, 스웨덴 노동자계급은 무엇이었던가? 아무것도 아니었다. 허약하고, 멸시받고, 억압당하고, 박해받는, 그 어떤 권리도 가지지 못한, 정치적으로도 사회적으로도 뿐만 아니라 정신적으로도 노예가 되어 있는……."

할머니가 고개를 끄덕였다.

"얄마르 브란팅이 40년 동안 노동자들의 대변인으로서 수행했던 그 모든 활동을 뒤로한 채 두 눈을 감았을 때 노동자계급은 어떻게 변모되어 있었던가? 그들은 강해졌고, 정치적으로 성숙해 있었고, 정신적으로 자유로워졌으며, 무엇보다 국가권력을 장악할 준비가 되어 있었다."

에바 혼자 책을 읽는 것이 아니었다. 엄마도 에바와 함께 책을 읽고 있었다. 할머니의 눈에는 그랬다. 할머니는 엄마와 화해할 수 있기를 간절히 바라는 눈치였다.

할머니는 하루가 다르게 수척해졌다. 조그맣게 오그라든 창백한 몸 하나가 힘없이 침대에 누워 자신이 살아왔던 시간들을 고요한 시선으로 되짚고 있었다.

에바와 나는 엄마에게 위층으로 올라가 할머니를 만나라고, 할머니가 엄마를 몹시 그리워하고 있다고, 제발 할머니와 화해하라고 간청했다. 하지만 엄마는 돌처럼 굳은 표정으로 우리의 부탁을 냉정하고 단호하게 거절했다.

아버지는 술 한 방울 마시지 않은 말짱한 정신으로 엄

마를 붙들고 앉아 진지하게 이야기하고 또 이야기했다. 할머니를 편안하게 보내줘야 한다고, 죽음 앞에선 누구나 용서하고 화해해야 한다고, 그런 게 죽음이라고 설득하고 또 설득했다. 결국 엄마는 위층으로 올라갔다.

한 시간 뒤에 엄마가 오열하며 우리를 불렀다. 온힘을 다해 엄마를 기다리고 있었던 듯 할머니는 엄마의 품에서 눈을 감았다.

"고마워요. 당신 덕분이에요. 이렇게 엄마의 마지막 길을 배웅하지 못했다면 난 평생을……." 엄마가 아빠에게 안겨 눈물을 흘렸다.

반듯하게 누운 할머니의 하얀 발 하나가 이불 바깥으로 나와 있었다. 할머니는 입을 조금 벌리고 있었는데, 그 작고 조그만 입속에 거대한 어둠이 도사리고 있는 것만 같았다. 아버지는 할머니의 시신에서 자꾸만 눈을 돌렸다.

할아버지는 전에 훔쳐서 숨겨 두었던 할머니의 틀니를 들고 나타났다. 할머니가 죽었다는 사실을 모르는 모양이었다. 할아버지가 할머니의 입을 벌리고 틀니를 끼우려고 하자 엄마가 할아버지의 팔을 잡고 다시 눈물을 흘렸다. 눈물을 흘리며 할머니가 돌아가셨다고 말했지만, 할아버지는 엄마의 손을 뿌리치면서 할머니더러 왜 빨리 일어나서 이삿짐 꾸릴 생각을 하지 않느냐고 채근했다. 아버지가 이삿짐을 꾸릴 필요는 없다고 절대 내쫓지 않을 테니 걱정하지 말라고 했지만, 할아버지는 아버지의 부드러운 말에 더 불안해하는 것 같았다. 앰뷸런스가 왔다. 할아버지는 병원 사람들에게 몹시 귀중한 물건들이 들어 있는 거라고, 이삿짐 상자를 제발 조심해서 다뤄달라고 부탁했다.

앰뷸런스가 할머니를 싣고 출발했다. 할아버지는 자기 방에 이삿짐 상자가 그대로 남겨져 있는 것을 보고는 자기를 속였다며 펄펄 뛰었다. 우리를 절대 용서하지 않겠다고 욕을 해댔다. 할머니는 절대 죽지 않았다고, 잠시 장 보러 간 거라고, 이 모든 것이 우리의 속임수라고, 요한손이 자기를 빈민구호소에 처박아 넣으려는 수작이라고 소리를 질렀다.

다음 날이었다. 할아버지가 할머니의 침대에 걸터앉아 무엇인가를 중얼거리고 있었다. 할머니에게 이야기하고 있는 것 같았다. 몹시 슬픈 목소리였다.

"로타, 당신은 착하고 바른 사람이야. 정말 착하고 바른 사람이야. 당신이 착하고 바른 사람이라는 걸 모르는 사람은 이 세상에 아무도 없어."

할아버지 곁으로 갔다. 내가 옆에 앉자 할아버지는 내

어깨를 감싸 안았다. 그의 눈에는 눈물이 맺혀 있었다.

"네 할머니 냄새가 나." 할아버지가 말했다.

나는 그때까지 한 번도 할아버지를 껴안은 적이 없다. 내가 등을 쓰다듬어주자 할아버지는 마치 어린아이처럼 울음을 터뜨렸다.

하지만 슬픔은 오래가지 않았다. 금세 울음을 멈춘 할아버지의 눈동자가 다시 반짝였다. 그는 흥분한 목소리로 이렇게 앉아 노닥거리고 있을 시간이 없다고 말했다. 요한손이 자기들을 내쫓으려고 하니 빨리 이삿짐을 꾸려야 하는데 이놈의 할망구는 어디서 또 게으름을 피우고 있는 거냐며 소리를 질러댔다. 할머니는 다시 살아나 할아버지에게 돌아와 있었다.

할아버지가 발을 끌며 자기 방으로 갔다. 내가 뒤따라 들어갔지만 할아버지는 보이지 않았다. 방 안은 엉망진창이었다. 이삿짐 상자 사이에서 부스럭거리는 소리가 들렸다. 조그맣게 쪼그라든 늙은이가 웅크리고 앉아 뭐라고 중얼거리고 있었다. 이 많은 짐을 언제 다 꾸리지? 할망구는 도대체 어디로 간 거야?

상황이 뒤죽박죽인 가운데 나는 중학생이 되었다. 초등학교 때 같은 반이었던 아이들도 몇 명 눈에 띄었다.

그 아이들 중에 페레페도 있었다.

시작은 좋지 않았다. 담임선생님이 내 이름을 불렀다. 나는 홀름 선생님이 늘 우리에게 요구했던 대로 벌떡 일어나 바지 옆에 주먹 쥔 손을 딱 붙이고 큰 소리로 대답했다. 담임선생님은 웃음을 참으며 앉아서 대답해도 된다고 말했다.

우리 반 담임이었던 베리스트룀 선생님은 아주 젊었다. 우리가 막 중학생이 되었듯 자기도 이제 막 교사가 된 참이라고 했다. 학교엔 베리스트룀 선생님처럼 젊은 선생님들이 꽤 있었다. 그들은 열정적이었다. 하지만 곧 그들의 열정은 우리의 눈앞에서 사그라질 것이고, 자기 앞에 놓인 40년 동안의 권태를 견뎌내기 위해 다양한 가면을 쓰게 될 것이다. 광대, 미스 스웨덴, 깡패……. 내가 어떤 놈인지 알아차릴까봐 나 또한 연극을 했다.

깡패는 자신의 권력을 십분 활용했다. 입버릇처럼 무릇 사람이란 공정해야 한다는 말도 되풀이했다. 그는 자기 말을 빈틈없이 실천함으로써 언행일치의 모범을 보여주었다. 깡패는 모든 아이에게 무자비했다. 아주 공정했다. 그는 또 투철한 사명감에 불타는 교사였다. 교사로서 자신의 가장 중요한 임무는 무너져가는 스웨덴 교육을 바로 세우는 것이며, 그 목적을 달성하기 위해서 자기는 학생 같지 않은 놈들은 모조리 학교 밖으로 몰아 낼 것이라고 거품을 물었다.

　새로 배우는 과목들도 있었다. 나는 언어형태론이 제일 재미있었다. 똑같은 단어라도 격과 수와 성에 따라 시시각각 그 모양이 변하는 것이 그렇게 신기할 수 없었다. 주어가 되는 말이 꼭 ‘책상’과 같은 구상어일 필요는 없다는 것도 알았다. ‘기쁨’과 같은 추상어도 주어가 되는 데 전혀 손색이 없었다. 주어는 형용사의 도움을 받아 젊을 수도, 지혜로울 수도, 아름다울 수도 있다. 동사가 없다면 주어는 한 발짝도 움직이지 못한다. 동사 덕분에 주어는 뛰어가기도 하고, 웃기도 하고 희망하기도 한다. 움직이는 장소나 움직임의 방향은 전치사가 결정한다. 입술 아래에서 혹은 입술 아래로 움직이기도 하고, 때로는 입술 위에서 혹은 입술 위로 움직이기도 한다. 입술 옆으로 움직일 때도 있다. 주어가 중요해 보인다고 문장의 중앙에 세워두는 게 아니라는 것도 배웠다. 문장의 중앙은 동사의 자리였다. ‘그 행동을 한 사람이 누구인가’ 하는 문제보다 ‘그가 어떤 행동을 했는가’ 하는 문제가 더 중요하기 때문이다. 부정(否定)의 의미를 지닌 아주 작은 부사 하나로 모든 것을 붕괴시킬 수도 있었다. 언어의 세계는 경이로웠다.

할머니가 죽은 뒤에도 할아버지는 매일매일 이삿짐을 꾸렸다. 에바와 나를 보기만 하면 어디 가서 빈 상자 좀 더 구해오라며 소리치기도 했다. 요한손이 자기를 내쫓기 전에 얼른 짐을 꾸려야 한다면서 위층에서 하루 종일 부스럭거렸다.

어떤 것들이 같은 상자에 들어가야 하는지, 다른 상자에 넣어야 한다면 어느 상자에 넣어야 되는지 할아버지는 쉽게 결정을 내리지 못했다. 멍하니 서 있기 일쑤였다. 어쩌다 상자 하나를 다 채워 끈으로 묶었다가도 그 속에 무엇을 넣었는지 생각나지 않는다며 상자를 다시 열었고, 그 상자에 담긴 물건들을 분류해 다른 상자에 옮겨 담았다. 할아버지는 누구의 도움도 받지 않으려고 했다. 나는 끈질기게 설득했고, 할아버지는 결국 내 제안을 받아들여 내용물의 목록을 상자 바깥에다 적었다. 바지, 양말, 토시, 목도리……. 슬쩍 보기만 해도 대번에 노인이 떨리는 손으로 쓴 글씨라는 것을 알 수 있었다. 하지만 할아버지는 자기가 써놓은 것조차 믿지 못하고 수없이 상자를 열고 닫았다.

방 안은 이삿짐 상자와 온갖 잡동사니로 가득 차 있었다. 시간이 흐를수록 할아버지는 점점 더 초조해지는 모양이었다. 때맞춰 짐을 다 꾸릴 수 없을지 모른다는 불안감 때문이었다. 그러다 구석에 틀어박혀 있던 옛 물건을 찾아내기라도 할 때면 할아버지는 불안감 따위를 금세 잊어버린 채 추억에 잠기곤 했다. 이따금 에바와 나에게 이야기를 들려주기도 했다. 무엇이든 돌아서면 잊어버리는 할아버지가 오래된 옛날 일들만큼은 사소한 것 하나까지도 기억해냈다. 희한한 일이었다. 때로 어제나 그저께 했던 이야기를 오늘 또 할 때도 있었고, 사실과 다르게 기억하고 있는 이야기도 있었다. 어쩌면 잘못 기억하는 게 아니라 다르게 기억하고 싶어하는 것인지도 몰랐다. 하루는 할아버지가 어디서 찾아냈는지 고무줄 뭉치를 들고 나타났다. 엄마가 가지고 놀던 것이라고, 엄마가 열 살 때 사 주었던 것이라면서. 할아버지는 그걸 언제 어디서 얼마 주고 샀는지, 엄마가 그걸 가지고 어떻게 놀았는지, 작은 부분까지 아주 자세하게 기억했다. 하지만 엄마는 열 살 때 베스테르예틀란드에 있는 친척집에서 지내고 있었다. 상관없다. 할아버지가 행복하게 이삿짐을 꾸릴 수만 있다면 말이다. 이삿짐을 꾸리고 있는 동안만큼은 할아버지가 죽지 않을 것 같았다.

할아버지는 책갈피에서 발견한 2크로네짜리 지폐를 가장자리가 너덜너덜하게 찢어진 하얀 헝겊으로 쌌다. 그러곤 에바가 아래층에서 가져다 준 신문지로 겹겹이

포장해 작은 종이 상자 안에 다시 넣었다. 그것을 이삿짐 상자 하나에 넣고 연필을 집어 들었다. 할아버지는 연필심에 몇 번인가 침을 묻힌 뒤 상자 위에 '귀중품'이라고 썼다. 할아버지의 이 모든 동작에는 정성이 깃들어 있었다. 거의 모든 상자 위에도 '귀중품'이라고 적혀 있었다.

이른 아침이었다. 누군가 다급하게 문을 두드렸다. 할아버지가 서 있었다.

"아니, 아버지." 엄마가 말했다. "무슨 일이에요?"

"너한테 부탁할 게 있어서 말이다." 할아버지가 우물거렸다.

"아버지, 지금 몇 신지 아세요?"

"그럼, 알다마다. 다섯 시잖아. 바쁜 줄은 알지만, 날 좀 도와다오. 나 혼자서는 이삿짐 나르는 놈들을 다 감시할 수가 없어."

낮잠을 자고 일어났는데 이삿짐 나르는 인부 한 명이 우편함 근처에 있더라는 것이다. 유모차 같은 것을 끌고 가는 것이 어딘지 수상쩍었다면서 자기의 이삿짐을 나르다 슬쩍한 물건들을 거기 실어 숨기는 게 틀림없다고 말했다.

"아버지, 지금은 오후 다섯 시가 아니라 새벽 다섯 시예요. 그리고 아버지가 본 사람은 이삿짐 나르는 사람이 아니라 신문 배달원이에요."

할아버지는 전기 검침원이나 환경미화원까지 이삿짐 나르는 사람으로 오해했다. 그들이 자기 물건을 훔쳐가지 않을까 끝없이 걱정하면서.

"내 머리가 어떻게 된 것 같아." 할아버지가 힘없이 말했다. "안나, 너도 알고 있지? 내 머리가 이상해진 모양이야."

"아버지 올라가서 좀 더 주무세요. 자, 어서 올라가요. 제가 부축해줄게요."

"고마워. 넌 언제나 나한테 다정했어."

엄마의 부축을 받으며 계단을 오르는 저 등 굽은 노인. 길을 잃고 스스로를 가둬버린 늙은 몸. 엄마의 아버지. 나의 할아버지.

슈카의 노래는 들리지 않았다.

✵

"마태 복음, 20장 16절."

"루가 복음, 13장 30절!"

사도 마태오와 루가가 공원에 있는 천막으로 간다.

194

해마다 여름이면 뮈르딩엔에 '할렐루야 천막'이 들어선다. 이번에도 마찬가지였다. 낯선 이들이 한 자리에 모여 영원한 삶을 고대하며 찬송가를 불렀다. 우리는 할렐루야 천막에 모인 사람들을 '혀'라고 불렀다. 첫 번째 줄에 서서 이리저리 몸을 흔드는 여자들은 대개 덩치가 컸고 옷차림도 남자 같았다. 나이든 사람들도 있었다. 제단 바로 앞자리는 휠체어를 탄 작고 가볍고 늙은 '혀'들의 몫이었다.

천막에서는 종종 깜짝 놀랄 만큼 음습한 중얼거림이 새어나왔다. 여자의 날카로운 비명 소리가 들리는 적도 있었다. 목청이 빠질 듯한 소리였다. 하지만 분위기는 화기애애했다. 천막 안은 늘 기쁨에 겨운 찬송가 소리와 불가해한 확신의 에너지로 가득 차곤 했다.

사람들이 천막 주위를 기웃거리자 할렐루야 사람들이 다가온다. 상냥하게 인사를 건넨다. 그들은 풍성한 해설을 달아가며 우리의 영혼은 오직 주님 곁에서만 안식을 취할 수 있으며 주님만이 길이요 생명이요 구원이라고 설파한다. 또 자주 성경을 인용한다. 바울 13장 13절. 그들은 깨달음이 얼마나 위대한 것인지 강조한다. 그리고 우리를 자기들이 행복한 시민의 권리를 부여받은 온전한 나라로 이끌고자 한다.

하지만 우리는 그들과 다르고, 그들 역시 우리와 다르다. 우리는 온전한 나라의 백성이 아니다. 우리 가족은 한 사람도 할렐루야 천막에 가지 않았다. 하지만 '혀'들의 상냥함과 풍성함과 부드러움은 구석구석 퍼져 나갔다. 엄마가 펌프 옆에 서서 커다란 통에 빨래를 헹구던 마당을 지나, 아버지가 술병을 들고 섰던 베란다를 지나, '긴 계단'을 오르고, 킬라베리까지, 아스푸덴까지, 미드솜마르크란센까지 퍼져 나갔다. 할렐루야! 주님께 감사하라. 주님은 길이요, 생명이요, 구원이시니 주님의 은총은 영원하도다.

아버지가 베란다에서 내려와 공원으로 간다. 내가 아버지를 뒤따라간다. 그는 술에 취한 것이 아니다. 행복한 것이다. 그냥 행복한 거다. 아버지가 고개를 돌려 나를 쳐다본다. 뭘 하느냐고 묻는다. 화가 난 목소리다.

"어디 가? 그냥 집으로 돌아가자. 응?" 내가 말했다.

"이놈이 정말……. 너나 가, 이놈아." 아버지가 말했다. 나는 움직이지 않았다. 걱정할 것 없다고, 아무 일도 일어나지 않을 거라고 아버지가 말했다. 부드러운 목소리였다. 평화로이 가거라, 내 아들아……. 아니면 악마들한테 가 뒈져버리든지! 빌어먹을, 당장 꺼지지 못해! 누가 시켰어? 졸졸 따라다니면서 날 감시하라고 누가 시킨 거야?

나는 집으로 돌아가지 않았다. 뮈르딩 호숫가에 에바가 서 있었다. 에바는 얼굴 없는 박해자들을 바라보고 있었다. 에바가 잔물결이 이는 곳을 가리켰다. 저기 뮈르딩어들이 있어. 뮈르딩어들이 노래 부른다. 그들은 죽었지만 노래를 부른다. 우리가 어떤 이름을 붙여주든지 그들은 아랑곳하지 않는다. 에바의 마음속에 위험하기 짝이 없는 열렬한 소망이 피어올라도 그들은 아랑곳하지 않는다. 아니다. 아랑곳하지 않는 것이 아니라 부추기고 있었다. 에바를 부추기고 있었다. 노래 부르고 있었다.

"누나 어쩌려고 그래?" 내가 말했다.

"아직 그들한테 아무것도 약속하진 않았어."

내가 웃었다.

"웃지 말고 잘 들어봐. 뮈르딩어들이 노래를 부르고 있어. 조용히 귀 기울여봐. 그럼 들릴 거야."

에바와 나는 뮈르딩 호숫가에 나란히 서서 뮈르딩어의 노래를 듣는다.

천막 구멍으로 아버지가 보였다. 찬송가를 손에 들고 맨 뒤쪽 자리에 앉아 있었다. 바로 옆자리에 앉은 아주 뚱뚱한 '혀' 한 명이 아버지가 들고 있는 찬송가를 같이 보려고 아버지 쪽으로 머리를 길게 뺀 채 노래를 불렀다. 하지만 그는 책을 보고 있지 않았다. 가사를 모두 외운 모양이었다. 술에 취한 아버지의 몸이 의자에서 자꾸 미끄러졌다. 찬송가가 끝나자 설교가 시작되었다. 아버지는 페트루스 목사를 똑바로 쳐다보았다. 페트루스 목사는 언젠가 기차를 타고 가다 차창 너머로 보았던 어떤 얼굴에 관해 이야기했다.

"나를 빤히 쳐다보는 그 얼굴엔 절망이 어른거리고 있었습니다. 제발 자기를 도와달라고 간절하게 애원하고 있었습니다. 하지만 차창 밖에 있는 그를 차창 안에 있는 내가 무슨 수로 도와줄 수 있었겠습니까? 그렇습니다. 사람과 사람 사이에는 벽이 있습니다. 너무나도 투명해서 마치 아무것도 없는 것처럼 보이지만, 벽은 분명히 존재합니다. 그 벽을 깨트리지 않는 한 우리는 영원히 혼자입니다……. 슬프기 짝이 없는 그 얼굴은 자신을 몰아세우고 있었습니다. 열심히 돈을 벌어 아내와 딸과 아들이 편히 쉴 수 있는 집을 지어야 한다고 자신을 몰아세우고 있었습니다. 보잘것없는 땅 위에 헛된 집을 지으려고 자신을 몰아세우고 있었습니다."

"할렐루야!"

"열심히 돈을 벌었습니다. 가족을 위해 멋진 집도 지

었습니다. 하지만 나는 여전히 끝없이 깊고 깊은 절망과 공포에 갇혀 있었습니다. 칠흑 같은 어둠 속에서 신음하고 있었습니다. 엉뚱한 기차를 타고 엉뚱한 곳으로 가고 있었습니다.”

“할렐루야!”

아버지는 술에 취에 흔들리는 눈동자로 주위를 둘러본다. 무슨 일이 터질 것만 같다. 아버지가 벌떡 일어날지도 모른다. 냄새나는 주둥아리 닥치라고, 악마들한테 가서 뒈져버리라고 소리칠지도 모른다. 할렐루야, 할렐루야. 나는 방탕아야, 할렐루야. 나는 방탕아야. 배를 잡고 웃어댈지도 모른다. 이 멍청한 것들, 도대체 무슨 헛소리들이야! 내가 진짜 황홀경을 느끼게 해줄까? 응? 이리 와. 나한테로 오란 말이야. 내가 너희 멍청이들한테 생명수를 나눠줄 테니까. 그래, 마셔! 술이야 술! 화가 난 사람들이 달려든다. 주먹다짐이 시작된다. 하지만 아버지는 벌떡 일어나지도, 소리를 지르지도, 배를 잡고 웃지도 않고 조용히 앉아 있다.

“여행의 목적지를 바꿔야 합니다. 주님의 은총만이 우리를 구원할 수 있습니다. 집으로 돌아가야 합니다. 아버지가 계신 집으로. 진정한 아버지, 우리 주 하나님이 계신 집으로 돌아가야 합니다.”

"할렐루야!"

"우리 모두 함께 기도합시다. 하늘에 계신 우리 아버지, 아버지의 이름이 거룩하게 빛나시며……."

아버지는 기도하지 않는다. 하지만 술에 취해서 그런 것은 아니다. 아버지는 술에 취하지 않았다. 결코 술에 취하지 않았다. 하지만 술에 취하지 않은 아버지가 어느 순간 벌떡 일어날지도 모른다. 기도하는 사람들을 향해 너희에게 있는 그것이 왜 나한테는 없냐고 소리칠지도 모른다. 어쩌면 자기를 용서해달라고 흐느낄지도 모른다. 찬송가가 울려 퍼진다. 오 전능하신 주여, 오 전능하신 주여.

아버지가 비틀거리며 집으로 돌아간다. 아무 일도 일어나지 않았다. 그래, 아무 일도 일어나지 않았다. 하지만 그게 어쨌다는 말인가? 그게 왜 중요하단 말인가? 나는 무슨 일이 벌어지기를 기다리고 있었던가? 무슨 일이 일어날까 걱정하고 있었던가?

바라는 것과 바라지 않는 것, 그 두 개의 세계는 언제나 포개져 있다. 나는 이제 더 이상 실재하는 세계와 가능성일 뿐인 세계를 구분하지 못한다. 할렐루야 사람들의 상냥하고 부드러운 혀가 술에 취해 비틀거리며 걸어가는 아버지를 조롱한다. 원하는 것과 원하지 않는 것이 하나가 된다. 삶과 죽음이 하나가 된다.

에바와 나는 꽤 늦어서야 집에 도착했다. 하지만 어둡지는 않았다. 이 계절엔 결코 어두워지는 법이 없다. 스웨덴의 여름은 그만큼 특별하다. 베란다 탁자 위에 술병 몇 개가 놓여 있었다. 아버지가 노래했다. 엄마가 따라 불렀다. 아버지가 벌떡 일어나 자기 앞에 성가대라도 있는 것처럼 팔을 흔들었다. 오 전능하신 주여, 오 전능하신 주여. 아버지가 엄마를 바라보았다. 엄마가 노래를 멈추고 먼 하늘을 쳐다보고 있었다. 아버지와 눈이 마주치자 엄마는 미안하다는 듯 살짝 미소 짓더니 다시 노래를 부르기 시작했다. 누가 이 둘을 떼놓을 수 있겠는가? 오 전능하신 주여, 당신은 이 두 사람을 떼어 놓을 수 있습니까?

아버지는 술에 취해 있었지만 목소리는 맑고 우렁찼다. 엄마의 목소리도 믿기 힘들 만큼 고왔다. 천상의 소리 같았다.

에바와 나는 행복했다. 삶이란 얼마나 아름다운가?

아름다운 정적. 엄마와 아빠가 서로를 쓰다듬었다.

"아, 요한." 엄마가 말했다.

"사랑해, 안나." 아버지가 말했다.

무서워하지 마. 내가 있잖아.

"할렐루야." 아버지가 말했다.

믿음, 소망, 사랑. 그중에 제일은 사랑이니라.

"할렐루야. 맞아, 맞아!"

살아야 한다. 작디작은 인간들아, 살아야 한다. 살아야 한다, 기쁨과 행복 속에서. 살아야 한다, 죽음이 너희의 영혼을 거두어갈 때까지.

슈카가 할아버지의 목에 걸려 있다. 다리를 끌며 베란다 계단을 오르는 할아버지의 가슴을 때린다.

"그거 이리 주쇼." 아버지가 할아버지에게 다가간다.

"도둑질을 하는 놈은 장님이 돼." 할아버지가 목을 어깨에 파묻으며 말한다. "시뻘겋게 달궈진 집게로 눈알이 뽑힐 거야."

"어서 요한한테 주세요, 아버지."

"요한손이 내 목에 걸어놓은 거야." 할아버지가 엄마를 쳐다보며 말한다.

"아니, 저 영감탱이가 무슨 소릴 하는 거야?" 아버지가 피식 웃는다.

"요한손이 걸어놨어. 내가 어디에 있는지 알아내려고 내 목에 걸어놓은 거야. 하지만 가만히 서 있으면 요한

손은 내가 어디 있는지 몰라. 종 안에 짚을 채워 넣어도
돼. 그러면 걸어 다녀도 괜찮아. 내가 살아 있다는 것도
모를 걸.”

할아버지는 몹시 만족스러운 듯 입을 삐죽거리며 킥
킥댄다. 게슴츠레 뜬 작고 노란 눈에 눈물이 글썽인다.
침이 입가로 비어져 나와 햇빛에 반짝인다.

“착한 우리 할아버지, 이제 그만 슈카 벗어서 이리 주
세요.” 에바가 할아버지에게 다가간다. 할아버지가 슈
카를 벗어 에바에게 건네준다.

“이제부터 슈카는 에바, 네 거야.” 그가 말한다.

“아빠, 슈카를 할아버지가 선물할 수는 없는 거예요.”
에바가 말한다. “그리고 슈카는 현관문에 걸어 둬야 해
요. 그래야 우리 집에 기쁨과 행복이 깃들죠.”

엄마가 자리에서 일어선다.

“안 돼, 가지 마.” 할아버지가 다급하게 소리친다. “네
어린 아들을 혼자 놔두고 가지 마.”

“아버지, 무슨 말을 하는 거예요?” 엄마가 놀란 눈으
로 할아버지를 바라본다.

할아버지는 어찌할 바를 모르고 허둥거린다.

“미안하구나. 그냥 불쑥 튀어나온 말이야. 아무래도
내 머리가 어찌 된 모양이야. 너희도 알고 있지? 너희가

이해해줘. 이거 참, 안나보고 엄마라니. 너희는 절대로 늙지 마라. 절대로.”

할아버지가 잠시 고개를 숙이는가 싶더니 다시 번쩍 고개를 들고 손가락으로 아버지를 가리킨다.

“너, 이 악마의 새끼야. 조심해!” 할아버지가 소리친다.

할아버지가 계속 계단을 오르려다 난간을 붙잡는다. 힘겹게 발을 끌어올리는 할아버지의 모습을 아버지가 물끄러미 쳐다보고 있다. 어쩔 수 없다는 듯 할아버지에게 다가간다. 할아버지를 번쩍 들어 안는다. 아버지 품에 안긴 어린아이 같다. 당장 내려놓지 못하겠느냐고 할아버지가 고래고래 소리 지른다. 바짝 마른 팔과 다리. 할아버지는 마치 성냥개비 같다. 사실 할아버지의 몸무게는 40킬로그램도 나가지 않는다. 할아버지가 몸부림친다. 장어처럼 몸을 뒤튼다. 술에 취한 아버지는 비틀거린다. 아무것도 보고 싶지 않다는 듯 엄마가 몸을 돌려버린다.

“가만 좀 있으쇼.” 아버지가 소리친다.

그래, 할아버지는 아버지의 말처럼 가만히 있을 수도 있었건만. 늙고 메마른 몸을 아버지의 가슴에 기대고 가만히 있을 수도 있었건만. 아버지의 호의를 조용히 받아들일 수도 있었건만. 베란다 위에 내려주면 고맙다고 인사를 건넬 수도 있었건만. 아버지는 또 아버지대로 당연히 해야 할 일을 했을 뿐이라고 대답했을 수도 있었건만. 하지만 그런 일은 일어나지 않았다.

할아버지의 고함은 비명에 가까웠다. 언젠가는 반드시 천벌을 받을 거라고 아버지에게 저주를 퍼부었고, 침을 뱉었고, 급기야 아버지의 코를 물었다. 아버지가 두 손으로 코를 움켜잡았다. 그 순간 할아버지가 비명을 지르며 계단 아래로 굴렀다.

만약 사람들이 이 광경을 봤다면 어떻게 반응했을까? 누군가는 박장대소했을 것이고, 누군가는 심각한 얼굴로 할아버지와 아버지의 심신이 어쩌고저쩌고 걱정했을 것이다. 아버지는 집 안으로 들어가지 않았다. 코를 움켜쥐고 화가 나서 씩씩거렸다. 술에 취한 눈이 에바의 눈과 마주쳤다.

"빌어먹을, 뭘 그렇게 뚫어지게 쳐다보는 거야?" 아버지가 버럭 소리를 질렀다. 아버지의 눈이 이글거렸다. "들리지? 저기 천막에서 노래 부르는 소리, 들리지?" 아버지가 에바에게 성큼 다가섰다.

에바가 뒷걸음질 쳤다.

"그런데 넌 왜 노래를 안 해?" 아버지가 다그쳤다. "예쁜 네 노랫소리를 들어본 적이 통 없는 것 같은데. 어디 한번 불러봐."

에바는 아무 말도 하지 않았다.

"귀 먹었어? 노래 부르란 말이야. 네 엄마 말로는 노래도 곧잘 한다던데. 어서 한번 불러봐. 어서 불러."

에바는 침묵했다.

엄마는 어디 있는 걸까?

"제기랄, 어서 노래하라니까."

아버지가 에바에게 다가갔다. 내 몸이 떨렸다.

"그냥 좀 내버려 둬." 내가 힘없는 말했다.

"주둥아리 닥치지 못해!" 아버지가 소리쳤다.

에바가 눈을 내리깔았다.

"뭐 하고 있어? 넌 뭐든지 다 잘하잖아. 안 그래? 어서 노래 부르란 말이야, 이 새끼마녀야!"

아버지의 손이 올라갔다. 에바가 노래를 불렀다. 곧 울음이 터져 나올 것 같은, 잔뜩 목이 잠긴, 갈라진 목소리가 겨우겨우 새나왔다. 아버지가 목청이 터져라 웃어대더니 뛰듯이 집 안으로 들어갔다. 그러곤 빗자루를 하나 들고 나왔다. 아버지가 에바에게 빗자루를 내밀며 말했다.

"너처럼 세계적인 성악가가 반주도 없이 노래를 해서야 말이 안 되지. 자, 받아. 바이올린이야." 아버지가 말했다. "이 바이올린으로 연주를 하면서 노래 부르는 거야. 어때, 멋있지?"

아버지가 큰 소리로 웃었다.

엄마는 어디 있는 걸까?

"누나 대신 아빠가 노래해주면 안 돼?" 내 목소리가 들렸다. "아빠만큼 노래를 잘 부르는 사람은 아무도 없어. 난 아빠 노래가 듣고 싶어."

에바는 두 주먹을 꼭 말아 쥐고 부들부들 떨면서 아버지를 노려보았다. 에바의 눈 속에 가득 차 있는 것은 미움이었다. 아버지가 히죽히죽 웃었다. 내 굴욕적인 아첨이 다행스럽게도 그의 분노를 누그러뜨린 모양이었다.

"내 노래를 듣고 싶다고? 그래, 내 아들을 위해 노래를 불러주고 말고. 암, 불러주고 말고."

아버지가 노래를 부른다. 영혼에서 나온 노랫소리가 온 세상으로 울려 퍼진다. 오, 전능하신 주여. 오, 전능하신 주여!

전능하신 주님을 찬송하는 아버지의 얼굴은 흉측하게 일그러져 있었다. 핏발 선 두 눈은 텅 비었고, 입가에는 비열한 미소가 서려 있었다.

이 모습이 아니다. 내가 기억 속에서 불러내고 싶었던 모습은 이게 아니었다. 함께 노래 부르며 미소 짓던 두 사람. 백야의 하늘 위로 솟구쳐 오르던 그들의 기쁨. 왜 나의 기억은 거기서 끝나지 않는 것일까?

엄마는 자기 방 독서용 탁자 앞에 앉아 있다. 그 위엔 뜨개바늘 두 개가 꽂힌 털실 뭉치가 놓여 있다. 엄마의 허벅지 위에는 책이 한 권 펼쳐져 있다. 피고는 입을 다 물고 있는 편이 나을 것이다. 하지만 그는 스스로를 변호해야 한다고 느낀다. 고소인이 자기 말을 듣고 싶어했기 때문이다. 엄청난 실망감이 그를 엄습했다. 가슴에 커다란 구멍이 뚫렸다. 그 속으로 모든 것이 빨려 들어갔다. 분노와 연민, 책임감과 양심의 가책마저……

이 정도 설명이면 충분한가?

엄마가 부엌으로 갔다. 아버지는 식탁에 앉아 술을 마시고 있다. 의자에 앉아 있기조차 힘들어 보인다.

"당신도 커피 한 잔 하지 그래?" 혀가 잘 돌아가지 않는 듯 아빠가 웅얼거렸다.

엄마가 커피를 따라 마셨다. 엄마는 숨을 몰아쉬더니 한 손으로 가슴을 꾹 눌렀다. 개수대로 가서 수도꼭지를 틀고 입을 헹궜다.

"당신도 한 잔 마시지 그래." 아버지가 에바와 나를 쳐다보며 히죽거렸다. 이 악마는 우리가 재미있어한다고 생각하는 모양이었다.

"두 번 다시 그런 짓 하지 말아요." 엄마가 말했다.

아버지는 병뚜껑을 따고 넘치도록 잔을 채웠다.

"받아, 내 사랑."

엄마가 잔을 받아들더니 다시 개수대로 갔다. 그러곤 잔에 든 소주를 몽땅 부어버렸다.

아버지가 의자에서 천천히 일어난다. 다리를 휘청거리며 엄마에게 다가간다. 잔을 빼앗아 다시 술을 따른다.

"마셔!" 아버지가 명령한다.

엄마는 단호하게 고개를 젓는다.

아버지는 한 손으로 엄마의 목을 움켜잡고, 다른 손으로는 엄마의 입에 술잔을 바짝 들이댄다. 술잔으로 엄마의 입을 짓이긴다. 입술에서 피가 흐른다. 엄마가 에바와 나를 쳐다보더니 고개를 끄덕인다. 아버지가 엄마를 놔준다. 엄마는 술잔을 비운다.

"사람은 다리 하나로 설 수 없는 법이라고." 아버지가 깔깔 웃어젖힌다.

엄마가 술을 마신다. 천천히 똑같은 속도로……

서로 한 마디 얘기도 없이 그들은 술을 마신다. 우리 둘 따위는 안중에도 없다.

그들이 술을 마신다. 시간이 흐른다. 그들이 술을 마

신다.

"이리 오렴, 내 강아지들." 그제야 우리를 알아본 엄마가 말한다. 엄마는 중얼거리고 아버지는 큰 소리로 껄껄거린다. "어서 니들 엄마한테 가봐."

엄마의 입은 일그러져 있다. 간간이 통제 불능인 듯 실룩거린다. 엄마가 우리에게 손을 뻗는다. 하지만 우리는 재빨리 방으로 달아난다.

"엄마한테 와. 엄마한테 오라니까." 에바와 나의 등에다 대고 엄마가 소리친다.

우리는 귀를 기울인다. 엄마와 아버지는 아무 말 없이 앉아 있다. 잠시 후 엄마의 떨리는 목소리가 들린다.

"대체 무슨 짓을 한 거야? 왜 그런 짓을 했냐고?"

"주둥아리 닥쳐! 맞아죽고 싶어서 환장했어?"

"더러운 돼지새끼."

소름 끼치는 둔탁한 소리가 들린다. 에바와 나는 부엌으로 달려간다. 엄마는 아빠의 손찌검을 피하려고 양팔로 얼굴을 가리고 있다.

"안 돼! 때리지 마!"

"저리 꺼져."

엄마의 입에서 피가 흐른다.

"그만 해, 엄마 때리지 마."

아버지는 주먹질을 멈추지 않는다. 에바가 달려들어 아버지 팔을 잡으려고 애를 쓴다. 아버지가 에바를 밀어버린다. 에바는 바닥에 쓰러진다. 이번엔 내가 뒤에서 아버지를 걷어찬다. 하지만 제대로 맞지 않는다. 돌아선 아버지가 나를 한 대 후려친다. 그러곤 내 팔을 움켜쥐고 끌고 가더니 개수대에다 처박는다.

엄마가 의자를 붙들고 일어서려고 애쓴다. 에바는 소리를 지르기 시작한다. 나도 악을 써댄다.

"이 우라질 것들, 주둥아리 닥치지 못해!" 아버지가 으르렁거린다. "내가 닥치라고 했지! 지옥에나 꺼져라!"

엄마는 고개를 축 늘어뜨린 채 앉아 있다. 앞뒤로 고개가 흔들린다. 아버지가 엄마의 머리채를 움켜잡고 목을 뒤로 젖힌다. 엄마 얼굴에 주먹을 겨누더니 갑자기 있는 힘껏 내지른다. 엄마가 비명을 지른다. 끔찍한 소리, 온몸에 소름이 돋는다. 아버지는 팔을 내려뜨린 채 입을 벌리고 서서 발작적으로 기침을 해댄다.

"차라리 죽어버려!" 내가 악을 썼다.

화들짝 놀란 아버지가 멍한 눈길로 나를 바라본다. 그러더니 나에게 다가온다.

"그건 너한테 해당하는 말이야, 이 멍청한 놈아. 네가 실수로 태어났다는 걸 네놈도 잘 아는 모양이군. 우린 애당초 너 따위를 원한 게 아니야. 네년도 마찬가지야.”
아버지가 에바를 노려본다.

아버지는 승리감에 젖어 껄껄거린다. 아버지가 고개를 돌린다. 하지만 더 이상 나에게 다가오지 않고 비틀거리며 방으로 들어간다.

에바와 내가 엄마를 일으켜 부엌 긴 의자에 앉힌다. 우리는 엄마를 껴안으려고 했지만, 엄마는 우리를 밀쳐낸다.

“저리 가.” 엄마가 웅얼거렸다.

에바와 나는 복도에 놓인 냉장고 옆에 앉아 있다. 문에 걸린 슈카를 올려다본다. 벽에 마른 장미 다섯 송이가 걸려 있다. 바스락 소리가 난다. 마른 장미 사이로 왕거미가 기어간다. 우리는 벽에 몸을 기댄 채, 사람들이 뭐라고 해야 좋을지 딱히 모를 때 그러는 것처럼 두서없이 말을 주고받는다. 아버지가 돌아오지 않았더라면 얼마나 좋았을까? 바다를 떠돌다 죽어버렸다면 얼마나 좋을까? 술에 취해 잠든 그를 누군가 쓸모없는 놈이라며 수장시켜 버렸다면 얼마나 좋았을까? 실수로 태어난 에바가 실수로 태어난 나에게 말한다. 그러고 나서 우리는 사람은 누구나 이중인격자라고 결론짓는다. 엄마조차도.

"너희 거기 쪼그리고 앉아서 뭘 하는 거냐?"

할아버지가 계단 위에서 우리를 내려다보고 있다.

"놀고 있어요."

그때 엄마가 비틀거리며 부엌에서 나온다. 퉁퉁 부은 얼굴은 피와 멍으로 얼룩져 있다. 엄마는 문틀을 꽉 붙잡고 시선을 고정시키려고 애쓴다. 할아버지도 보지 않고 우리도 쳐다보지 않는다.

"우리는 아무 소득도 없는 놀이를 하고 있는 거야."

한밤중이었다. 뭔가 쿵쾅거리는 소리에 잠이 깼다. 나는 에바를 따라 복도로 갔다. 거기엔 엄마가 다락에서 끌고 내려온 궤짝이 놓여 있었다. 엄마가 콜록콜록 기침을 하며 뭐라고 중얼거렸다. 케케묵은 동요를 점점 더 빨리 불렀다. 아빠의 시종이 아빠의 짐을 꾸리네. 엄마가 우리를 쳐다보았다.

"이제 너희 아버지는 여길 떠나야 해." 엄마가 나직하게 말했다. 하지만 정확하고 단호한 목소리였다. 얼굴은 붉게 상기되었고 머리는 헝클어졌지만, 술은 이미 다 깬 것 같았다.

"그 사람은 떠나야 해. 아빠 짐 꾸리는 것 좀 도와."

우리가 꼼짝 않고 서 있자 엄마는 직접 방 안으로 들

어가 아버지의 옷가지를 가져왔다. 셔츠며 풀오버, 속옷, 그리고 양말까지. 옷장을 열고 아빠의 양복과 비단 머플러도 꺼내왔다. 엄마는 아빠의 물건을 몽땅 가져다 궤짝 속에 던져 넣었다.

"엄마, 그러지 마."

"아니, 그 사람은 여길 떠나야 해."

아버지가 궤짝을 짊어지고 집으로 돌아오던 날이 떠올랐다. 그날 아버지는 부엌에서 궤짝 뚜껑을 열고 그림을 보여주었다. 그 순간 아버지의 얼굴이 어떤 표정이었는지 나는 지금도 똑똑히 기억한다. 궤짝 안에는 금화와 은화, 다이아몬드가 박힌 금반지, 그리고 반짝이는 여러 가지 꿈들로 가득 차 있었다. 시트와 장미 다섯 송이도 있었다. 아빠와 함께 세계 도처의 바다를 항해했던 그 궤짝은 그 후 오랫동안 에바와 나의 배가 되었다. 우리는 그 안으로 기어 들어가 뚜껑을 닫은 채 잔혹한 세상을 떠나 멀고 먼 바다를 항해했다. 에바와 나는 그 속에서 얼마나 많은 이야기들을 만들어냈던가? 이제 궤짝은 우리 곁을 떠나야 한다. 아버지와 함께.

우리는 베란다로 궤짝을 밀어냈다. 계단 위에서 겁에 질린 목소리가 들렸다. 할아버지였다. 할아버지는 말라비틀어진 다리 위에 헐렁한 팬티를 걸치고 서서 벌벌 떨고 있었다.

“놈들이 왔어? 지금 빈민구호소로 가는 거야?”

“올라가서 주무세요, 아버지.” 엄마가 말했다.

엄마는 우리더러 부엌에 들어가 문을 잠그라고 말했
다. 엄마가 아버지를 깨우는 소리가 들렸다. 과음한 탓
에 인사불성인 것 같았다. 곯아떨어졌던 아버지는 영문
도 모른 채 베란다로 끌려 나갔다. 엄마는 아빠에게서
열쇠를 빼앗고 문을 잠갔다.

곧이어 아빠가 문을 두드리는 소리가 들렸다. 엄마가
창문을 열었다.

“문 열어!” 아버지가 소리쳤다. “안나! 빌어먹을, 도대
체 문은 왜 잠그는 거야?”

“두 번 다시 여기 발 들여 놓을 생각 마.”

“문 열어! 내 말 안 들려? 안나 당신도 알잖아. 어차피
문은 열어주게 돼 있어. 나도 알고, 당신도 아는 일이야.”

“요한, 이젠 끝이야.”

엄마가 침착하고 분명한 목소리로 말했다. 그 순간 문
두드리는 소리가 뚝 그쳤다. 엄마는 우리를 쳐다보았다.

“슬퍼하지 마.” 엄마가 말했다.

“저 사람이 없어도 잘살 수 있어. 걱정하지 않아도 돼.”

“끝이라니, 무슨 말이야?” 아버지가 소리쳤다. “날더

러 돌아오지 말라고?"

엄마는 대답하지 않았다. 엄마가 에바와 나를 쳐다보았다. 엄마의 얼굴이 빛났다. 행복해 보이기까지 했다.

밖에서 뭔가 와지끈 부서지는 소리가 났다. 창밖을 내다보았다. 궤짝이 베란다 아래 내동댕이쳐져 있었다. 아버지는 뚜껑이 떨어져 나간 궤짝 안에서 옷가지들을 끄집어내 사방으로 패대기쳤다. 텅 빈 궤짝을 발로 밟아 부쉈다. 아버지는 궤짝을 부수는 동안 미친 듯이 소리를 질렀다.

"사람들이 다 들을 거야." 에바가 속삭였다. "다 볼걸. 한밤중이지만 아직 환하잖아. 조금 있으면 새벽인데."

갑자기 고함 소리가 멈췄다. 아버지는 눈물을 줄줄 흘리면서 우리를 쳐다보았다.

"나한테 왜 이러는 거야? 같이 페인트칠하기로 했잖아. 잊어버렸어? 집도 사야 하잖아."

"부질없는 짓이에요."

"그동안 내가 한 모든 일이?" 아버지가 말했다. "다 부질없는 거였다고? 수도관, 그네, 마당에 만들었던 작은 집, 책꽂이, 채소밭, 그게 다? 내가 만들고 손본 게 얼마나 많은데?"

"요한, 그건 이 문제하고 조금도 상관없어요."

“그럼, 내가 약한 인간이라 그러는 거야?”

아버지는 전처럼 악을 써대지 않았고, 입에 담지 못할 욕설을 퍼붓지도 않았다. 폭력을 쓰거나 협박을 하지도 않았다. 엄마와 아버지는 서로 차분하게 이야기를 주고받았다. 예전과 다른 모습이었다. 아버지의 목소리가 조금 떨렸다. 그게 전부였다.

“나의 선량한 뜻은 다 잊어버린 거야?” 아버지가 말했다. “당신과 아이들한테 쏟았던 내 마음을 전부? 안나, 이제 우리의 사랑마저 궤짝 속에 넣어버린 거야?”

엄마가 창문을 닫았다.

“아빠는 이제 집에 못 와?”

엄마는 대답하지 않았다.

잠시 후 타는 냄새가 났다. 궤짝이 불타고 있었다. 사방에 옷가지가 널려 있었다. 아버지는 검은색 정장을 입고 그 옆에 서서 하염없이 불꽃을 내려다보았다.

아침이 밝았다. 궤짝은 전부 타버렸다. 하지만 불씨는 남아 있었다.

“그는 자기 배를 불태웠어.” 에바가 말했다. 몇 년 후

1990년대가 막 시작될 무렵이었다.

에바와 나는 아버지에 대해 이야기하고 있었다. 아빠는 참 친절하고 다정다감하고 재미있는 사람이었어. 술에 취하면 더 친절했고, 더 다정다감했고, 더 재미있었어. 그럴 때도 있었다. 술에 취한 아버지가 늘 피 묻은 주먹을 휘둘러댄 것만은 아니었다. 에바와 내가 늘 귀를 막고 소리를 질러댄 것만은 아니었다.

"아이들은 아버지 말을 귀담아 들어야 해." 에바가 말했다. "그래야만 하는 거야. 자기 아버지가 뭘 하려고 하는지 이해할 수 있어야 하는 거야."

그런 점에서 에바와 나는 노련한 독심술사였다. 우리는 아버지에게 매달려 이야기해달라고 아양을 떨었다. 아버지가 우리에게 이야기를 들려주는 동안에는 끔찍한 일이 벌어지지 않았다. 우리는 천일야화의 세계 속에서 살고 있었다.

"잊어버릴 수 있다는 건 정말 멋진 선물이야." 에바가 말했다. "하지만 아빠는 그 선물을 받지 못했어. 우리 잘못이야. 우리가 잊어버렸어야 했어."

망각, 사랑, 공포, 절망, 고통. 그리고 아무도 믿을 수 없다는 이 끔찍한 느낌.

에바가 울었다.

“아무도 믿을 수가 없어. 아무도, 단 한 사람도, 심지어 나 자신도 믿을 수가 없어.”

에바가 눈물을 흘리며 흐느꼈다.

“단 한 번만이라도, 아주 잠시만이라도 이 끔찍한 죄책감에서 벗어날 수만 있다면……. 우리가 저질렀던 잘못들이 모두 사라져버리는 그런 곳이 있다면……. 어딘가에 그런 망각의 섬이 있다면…….”

뮈르딩엔에 살던 시절, 어느 날 오전이었다. 우리 집 문 앞에 어떤 노인이 서 있었다. 얼마나 오랫동안 그곳에 그렇게 서 있었던 것일까? 문 열리는 소리가 나자 우리를 한번 슬쩍 올려다보았을 뿐 이내 고개를 숙이고 계속해서 중얼거렸다. 뭐라고 하는 소리인지 도무지 알아들을 수가 없었다. 부랑자 같았다.

엄마가 그를 부엌으로 데리고 갔다. 부엌을 휘 둘러보면서도 그는 쉬지 않고 혼잣말을 했다. 그의 말소리가 조금 또렷해졌다. 그는 어떤 늙은 말에 대해서 이야기하고 있었다. 평생을 힘겹게 일하다가 푸른 방목장에서 생을 마감하지 못하고 도축장으로 끌려갔던 늙은 말에 대한 이야기였다. 그는 또 사람들의 배신에 대해서 이야기했다. 모두가 모두를 배신한다, 사람이란 그런 것이다, 심지어 내가 나를 배신하는 게 사람이다. 그는 중얼거렸다.

그의 이야기가 너무 슬퍼서 우리는 눈물을 흘렸다. 하지만 아버지는 눈물을 흘리지 않았다. 아버지는 노인의 이야기를 듣지 않았다. 아니, 듣지 못했다. 아버지는 거기 없었다.

우리 역시 노인의 이야기를 귀담아 듣고 싶지 않았다. 너무 진지한 이야기였기 때문이다. 아무도 결말 따위를 알고 싶어하지 않았다. 하지만 그건 우리 모두에게 불가능한 일이었다. 그는 바로 우리 할아버지였고, 그가 입은 옷에서 몹시 지독한 냄새가 났기 때문이다. 안나, 내 옷 좀 빨아주렴. 구걸을 하고 다니려면 깨끗한 옷을 입어야 하거든.

나는 할아버지에게 거지 행세를 하려면 더럽고 냄새나는 옷을 입어야 하는 거라고 말하지 않았다. 엄마도 자기 옷은 자기가 빨아 입어야 하는 거라고 말하지 않았다. 엄마는 할아버지의 겉옷을 벗기고 창고에 있는 세탁장으로 갔다. 그동안 가엾은 노인은 벌거벗은 채 의자에 앉아 기다렸다. 옷을 갈아입을 때까지 벌벌 떨면서 온몸이 꽁꽁 얼은 채로.

세탁장에서 돌아온 엄마가 할아버지를 긴 의자에 뉘었다. 할아버지는 엄마가 가져온 연회색 담요를 덮고 곧바로 잠들었다. 엄마는 의자에 걸터앉아 잠든 할아버지를 물끄러미 내려다보았다. 마치 아주 작은 어린애라도 되는 것처럼.

"어떤 사람도 저런 꼴을 하고 다닐 거야." 에바가 훌쩍였다.

"그만두지 못해!" 엄마가 말했다. "살다 보면 더 끔찍한 일에 부딪치기 마련이야."

할아버지가 일어나자 엄마가 목욕물을 데웠다. 씻기 싫다고 떼쓰는 할아버지를 엄마는 목욕통 속에 세웠다. 몸에 비누칠을 하고 깨끗한 물로 씻어냈다. 그리곤 구석구석 몸을 말려주었다. 엄마의 동작 하나하나엔 애정과 연민 그리고 배려가 담겨 있었다.

이윽고 할아버지는 다시 깔끔해졌다. 옷도 깨끗해졌다. 다시 방랑을 시작해도 될 것 같았다.

"이젠 죽어도 되겠다." 할아버지가 말했다.

"아니에요, 오래오래 사셔야 돼요." 엄마가 대답했다.

엄마가 옳았다. 할아버지는 그 뒤로 양로원에서 꽤 오랫동안 살았다. 처음에는 달아나려고 무척 애를 썼다.

똥구멍 같은 양로원이라는 둥 개똥 같은 간호사들이라는 둥, 아무런 의미 없는 비열한 인생이라는 둥 할아버지는 고래고래 소리를 질러댔다. 하지만 정작 양로원은 밝고 따뜻하고 깨끗한 곳이었다. 근무하는 직원들도 더할 나위 없이 친절하고 상냥했다. 이발도 해주고, 면도도 해주고, 목욕도 시켜주고, 다정하게 말도 시켰다. 그렇지만 할아버지는 그들에게 고맙다는 말 대신에 침을 뱉거나 주먹을 날리기 일쑤였다.

때때로 할아버지는 집으로 돌아가고 싶다고, 돌아가야 한다고 엉엉 소리 내 울었다. 집에 땔감이 다 떨어졌을 거라고, 자기가 땔감을 줍지 않으면 모두 추워서 잠도 못 잘 거라고 걱정을 하며 눈물을 쏟았다. 하지만 누군가 막대사탕을 쥐어줄라 치면 할아버지는 금세 울음을 뚝 그쳤다. 내가 룽그로에 있는 병원으로 에바를 찾아갔을 때 우리 사과봉투를 슬쩍했던 어떤 할머니처럼 할아버지 역시 걸핏하면 남의 물건을 훔쳤다. 때로 양로원 벤치에 혼자 앉아 자기가 너무 오래 살았다고, 빨리 죽어야 한다고 중얼거리기도 했다. 그러나 어느 순간부터 할아버지는 남의 물건을 훔칠 수도, 벤치에 나와 앉아 있을 수도 없게 되었다. 다리에 힘이 빠져 걷지도 못했고, 하루 종일 침대에 누워 있기만 했다. 할아버지는 우리를 알아보지 못했다. 그를 만나러 가는 날이면 늘 슬펐다. 할아버지를 보기도 전에 우리의 가슴에는 슬픔이 가득 차오르곤 했다.

침대에만 누워 있게 되면서부터 할아버지는 조금씩 평화를 찾기 시작했다. 할머니가 죽기 전에 그랬던 것처럼 말없이 그도 지나간 삶을 돌이켜 보았다. 마침내 할아버지를 돌보기 위해 미국에서 에릭 삼촌이 돌아왔다. 에릭 삼촌은 그 옛날 할아버지에게 차마 입에 담지 못할 저주를 퍼붓고 온갖 악행을 저질렀던 것을 후회했다. 그는 사과했고 용서를 빌었으며 화해를 청했다. 에릭 삼촌이 할아버지에게 원하는 것은 그것뿐이었다. 무슨 꿍꿍이속이 있었던 것은 아니었다. 할아버지가 바보 같은 소리를 늘어놓아도 다 받아주었고, 음식을 먹지 않으려고 입을 굳게 다물고 있어도 윽박지르는 법이 없었다. 언제나 부드러운 말로 달래고 또 달랬다. 할아버지가 물을 엎지르면 옷도 갈아 입혀주었고, 막대사탕도 주었다. 할아버지는 어느 날 저녁 에릭 삼촌의 손을 잡고 평온하게 잠들었다. 에릭 삼촌은 오랫동안 양로원에서 일한 40대 중반의 아주머니였다.

내 기억이 잘못된 것인가? 현관문 앞에 서 있던 그 사람은 할아버지가 아니었던가? 식탁에 앉아 도축장으로 끌려간 늙은 말 이야기를 하던 그 사람은, 엄마가 애정 어린 손길로 씻어주던 그 사람은 할아버지가 아니었던가? 아버지였던가? 맞다. 그는 아버지였다. 엄마가 긴 의자에 눕히고 담요를 덮어주었던 그 사람은 할아버지가 아니라 아버지였다. 집에서 쫓겨난 지 며칠 만에 거지 행색으로 돌아왔던 그 사람은 바로 아버지였다. 모든 게 예전 같을 수는 없었을 것이다. 하지만 우리는 기뻤다. 그리고 몇 달이 흘러 가을이 되었다. 아버지는 꼼짝도 않고 침대에 누워 있었다. 술이 취한 것도, 몸이 아픈 것도 아니었다. 아버지는 절망에 빠져 있었다.

"별일 아닐 거야. 엄마가 어쩌다 잊어버린 거야." 아버지가 말했다. "하지만 쉽게 생각할 문제가 아니야. 지금까지 한 번도 이런 일이 없었어. 잊어버릴 수 있는 게 따로 있지. 학교 갈 때 신발 신는 걸 잊어버린 적 있어? 없지? 마찬가지야. 아니 그 이상이지. 그건 사랑의 징표라고."

엄마는 아침에 집을 나설 때마다 반드시 아버지에게 인사말을 건넸다. 그런데 왜 오늘따라 인사를 하지 않은 것일까? "다녀올게요, 요한" 하고 왜 말하지 않았을까?

엄마가 집을 나선 지 30분이 지났다.

"너희 엄마를 두 번 다시 볼 수 없을지 모른다는 생각이 들어. 무서워 죽겠어." 아버지가 말했다.

그 순간 기적 같은 일이 벌어졌다. 문이 열리고 엄마가 들어왔다. 아버지는 벌떡 일어나 엄마에게 달려갔다. 부둥켜안고 입을 맞췄다. 아버지의 절망은 순식간에 사라졌다. 전차에 올라탔는데 아무래도 뭔가 빠트리고 온 것 같은 생각이 들더라고요. 미안해요, 요한.

"다녀올게요, 요한." 엄마가 말했다. 아버지는 베란다로 나가 엄마에게 손을 흔들었다. 잘 다녀와, 안나. 엄마가 킬라베리에서 전차에 오를 때까지 아버지는 엄마에게 손을 흔들었다. 엄마도 아버지에게 손을 흔들었다.

오랜 세월이 흐른 뒤 엄마가 불쑥 그 이야기를 꺼냈다. 나는 까맣게 잊고 있었다. 반쯤 농담처럼, 사실 그때 잊어버렸던 게 아니었노라고 엄마가 고백했다. 잊어버렸던 게 아니라 의도적으로 그랬다고, 계산된 행동이었다고 엄마가 말했다. 하지만 왜, 무엇 때문에 그렇게 했는지에 대해선 말해주지 않았다.

그렇다. 아버지가 돌아왔던 것이다. 아버지는 이제부터 술을 입에 대지 않겠다고 맹세했다. 거지 행색을 했지만 새 서표를 사 들고, 엄마의 사랑하는 남편이 돌아왔다.

"멀리서 슈카의 노래가 들려왔어. 난 어머니와 형제들을 만나러 집에 온 참이었지. 아버지가 아론을 도축장에 팔아치운 뒤로는 집을 찾지 않았어. 그날이 처음이자 마지막이었지. 아무튼 아버지는 집에서 몇 마일 떨어진 숲에 있다가 집에 오는 길인 것 같았어. 끔찍하게 추운 날이었지. 수은주가 영하 30도 아래로 내려가 있었으니까. 그렇게 추운 날엔 슈카 소리가 아주 맑게, 멀리 울려 퍼져. 슈카의 맑은 노랫소리가 점점 가까워졌어. 아버지의 마차가 뜰에 멈춰서는 소리가 들렸어.

하지만 아버지는 집 안으로 들어올 생각을 하지 않았어. 무슨 일인가 하고 어머니가 밖으로 나갔어. 어머니의 비명에 모두들 밖으로 뛰어나갔어. 아버지는 고삐를 거머쥔 채 마부석에 앉아 있었어. 옆에 놓인 양동이 속의 물도, 아버지도 꽁꽁 얼어 있었지. 미동도 없이 앞만 빤히 쳐다보는 아버지의 눈은 정말 섬뜩했어. 아버지를 집 안으로 급히 옮겼어.

우린 그를 벽난로 옆 소파에 뉘었어. 하지만 앉은 채로 꽁꽁 언 아버지의 몸은 쉽게 펴지지 않았지. 도무지 눕힐 수가 없었던 거야. 어머니가 아버지를 의자에 앉히라고 소리쳤어. 모두들 달라붙어 아버지의 몸을 두드리고 주물렀어. 아버지의 입을 억지로 벌리고 뜨거운 커피를 흘려 넣어 보았지만 소용없었지. 아버지는 살아나지 않았어.

아버지는 말에게 물을 주려고 양동이를 들고 연못으로 간 거야. 나도 잘 아는 연못이었어. 아무리 추운 날에도 가장자리만큼은 꽁꽁 얼어붙지 않는 연못이었지. 아버지는 거기서 미끄러졌고. 연못 가장자리를 덮고 있던 얼음이 깨지자 물속에 빠진 거지. 깊지 않아서 다시 나올 수는 있었지만 온몸이 흠뻑 젖고 말았어.

너무 피곤해서 그랬는지, 너무 놀라서 잊어버렸는지 아니면 또 다른 어떤 이유가 있었는지 나로서는 알 길이 없지만, 어쨌든 아버지는 몸도 말리지 않고 마부석에 올라 마차를 몰았던 거야. 그리고 꽁꽁 얼어버린 거지.

아버지가 죽은 그다음 날 나는 칼로 가죽을 끊고 끌채에 묶여 있던 슈카를 떼 냈어. 그리고 길을 떠났지. 그 뒤로 두 번 다시 집으로 돌아가지 않았어.

아버지는 천벌을 받은 거야. 아론을 도축장에 팔아치운 죗값이었지. 그 악마는 그렇게 죽었어.”

죽은 자는 산 자의 기억 속에서 살아간다. 그것이 죽은 자의 삶이다. 하지만 오래전에 죽었던 누군가가 돌연 산 자의 무리에 섞여 나타나는 경우도 있다. 사실 나는 내 이야기를 뮈르딩 호숫가의 집에서 살던 시절로 제한할 생각이었다. 하지만 다음의 이야기는 예외라고 해야겠다.

몇 년 전이었다. 알링소스의 도서관에서 개최하는 강독회에 초대받아 갔을 때의 일이다. 도서관은 넓고 환했다. 긴 탁자 위에는 커피와 케이크가 있었다. 내 강독이 시작되자 긴 탁자 곁에 서 있던 사서가 들어와 맨 뒷자리에 앉았다. 체구가 건장하고 머리가 조금 벗겨진, 가느다란 테의 안경을 쓴 중년 사내였다. 어딘가 낯이 익었다.

강독이 끝나자 그 사서가 중앙 통로로 나오더니 미소 띤 얼굴로 나를 향해 성큼성큼 다가왔다. 그의 얼굴이 가까워졌다. 로페 얀손이었다. 마약 판매로 감옥을 들락거리던 로페 얀손이었다. 마약에 중독 돼 죽었다는 소문이 돌았던 바로 그 로페 얀손.

나 말고도 또 다른 작가의 강독이 남아 있었지만, 로페와 나는 도서관을 나와 알리사스의 구 시가지를 산책했다. 로페는 나에게 알스트뢰머가, 아버지 알스트뢰머가 아닌 아들 알스트뢰머가 지었다는 시청사도 보여주었고, 헤덴이 지은 멋진 연립주택도, 노린데르가 설계했다는 궁정도 보여주었다. 도대체 로페는 어떻게 이 목가적인 작은 도시로 오게 된 것일까? 아니, 어떻게 도서관 사서가 된 것일까? 아니 마약 과다 복용으로 죽었다던 로페가 어떻게 살아 있는 것일까? 로페가 자기의 집으로 나를 초대했다.

로페의 차는 커다란 미제 무개차가 아니었다. 오래된 사브였다. 로페의 집도 언젠가 우리가 함께 꿈꿨던 저택은 아니었다. 크고 화려한 욕실이 있는 저택이 아니었다. 그러나 한 가족이 살기에는 충분히 넓고 쾌적했다. 원래는 꽤 낡은 집이었는데 자신이 직접 보수한 것이라고 그가 말했다.

로페의 아내 케르스틴도 도서관 사서였다.

"롤프한테서 얘기 많이 들었어요." 케르스틴이 나에게 말했다.

케르스틴 옆에는 로페의 아들이 서 있었다. 로페보다 케르스틴을 더 닮은 것 같았다. 아이는 나에게 인사를 건네고 다소곳이 눈을 내리깔았다. 그 옛날 로페에게서 상상도 할 수 없는 일이었다.

"뭐 좀 마실래?" 로페가 물었다.

'그래, 이제 술을 퍼마실 테지' 하고 나는 생각했다.

"좋은 레드와인이 한 병 있어." 로페가 말했다. "케르스틴, 당신도 한 모금 마실 거지?"

케르스틴이 미소를 지으며 고개를 끄덕였다. 우리는 붉은 포도주가 담긴 술잔을 앞에 놓고 담소를 나눴다. 그 옛날 아버지의 생일 파티가 떠올랐다. 하지만 그때와는 분명히 달랐다. 우리는 백작도, 백만장자도, 궁정 사진사도 아니었다. 우리는 칭송 받아 마땅한 '보통 사람들'이었다.

책꽂이마다 책들이 들어차 있었고, 석판화 몇 점과 유화도 걸려 있었다. 전체가 성화상(聖畵像)으로만 채워진 벽도 있었다. 감탄사가 절로 튀어나왔다. 러시아와 동유럽에서 구해 온 것이라고 했다.

"어떤 의미에서는 러시아와 동유럽만이 진정한 유럽이라고 할 수 있어. 서유럽은 이제 미국의 일부니까. 하지만 러시아도, 동유럽도 변해가고 있어. 아니 변해버렸어. 그나마 그들이 지켜오던 유럽의 문화, 유럽의 영혼을 오래전 서유럽이 그랬던 것처럼 팽개쳐버렸지. 마피아들이 사치를 누리며 석유 재벌을 꿈꾸고 있는 동안 노동자들은 세입자로 전락하고, 노인들은 굶주리고 있어."

나는 로페의 말에 그저 고개만 끄덕였다. 정치 이야기만 나오면 나는 금방 지쳤다.

"그렇다고 몰락해버린 동유럽보다 우리가 나을 건 하나도 없어. 사람들은 일자리를 뺏길까봐 굴종을 일삼고 있지. 사람을 초라하게 만드는 데 그보다 효과적인 방법은 아마 없을 걸, 그렇지?"

할머니와 브란팅이 생각났다. "그가 급진주의자들과 관계를 유지하고 있었다는 것, 그리고 그들 중에서 사회주의 국가를 함께 건설할 동지를 찾고 있었다는 것. 이 모두 사실이다. 그럼에도 불구하고 그는 이미 확고부동하게 형성된 사유재산제도의 분배방식에 반대하는 급진적 투쟁으로는 결코 모든 사람에게 인간적인 삶을 보장해주는 사회체제를 건설할 수 없다는 점을 일찍이 간파했다. 바로 여기 그의 위대함이 놓여 있다. 그를 사회주의자로 만든 것은 우연이 아니라 신념이었다. 그는 주저 없이 노동자들의 투쟁에 뛰어들었다. 모든 인민의 문화적 약진은 노동자들의 승리 속에서만 가능하다는 것을 알고 있었기 때문이다."

프랑코 독재에 맞서 힘겹게 싸우는 스페인 인민을 돕기 위해 자진 입대했던 스페인 내전 참전 용사, 로페의 아버지 에브루가 생각났다. 에브루는 아직 살아 있을까?

케르스틴이 일어났다. 일부러 자리를 피해주는 것 같았다.

그녀는 로페의 구세주였다고 한다. 모든 것을 포기하고 싶을 때마다 힘을 북돋아준 사람도 케르스틴이었고,

야간학교를 마칠 수 있도록 함께 싸워준 사람도, 그리고 전문대학에서 도서관학을 전공할 수 있도록 도와준 사람도 케르스틴이었다고 했다. 처음 다시 공부를 시작했을 때는 수업시간 내내 무슨 소리를 하는 것인지 하나도 알아들을 수가 없었다고 한다. 그저 하루 종일 앉아 있는 연습만 했다고 했다.

크란센에 살던 시절을 이야기하면서부터 우리의 말투도 달라졌다. '빌어먹을' 예니와 '제기랄' 페레핌멜과 요케르와 우레와 '우라질' 레미와 레미의 달착지근한 여동생 졸라 등등 크란센에서 함께 살았던 우리의 그리운 친구들. 누구는 운동선수가 되었고, 누구는 연극배우가 되었다. 그리고 로페와 내가 저지르고 다녔던 온갖 악행들, 크란센의 거리들.

"몇 년 전 괴테보르크에서 비곗덩어리를 만났어." 로페가 말했다. "꽤 큰 청소업체 사장이 되어 있더라고."

라르스우베에게 꽤 잘 어울리는 직업이라는 생각이 들었다.

"찾으려고 노력하는 사람이 무언가를 이루는 것 같아." 로페가 말했다. "도망치는 사람은 결국 모든 걸 잃어버려."

나는 쉽게 말할 수 있는 문제가 아니라고 생각했다.

"물론 예외도 있어." 로페가 말했다. "사람은 누구나 그 두 가지 면을 모두 갖고 있어. 찾는 사람과 도망치는 사람. 내 말은 대체로 그렇다는 뜻이야. 하지만 한번 도망치기 시작하면 걷잡을 수 없어져. 계속해서 멀리 도망치게 되는 거지. 나도 도망가고만 있었어. 시궁창 같은 삶을 살고 있었지. 그러다 어느 순간 내가 끔찍한 겁쟁이라는 걸 깨달았어. 살기 위해서는 뭔가를 찾으려는 사람이 되어야 한다는 걸, 싸워야 한다는 걸 비로소 깨달은 거지."

그러고는 꼬리에 꼬리를 물었던 폭행, 마약 판매, 마약 중독, 되풀이되었던 수감과 출옥, 끝없이 그를 괴롭힐 것 같았던 편집증 등등 로페는 마치 고해성사하는 사람처럼 자기의 지난날을 들려주었다. 로페는 죽지 않고 살아 내 앞에 앉아 있었다.

"신을 믿어?" 나는 이렇게 묻지 않았다.

"아버지는 아직 살아계시니?"라고도 묻지 않았다.

로페 역시 우리 아버지에 관해서 묻지 않았다.

수없이 많은 죽음.

아버지가 더겐스 뉘헤테르의 부고 면을 펼쳤다. 눈 덮인 공원묘지 같았다. 검고 굵은 띠로 칸을 나눈 부고난은 하나하나가 검은 십자가와 둥근 화환을 두른 무덤 같 았다. '알름스 모자 제작소'나 '스웨덴 농기구 주식회사' 처럼 부고 게시자명이 회사인 경우도 있었지만, 대부분 은 죽은 사람의 아내이거나 남편이거나 아들이거나 딸 이었다. 이 세상 무엇보다 사랑하는 나의 남편, 우리의 아버지, 구스타프 테오도르 안데르손, 슬픔 속에서 작별 을 고합니다. 우리는 당신을 영원히 잊지 않을 것입니다.

아버지는 부고를 꼼꼼하게 읽었다. 클라라 요한나 페 테르손, 1868년 출생. 알리크 블롬, 1871년 출생. 훌다 린드베리, 1864년 출생.

"다 나이 많은 사람들이야." 아버지가 말했다. "이름 만 봐도 알 수 있어. 하나같이 옛날 이름이잖아. 힐두르, 에들라, 뤼디아, 브루르, 아르비드…… 남자들은 여자 들보다 빨리 죽어. 여자들은 자신이 죽고 나면 남아 있 는 남편이 밥도 제대로 못 끓여 먹을 거라고 걱정하지. 실제로 그렇기도 하고. 그래서 자기 남편이 먼저 죽을 때까지 참고 견디는 거야. 남편이 죽고 나면 이제 자신 이 죽을 수 있게 됐다고, 힘겨운 삶에서 풀려날 수 있게 됐다고 생각하지. 하지만 막상 죽음이 허락되면 마음이 조금씩 달라지지. 커피 한 잔이 얼마나 향기로운지, 푸 른 하늘에서 쏟아지는 햇빛이 얼마나 따사롭고 아름다운지 새롭게 깨닫기 시작하는 거야. 살고 싶다는 바람이 죽고 싶다는 바람보다 점점 강해지는 거지. 하지만…… 언젠가는 그녀도 죽을 수밖에 없어.”

왜 할머니는 할아버지보다 먼저 죽었을까? 엄마는 신문에 게시했던 할머니의 부고를 가위로 오려 장롱서랍 제일 위 칸에 넣어 두었다.

“죽고 나면 모든 게 끝일까?” 아버지가 부고를 읽으면서 혼잣말처럼 중얼거렸다. “살아 있을 때처럼 죽은 뒤에도 꿈을 꿀 수 있을까?”

오래전에 살다 간 수많은 것들

언젠가 하루는 너도

오래전에 살다 가겠지

흙과 풀과 단풍나무 잎사귀가 기억하겠지

스쳐간 바람을 기억하는 산처럼

평화가 큰 바다처럼 드리우겠지

_페르 라게르크비스트

“큰 바다처럼 드리우겠지.” 아버지가 중얼거렸다.

아버지와 나는 공원묘지 위를 걷고 있었다. 무덤들 사이에 난 좁은 길을 따라 천천히 걸었다. 비석에 새겨진 것들을 읽었다. 종소리가 들려왔다.

우리의 기억 속에 당신은 살아 있어요

당신은 늘 우리 곁에 살아 있어요

당신이 보여요

당신은 늘 우리 곁에 살아 있어요

"늘 우리 곁에 살아 있어요." 아버지가 말했다.

"장례식은 공원묘지 안 교회에서 9월 18일 오후 2시에 시작될 예정입니다. 화환은 교회로 보내주시면 됩니다. 장례식이 끝난 뒤 고인을 추모하는 조촐한 모임이 있습니다. 참, 회, 요. 9월 10일까지."

"난 이 장례식에 갈 생각이야." 아버지가 말했다.

"아는 사람이야?"

"아니. 아는 사람이라서 가려는 게 아니야. 난 이 세상 사람들 모두가 형제자매라는 걸 증명하고 싶어. 알지 못하는 한 사람의 죽음을 애도한다는 건 모든 사람들의 죽음을 애도한다는 걸 의미하니까."

아버지의 말은 아버지와 내가 식탁에 앉아 신문을 뒤적이던 그 여름날의 이른 아침처럼 신선하고 아름다웠다. 그래서 나는 선뜻 알지도 못하는 사람의 장례식에 갔다가는 눈총만 받을 게 틀림없다고, 안 가는 게 나을 거라고 말하지 못했다.

"'참, 회, 요.'가 무슨 뜻인지 알아? 그건 말이지 '참가하실 분의 회신을 요망합니다' 라는 말을 줄인 거야. 너도 같이 갈래?"

"의미가 있는 일이라면……."

"당연히 의미가 있는 일이다마다. 새끼손가락을 걸어도 좋아."

엄마가 기도했다. "하늘에 계신, 하지만 우리 곁에는 없는 우리 아버지. 정말 그런가요? 사람은 누구나 서로 다른 두 개의 나를 가지고 있는 건가요? 내 속에는 선량한 나와 사악한 내가 함께 있는 건가요? 사랑하는 나와 미워하는 나, 정말 그렇게 둘인가요? 혹시 우리가 져야 할 책무를 회피하려고, 혹은 우리 잘못을 정당화하려고 꾸며낸 얄팍한 술수는 아닌가요?

아이들이 요한을 멀리해요. 처음 요한이 집으로 돌아왔을 때 아이들이 얼마나 기뻐했는지 저는 생생하게 기억해요. 그랬던 아이들이 이제 요한을 멀리해요.

아이들이 저를 불쌍한 엄마라고 생각하는 걸 결코 바라지 않아요. 저는 아이들에게 동정 받을 자격이 없는 엄마예요. 아이들을 생각한다면 요한을 다시 받아들일 수 없었겠죠. 요한은 자기가 강한 남자라고 으스대요. 하지만 제 눈에는 그저 한없이 작고 가련한 아이처럼 보여요. 아니요. 저는 지금 얄팍한 술수를 부리고 있는 거예요. 요한을 다시 받아들인 건 책임감 때문이 아니었어요. 그건 제 이기심 때문이에요. 그래요, 요한을 받아들인 건 제 이기심 때문이었어요. 그 외 다른 말들은 다 저를 정당화하려는 얄팍한 술수에 지나지 않아요. 더러운 걸레조각으로 아름다운 옷을 지을 수는 없지요.

아이들의 눈에는 요한이 우스꽝스런 광대로 비쳐지나 봐요. 그렇지만 그 사람은 제 남편이에요. 그는 한없이 작고 가련한 어린아이 같은 사람이에요. 하지만 놀랍게도 든든한 남편의 모습을 보이는 적도 많아요.

며칠 전이었어요. 요한이 식탁에 앉아 저를 빤히 쳐다보고 있었어요. 왜 그러느냐고, 무슨 일 있느냐고 물어봤죠. 요한은 아무 일도 없다면서 그냥 싱긋 웃었어요. 저도 요한한테 싱긋 웃어줬죠. 그리고 함께 저녁을 먹었어요. 밥을 다 먹고 난 뒤에도 우린 이런저런 얘기를 나누며 식탁에 앉아 있었죠. 특별한 얘기는 아니었어요.

그렇고 그런 일상적인 얘기들이었어요. 그렇게 앉아 있는 우리의 모습이 말할 수 없이 정겹게 느껴졌어요. 아이들도 그런 걸 느끼는 것 같았어요. 근사한 미래를 꿈꿀 필요도, 즐거웠던 과거를 회상할 필요도 없었어요. 우리는 다른 무엇이 될 필요가 없었어요. 있는 그대로 충분했어요. 그때 만약 누군가가, 아니 요한이 행복이 무엇이냐고 물어봤다면 저는 이렇게 대답했을 거예요. ‘여기요. 여기 이게 행복이에요. 지금 바로 이 순간 말예요. 평화로운 지금 이 순간. 당신의 아이들과 함께, 당신의 아내와 함께 요한 당신이 이렇게 평화롭게 앉아 있는 지금 이 순간. 이게 바로 행복이에요.’

조금 과장된 생각인지도 모르겠어요. 하지만 행복이라고만 말했지, 사랑이라고 말하지는 않았잖아요. 몸을 돌릴 때마다, 숙였던 머리를 치켜들 때마다 저는 자신한테 물어요. ‘올바른 결정이었을까? 요한을 받아들이지 말아야 했던 건 아닐까? 제 이기심 때문에 모든 걸 망치고 있는 건 아닐까’ 하고요.

하늘에 계신 아버지, 하지만 그 어디에도 없는 우리 아버지. ‘사람들이 너희에게 해주기 바라는 대로 너희가 해주어라’ 고 한 말은 대체 무슨 뜻인가요?”

시간이 흘렀다. 여름은 가고 이제 밤이 되면 날이 어두워졌다. 찬바람이 불었다. 뮈르딩 호수에서 음습한 기운이 전해졌다. 나뭇잎도 떨어졌다. 종이 제비처럼 떨어지는 것도 있었고, 꼬마 낙하산처럼 떨어지는 것도 있었다. 떨어진 나뭇잎들은 조그만 생쥐처럼 땅 위를 굴러다녔다.

"그래도 나를 좋아했다고 생각해." 아버지가 말했다.

할머니에 대한 이야기였다. 술을 거나하게 들이켜고 나면 아버지는 종종 할머니를 떠올렸다. 양심의 가책을 느끼는 모양이었다. 할머니더러 곧 죽게 될 거라고, 할머니가 죽고 나면 할아버지를 못살게 굴 거라고, 할머니의 장례식을 엉망으로 만들어버릴 거라고, 위협하면서 윽박질렀던 행동을 후회하는 것 같았다.

"하지만 내가 정말로 그렇게 한 건 아니잖아. 장례식때도 나무랄 데 없이 행동했다고. 안 그래?"

"응. 나무랄 데 없었어." 내가 대답했다.

"내가 도대체 왜 그랬을까? 왜 그런 멍청한 소리를 지껄였을까? 나는 지금 벌을 받고 있는 거야. 밤마다 악몽을 꿔. 아, 그놈의 고양이! 시커멓고 커다란 고양이! 혹시 너도 봤니? 그놈의 고양이가 밤새 헛간이랑 장미나무 덤불 사이를 어슬렁거리고 다니는 거야. 꿈을 꾸는 내내 그 고양이가 꼭 죽은 할머니처럼 보이더라니까.”

아버지가 들개를 고양이로 착각한 건 아닐까? 아니, 잘못 본 게 아닐지도 모르지. 들개라면 순식간에 고양이로 변할 수도 있다.

“고양이가 ‘차가운 길’ 위에 웅크리고 앉아 있었어. 나를 빤히 쳐다보았지. 그렇게 빤히 쳐다보다가 어슬렁거리며 나한테 다가왔어. 바짓가랑이에 몸을 문지르면서 우유를 달라고 했어. 나는 주지 않았어. 내가 만일 우유를 주면 고양이는 제 갈 길을 가지 않고 여기 머물러 있으리라는 걸 알았으니까. 나는 우유를 주는 대신 고양이를 발로 찼어. 나쁜 뜻으로 그런 건 아니야. 그냥 여기 있으면 안 된다는 걸 알려주려고 그랬던 거야. 어서 떠나라고 말이지. 고양이는 이해하지 못하겠다는 눈길로 나를 쳐다봤어. 꼭 이렇게 말하는 거 같았지, ‘이 더러운 돼지새끼야!’ 하고.

끔찍한 비명에 놀라 잠을 깬 적도 많아. 시커멓고 커다란 고양이 한 마리가 기어들어와 내 가슴에 누웠어. 어디선가 비명이 들렸고 난 잠에서 깨어났지. 누가 소리를 질렀는지 알아? 바로 나였어.

너희 죽은 할머니가 어딘가에 숨어서 늘 감시하고 있다는 생각이 들 때마다 온몸에 소름이 돋아. 하루는 베란다에 앉아서 샌드위치를 먹고 있었어. 뭘 잠깐 보느라고 먹던 샌드위치를 탁자 위에 놓고 고개를 돌렸지. 다시 보니 그게 사라지고 없는 거야. 눈 깜짝할 사이였어. 누가 그랬냐고? 당연히 너희 죽은 할머니였겠지. 이런 꿈도 꿨어. 겨울이었어. '차가운 길' 위에 뭔가 시커먼 게 누워 있는 거야. 다가가서 보니 얼어 죽은 고양이였어. 그러자 갑자기 봄이 된 거 있지. 겨울에 죽었던 고양이가 공원으로 가는 길 무덤 위에 웅크리고 앉아 있었어. 차마 눈 뜨고는 볼 수 없는 꼴로. 목덜미와 등 여기저기 상처가 나 있었는데 거기서 고름이 줄줄 흘러내렸어. 더러운 털은 형편없이 뒤엉켜 있었고. 너무 가여워서 손을 뻗었더니 녀석이 휙 하고 뮈르딩엔 쪽으로 사라져버리는 거야. 나는 분명히 느낄 수 있었어. 어딘가 어두컴컴한 곳에 숨어서, 감히 어쩌지도 못할 거면서, 그래도 무슨 일이 일어나는지 꼭 알아야겠다는 듯 뚫어져라 우리 집을 지켜보고 있다는 걸 말이야.

수척해질 대로 수척해진 고양이 한 마리가 뮈르딩엔에서 몸을 비틀고 있는 꿈도 꾼 적이 있어. 자세히 보니 춤을 추고 있더라고. 아무리 꿈이라지만 다 늙어빠진 고양이가 무슨 요정이나 되는 것처럼 너울너울 춤을 추다니! 정말 기묘했어. 내 기분이 어땠을지, 너도 한번 상상해봐.”

그래, 상상할 수 있어. 이해할 수 있어. 나도 뮈르딩엔에서 할머니를 본 적이 있어. 불길이 세차게 번지고 있었지. 시뻘건 불꽃이 뮈르딩엔을 태우고 마침내 우리 집까지 삼켜버렸어. 잿더미만 덮여 있었지. 자욱한 연기 속에서 할머니를 보았어. 할머니가 잿더미 위를 걸어가고 있었어. 고개를 돌리더니 나한테 소리쳤어. 언젠가는 너도 이해하게 될 거야!

✻

에바는 병원에서 나와 평온한 날을 보내고 있었다. 한 걸음, 한 걸음씩 자기가 있어야 할 자리로 걸어 나오는 참이었다.

“이미 지나간 시간들을 고칠 수는 없겠지? 안 그래?” 에바가 말했다.

“그래. 어떤 경우에도 그건 불가능해.” 내가 대답했다.

“내가 너를 깊이 신뢰하는 것처럼 너도 날 신뢰하고 있는지는 모르겠지만, 아무튼 앞으로는 너한테 함부로 말하지 않을게. 네가 좀 이해해줘. 난 그저 너한테 빛으로 만들어진 작은 꽃다발을 주고 싶었을 뿐이야. 사람들이 기억의 조각이라고 부르는, 빛으로 엮은 꽃다발 말이야. 살아 있는 것들은 무엇이든 너무 쉽게 부서져. 오늘은 환하고 평화로운 하루였어. 기분이 아주 좋았어. 햇빛은 기적 같은 거야. 불행한 사람들, 멸시받는 사람들, 작디작은 사람들도 햇빛 속에서는 행복해지고, 당당해지고, 위대해지는 거야. 걱정하지 마. 정신없이 아무렇게나 지껄이는 거 아냐. 나 이제 아프지 않아. 다 나았어." 에바가 손을 뻗어 내 뺨을 톡톡 두드렸다. "곧 일자리를 얻을 것 같아. 그리고 꽤 괜찮은 남자도 만났어. 아빠하고 많이 닮았어. 하지만 많이 다르기도 해. 걱정하지 마."

에바는 부서지기 쉬운 자신을 지키려 애쓰고 있었다.

"엄마와 아빠가 나란히 침대에 누워 있었어. 두 분 다 반듯하게 누워서 손을 꼭 맞잡고 있었지." 내가 말했다. "다정하게 이야기를 나누고 있었어. 그렇게 행복해 보일 수가 없었어."

당신이 있어서 나는 참 행복해요. 엄마가 속삭인다. 나도 그래. 안나, 우리는 참 특별한 사람들이야. 다른 사람들에겐 하잘 것 없는 사람으로 보일지 몰라도 우리 둘한테만큼은 정말 특별한 사람들이야. 안 그래? 아빠가 고개를 돌려 엄마를 바라본다. 그래요. 당신은 나한테 말할 수 없이 특별한 사람이에요. 엄마도 고개를 돌리고 아빠를 바라본다.

엄마와 아빠의 말은 수수께끼 같다. 하지만 그 수수께끼 같은 말들이 하나도 어렵게 느껴지지 않는다.

잘 자, 내 사랑. 아버지가 속삭인다. 그래요. 당신도 잘 자요.

"누나, 혹시 기억해? 문틈으로 같이 엿보고 있었잖아."

"그래. 기억해." 에바가 대답했다.

에바는 건강해 보였다.

토요일 밤이었다. 날카로운 비명에 잠을 깼다.

아버지가 침대에 똑바로 앉아 비명을 지르고 있었다. 겁에 질린 눈으로 나를 쳐다보았다. 시뻘겋게 달아오른 얼굴에 굵은 땀방울이 맺혀 있었다. 엄마는 보이지 않았다. 엄마는 어디 있느냐고 물었지만 아버지는 아무 소리도 들리지 않는 듯 내 손만 와락 움켜잡았다. 칠흑같이 어두운 방에 소년이 웅크리고 있었어. 어디서 나타났는지 횃불 하나가 소년의 얼굴을 비췄어. 이미 오래전에 죽은 사람의 얼굴처럼 창백했어. 그런데 그 얼굴은 소년의 얼굴이 아니었어. 주름투성이였어.

"그 애가 지금 이 방에 있어." 아버지가 말했다. 아버지는 부들부들 떨면서 눈물을 흘렸다. "꿈이 아니야!"

아버지를 진정시킬 수가 없었다. 아무리 고개를 돌려도 누군가 횃불을 들고 억지로 그 얼굴을 보게 해.

"냄새가 나. 살이 타는 냄새야."

아버지는 종잡을 수 없는 말을 끝도 없이 늘어놓았다. 가지 마. 내 곁에 있어줘. 함정을 파 놓은 거야. 잠들면 안 돼. 우리를 함정으로 밀어 넣어버릴 거야. 추워 죽겠다고 말하는 아버지의 몸은 땀에 젖어 축축했다. 그는 떨다가 지쳐 잠깐 잠이 들었다가 곧 비명을 지르면서 다시 깨어났다.

"소년이 나한테 눈을 찡긋했어. 이빨이 다 빠진 입을 헤 벌리고 눈을 찡긋거렸어."

아버지는 땀투성이 손으로 내 머리를 움켜잡았다. 벌겋게 충혈된 눈으로 나를 쳐다보았다.

"그만 진정하세요. 졸려 죽겠어." 내가 말했다.

"아니, 잠들면 안 돼. 내가 혼자 남는 걸 노리는 거야. 횃불로 내 얼굴을 지질 거야."

"알았어. 옆에 있을 테니까 좀 자도록 해봐."

“잠들면 다시 일어나지 못할 거야. 난 나를 믿을 수가 없어.”

하지만 아버지는 잠이 들었고, 나도 아버지의 가슴에 기댄 채 잠이 들었다. 잠시 후 아버지가 비명을 지르며 벌떡 일어났다. 나도 그 소리에 놀라 잠을 깼다.

에바가 서 있었다. 에바는 아무 말도 하지 않고 문 앞에 우두커니 서서 우리를 쳐다보았다. 아버지가 에바를 향해 주먹을 들어 올렸다. 에바가 돌아섰다. 에바는 울고 있었다.

“이제 자러 갈게.” 내가 말했다.

“안 돼! 가지 마! 소년은 피투성이야. 온몸에서 피가 나. 벌거벗은 채로 바닥에 웅크리고 있어. 똥을 쌌어. 저 남자는 누구지? 저 여자는 또 누구지? 소년한테 욕을 퍼붓고 있는 저 사람들은 누구야? 엉덩이에 똥이 잔뜩 묻어 있어. 닦지 마. 닦으면 안 돼. 피가 나잖아. 가지 마.”

아버지가 갑자기 입을 다물었다. 암만 해도 혼자 내버려 두면 안 될 것 같았다. 곁에 있어주면 돈을 주겠다고 아버지가 말했다. 내가 바랐던 게 용돈이었을까?

나는 아무것도 원하지 않았다. 날이 밝았을 때 아버지가 부끄러워한 모습도 보고 싶지 않았다.

“잠든 거 아니지?” 아버지가 물었다.

"응."

하지만 난 곧 잠들었다. 일어나 보니 아버지의 침대 옆 바닥에 누워 있었다. 블라인드는 걷혔고, 아침 햇살이 가득했다. 밤은 이미 지나갔다.

아빠는 깊이 잠들어 있었다. 나는 살금살금 기어나가 문을 닫았다. 그리고 엄마의 빈 침대에 몸을 눕혔다. 문득 어린 시절의 한 장면이 떠올랐다.

다시 눈을 떴을 때 나는 부엌의 내 침대 위에 누워 있었다. 모든 것이 지나갔다.

하지만 나는 아직도 모르겠다. 왜 그날 밤 엄마가 집에 없었는지 말이다.

엄마는 식탁에 앉아 웃으면서 아버지의 노래를 듣고 있었다. 아름답고 우렁찬 목소리라며 아버지를 칭찬했다. 아니, 그날 아침이 아니라 다른 날 아침이었던가? 아니면 다른 날 오후였던가? 아버지의 목소리를 칭찬했던 사람도 엄마가 아니라 나였던가? 날마다 날마다 점점 더 좋아질 거야. 그가 노래를 불렀다.

"유명한 사람들은 모두 요한손이었거나 요한손이지. 아니면 요한이든지. 예를 들어 에른스트 롤프나 유시 비엘링도 요한손 아니면 요한이었어."

아버지가 일어섰다.

"널 짓누르는 걱정 근심일랑 모두 날려 버려." 아버지가 노래했다. "아아아, 하루하루 나아지면 되는 거야……. 에른스트 롤프의 히트송이야."

아버지가 어디서 났는지 빈 바이올린 케이스를 가져왔다. 두고 봐. 여기에 돈이 산더미처럼 쌓일 테니. 너희가 바이올린을 켜고 내가 노래를 부르는 거야. 텔루스보리에 있는 광장에서.

"하지만 바이올린도 없이 어떻게 바이올린을 켜?" 에바가 물었다.

"상상력을 이용하는 거야. 잘 봐." 아버지가 눈을 지그시 감고 바이올린을 연주했다. 아니, 바이올린을 연주하는 시늉을 했다. 안토니오 스트라디바리가 만든 바이올린이야. 그리고 이 활은 진짜 니콜라 아마티 거지.

에바와 나는 서로 얼굴을 쳐다보았다. 그런 놀이를 하기엔 우리 나이가 너무 많았다.

"애들아, 상상력을 발휘해봐. 너희 귀에 바이올린 소리가 들려야 다른 사람들도 들을 수가 있는 거야. 설령 너희가 연주하는 그 멋진 소리를 듣지 못하는 사람이 있다고 해도 별로 문제 될 건 없어. 난 성악을 공부하지는 않았지만, 목소리 하나만큼은 아름답고 우렁차잖아. 걱정 마.”

하지만 어떻게 걱정하지 않을 수 있겠는가? 텔루스보리에는 우리 반 아이, 안나레나가 살고 있는데. 만약 그 아이가 우리를 보기라도 한다면? 생각만 해도 끔찍한 일이다.

“난 있지도 않은 바이올린을 가지고 연주하는 일 따윈 안 해.” 내가 말했다.

“그래? 좋아, 그러면 바이올린은 에바 혼자서 연주하도록 해. 너한테는 다른 임무를 줄게. 넌 말이지 가까운 아파트에 들어가. 2층 계단에 서 있다가 내가 신호를 보내면 창문을 열고 이렇게 소리쳐. ‘어이, 에른스트 롤프! 자네 여기서 뭐 하는 건가?’ 무슨 말인지 알겠지? 사람들한테 지금 자기들 앞에 서서 노래를 부르고 있는 사람이 누구인지 알려주는 거야. 물론, 에른스트 롤프는 죽었어. 하지만 그 사실을 아는 사람들은 그렇게 많지 않아. 그런 사소한 일에 마음 쓸 건 없어. 자, 어디 한번 소리쳐봐.”

“어이, 에른스트 롤프! 자네 여기서 뭐 하는 건가?” 내가 소리쳤다. 그러고도 나는 몇 번인가를 더 연습해야 했다. 손을 나팔처럼 만들어 입에다 대고. “어이, 에른스트 롤프! 자네 여기서 뭐 하는 건가?” 아버지가 만족스런 표정으로 고개를 끄덕였다.

"내가 이렇게 목덜미를 긁적이면 소리치도록 해. 한 눈팔지 말고 날 잘 보고 있어야 해. 늙어 죽을 때까지 목덜미만 긁적이게 만들진 않겠지? 그랬다가는 사람들이 에른스트 롤프의 몸에 이가 있다고 생각할 테니까. 내가 신호를 보낼 테니 다시 한 번 해봐." 아버지가 목덜미를 긁적이며 눈을 찡긋했다.

"어이, 에른스트 롤프! 자네 여기서 뭐 하는 건가?"

"브라보! 잘했어. 그리고 에바, 넌 말이지 팔을 이렇게⋯⋯."

우리가 계획 중인 연주회는 어쩌면 실행되지 않을 수도 있었다. 그럴 공산이 컸다. 하지만 아무래도 좋았다. 영원히 실행되지 않는다 하더라도 계획하고 연습하는 동안 우리는 행복했으니까. 살아야 한다, 작디작은 인간들아. 살아야 한다!

"에바, 우리가 광장에 도착하면 먼저 바이올린 케이스를 바닥에 내려놓고 뚜껑을 열도록 해. 사람들이 돈을 던져 넣을 수 있도록 말이지. 그리고 연주를 할 때는 네 손에 스트라디바리와 니콜라 아마티가 들려 있다는 사실을 명심하도록 해. 네 반주에 맞춰 노래하는 사람이 시시껄렁한 삼류 가수가 아니라 에른스트 롤프라는 것도 잊지 마.”

“하지만 아빠를 진짜 에른스트 롤프라고 생각하는 사람은 아무도 없을 걸.” 내가 말했다.

“네가 모르는 게 있어. 자기가 원하는 걸 보고, 자기가 원하는 걸 듣는 게 사람이야. 자기가 들은 걸 보고, 자기가 본 걸 듣는 게 사람이라고. 내가 진짜 에른스트 롤프일 필요는 없어. 이해하겠니? 만일에 대비해서 난 검은 정장을 입고 비단 머플러를 두를 생각이야. 얼굴에는 녹말가루를 바르고. 에바, 넌 얼굴에 숯 검댕을 좀 칠해라. 가만, 맨발로 연주하는 게 어떨까? 그럼 발이 너무 시릴까? 하긴, 꼭 그럴 필요야 없지. 너희 생각은 어때?”

우리 생각? 꼭 같이 가야만 하나? 꼭 바이올린이 필요한 건가? 꼭 누군가가 “어이, 에른스트 롤프! 자네 여기서 뭐 하는 건가?” 하고 소리쳐야 하는 건가? 꼭 검은 정장에 비단 머플러를 하고 얼굴에 녹말가루를 뿌려야 하는 건가? 있는 그대로의 모습으로 충분하지 않을까?

“자, 이제 우리는 막 텔루스보리에 있는 광장에 도착했어.”

나는 어떤 아파트의 2층 계단 창문에 서 있다. 거지 소녀 하나가 광장 한복판에 빈 바이올린 케이스를 내려놓고 뚜껑을 연다. 소녀의 옆에 서 있던 에른스트 롤프가 팔을 들어 올려 목을 긁적인다. 나를 보며 눈을 찡긋한 것 같기도 하다.

“어이, 에른스트 롤프! 자네 여기서 뭐 하는 건가?”

에른스트 롤프가 노래를 부르기 시작한다. 아무도 내다보지 않는다. 이대로 끝인가? 아니다. 에른스트 롤프가 노래를 멈추더니 휘파람을 분다. 귀청이 찢어질 정도로 날카로운 휘파람 소리다. 한 번, 두 번…… 다섯 번, 여섯 번. 여기저기서 창문이 열린다. 화가 난 사람들이 창밖으로 머리를 내밀고 두리번거린다. 사람들이 그를 쳐다보고 있는데도 에른스트 롤프는 노래를 부르지 않는다. 마치 길을 잃어버린 사람처럼 목덜미만 긁적이고 있다. 아 참!

“어이, 에른스트 롤프! 자네 여기서 뭐 하는 건가?” 아파트 2층 계단 창가에 서 있던 내가 소리친다.

에른스트 롤프가 노래를 한다. 너를 짓누르는 근심, 걱정일랑 모두 날려버려. 아아, 하루하루 나아지면 되는 거야.

에른스트 롤프의 목소리는 아름답고 우렁차다. 하지만 멀리 울려 퍼지지 않는다. 휘파람 소리와는 다르다. 희한하게도 에른스트 롤프의 노랫소리는 옆으로 퍼져나가지 못하고 위로만 솟구쳐 오른다.

"어때? 우리가 연주하는 장면이 눈에 보이지?" 아버지는 가슴이 벅차오르는 듯 눈을 가늘게 뜨고 말했다. "내 노랫소리도 들리지? 우렁차고 아름다운 내 목소리가 멀리멀리 울려 퍼지고 있어. 사람들이 넋을 잃고 노래를 듣고 있어. 그들은 마법에 걸려……."

아파트 2층 계단에서 내려다보는 에른스트 롤프는 드넓은 광장과 대비가 되어 조그마한 어린아이처럼 보인다. 한 사람이 웃기 시작한다. 다른 한 사람이 따라 웃는다. 또 한 사람이, 그리고 또 다른 한 사람이 따라 웃는다. 모두들 배를 잡고 웃는다. 에른스트 롤프의 노랫소리는 들리지 않고, 사람들의 웃음소리만 광장을 메운다. 어떤 남자는 창틀을 두드리며 웃고 어떤 여자는 손으로 입을 가리고 웃는다. 어이, 요한 요한손! 자네 여기서 뭐 하는 건가?

아버지가 비장한 얼굴로 광장 한복판에 선다. 에바도 머뭇머뭇 아버지를 따라간다. 아버지는 내가 서 있는 아파트의 2층 계단 창문을 올려다본다. 고통스러운 표정이다. 아버지가 나를 보지 않고 다른 데를 쳐다본다. 거기 에른스트 롤프가 서 있나? 그가 아버지더러 한번 잘해보라며 용기를 준 것인가?

누가 알겠는가? 정말로 한번 잘해보라며 눈을 찡긋거

린 것인지, 호의를 가장한 조롱인지 누가 알겠는가? 그가 왜 하필이면 에른스트 롤프여야 하는가? 누가 됐든 상관없는 일 아닌가? 할아버지일 수도 있고, 달리는 마차 위에서 얼어 죽은 악마일 수도 있지 않을까?

아버지가 한 번 더 노래를 부른다. 웃음소리를 덮어버리려는 듯 큰 소리로 노래한다. 부드럽고 따뜻하고 아름다운 그의 목소리가 이제 비명에 가깝게 변한다. 비열한 말 장수가 배를 잡고 웃는다. 어디선가 고함이 들린다. 어이, 에른스트 롤프! 자네 여기서 뭐 하는 건가?

사람들의 웃음소리가 뚝 그친다. 박수갈채가 쏟아진다. 아버지가 노래를 마치고 허리를 굽혀 사람들에게 인사한다. 아이들이 달려와 바이올린 케이스에 동전을 던져 넣는다. 사람들이 창밖으로 종이에 싼 동전들을 던진다. 비처럼 쏟아져 내린다. 에바는 보이지 않는다. 아빠, 걱정하지 마. 내가 도와줄게. 내가 달려가 돈을 주워 모은다. 창틀을 두드리며 웃던 남자가 나에게 다가온다. 10크로네짜리 지폐를 쥐어주고는 내 어깨를 두드린다.

에바는 도대체 어디로 간 걸까? 아까 누가 소리친 것일까? "어이, 에른스트 롤프! 자네 여기서 뭐 하는 건가?" 하고 소리친 사람은 누구일까? 비열한 말 장수가 소리친 것일까? 아니다. 그럴 리 없다.

돈으로 가득 찬 바이올린 케이스를 들고 집으로 돌아온다. ‘이불언덕’ 위에 ‘가톨릭교도’ 몇 명이 앉아 있다.

“어이, 친구들!” 아버지가 그들에게 인사한다.

“광장에서 돼지 멱따는 소리를 질러댄 게 자넨가?” 에브루가 킬킬거리며 웃는다.

우리는 서둘러 ‘이불언덕’을 넘는다.

“꼭 멋있게 노래 부를 필요는 없어.” 아버지가 말한다. “노래를 잘 부르는가, 못 부르는가 하는 건 그렇게 중요하지 않아.”

아버지는 좌절하지 않는다. 아버지는 폭풍우를 헤쳐나가는 돛단배다. 너를 짓누르는 걱정 근심일랑 모두 날려버려. 아아, 하루하루 나아지면 되는 거야.

“유명한 사람들은 모두 요한손이었거나 요한손이지. 아니면 요한이든지. 예를 들어 에른스트 롤프나 유시 비엘링도 요한손 아니면 요한이었어.” 아버지가 말했다. 식탁 의자에 앉아 아버지가 노래를 불렀다. 오 솔레 미오.

지그시 눈을 감고 몸을 앞뒤로 흔들며 노래를 불렀다.

“유시 비엘링으로 하는 게 나을까?” 아버지가 말했다.

우리는 그때도, 그 뒤로도 텔루스보리에 있는 광장에서 바이올린을 켜고 노래를 부르지 않았다. 꼭 그곳에 갈 필요도 없었다.

"오 솔레 미오!" 아버지의 목소리는 우렁차고 아름다웠다. 노랫소리가 그친 뒤에도 아버지의 우렁차고 아름다운 목소리는 여전히 부엌 안을 가득 메웠다. 따스한 햇살이 뮈르딩엔 위로 쏟아졌다.

아버지의 눈시울이 젖어들었다.

"너무 아름다워!" 아버지가 말했다.

녹말가루를 바른 아버지의 하얀 얼굴 위로 눈물이 흘러내렸다. 기쁨의 눈물이었을까?

"너무 아름다워! 애들아, 삶이란 거대한 기쁨이야. 잊지 마. 절대 잊지 마!"

그래, 잊지 않을게. 절대 잊지 않을게. 아빠의 그 절망을 절대로 잊지 않을게. 패배 뒤에는 반드시 승리가 뒤따른다는 그 터무니없는 믿음을 절대로 잊지 않을게. 아빠가 느끼고 있는 그 거대한 공포도, 그 거대한 기쁨도 절대로 잊지 않을게. 아빠의 거짓말도, 아빠의 사랑도, 아빠의 비천함도, 아빠의 고귀함도 잊지 않을게. 나는 슬픈 눈으로 웃음 짓던 아버지의 모습을 절대 잊지 못할 것이다.

나는 왜 자다 말고 일어나 부엌에서 살금살금 빠져나왔을까? 왜 아버지의 침실을 엿보았을까? 에바와 나는 무엇 때문에 매일 밤 그렇게 했던 것일까? 아버지의 침대는 비어 있었다. 나는 거실 창가로 갔다. 헛간에서 빛이 새어나왔다. 부싯돌 부딪치는 소리가 났고 희미한 빛이 보였다. 나는 옷을 입고 헛간으로 달려갔다.

밖은 춥고 캄캄했다. 창 너머로 헛간을 들여다보았다. 그림자 하나가 고개를 젓고 있었다. 아버지는 누군가와 얘기를 나누는 중이었다.

"견뎌내! 더 이상 속일 생각하지 마! 똑바로 쳐다보란 말이야. 언젠가는 죽는 거야. 질질 짜지 좀 마. 누구나 죽는 거야. 너라고 별수 있는 게 아니야. 너도 언젠가는 죽어. 고개 돌릴 생각 말고 두 눈을 똑바로 뜨고 네 죽음을 지켜보란 말이야. 네가 인간답게 살 수 있는 유일한 길은 그것뿐이야."

도대체 아버지가 저토록 모질게 윽박지르고 있는 사람은 누구일까? 그 사람은 왼쪽 구석에 앉아 있는 것 같았다. 하지만 모습은 보이지 않았다. 아버지는 갑자기 말을 멈추고 고개를 푹 숙였다. 막강한 권력을 가진 사람 앞에 앉아 있기라도 한 것처럼 등을 구부리고 점점 더 몸을 낮췄다. 아버지가 온몸을 떨었다. 밤공기가 차가운데도 얼굴에서 땀이 줄줄 흘러내렸다.

"난 할 수 없어." 아버지가 흐느꼈다. "의미 없는 일에 의미를 부여한다는 건 속임수야. 난 할 수 없어."

아버지가 두 손을 뻗어 도와달라고 간청했다. "난 견딜 수가 없어. 이해해줘, 제발. 이렇게 애원할게."

아버지가 고개를 들고 앞에 있는 사람을 노려보았다. 거칠게 숨을 몰아쉬다 다시 허리를 펴고 주먹을 빼들었다. 험악한 욕지거리를 퍼부어댔다.

거기엔 아무도 없었다. 아버지는 내가 볼 수 없는 누군가와 얘기하고 있었던 것이 아니다. 자신에게 명령하고, 애원하고, 욕을 퍼붓고 있었던 것이다.

아버지가 벌떡 일어나 헛간을 박차고 달려 나왔다. 어딘가 걸려 바닥에 넘어졌다. 숨을 헐떡이며 표독스런 눈초리로 나를 노려보았다. 나를 노려본 게 아니었을까? 아버지는 사과나무를 지나고 '얼음 구덩이'를 지나고 '차가운 길'을 지나 쇠사슬을 끊은 들개처럼 뮈르딩엔 쪽으로 달려갔다. 사과나무에 매달아 놓은 그네가 흔들렸다.

나는 아버지를 따라 달려가며 말하고 싶었다. 내가 있으니 걱정 말라고, 에바도 있고 엄마도 있으니 아무 걱정 말라고. 하지만 나는 아무 소리도 입 밖에 내지 못했다.

그렇게 가을이 지나갔다. 우리는 아버지 곁에 있었다. 가을이 다 지나가도록 우리는 아버지 곁에 있었다.

겨울이 왔다.

몇 달 동안 차갑고 맑은 밤이 계속되었다. 뮈르딩 호수에 작은 바늘 같은 살얼음이 덮이기 시작했다. 작은 바늘들이 얇은 얼음판을 하나씩 기워나갔다. 2월이 되자 빙판은 아주 두꺼워졌다.

겨울마다 아버지는 호수에 가서 냉장고에 넣을 얼음을 잘라 왔다. 그는 썰매에 얼음을 싣고 와서 '얼음 구덩이'에 파묻었다. 1년 내내 쓸 수 있을 만큼 충분한 양이었다. 얼음을 자르고, 나르고, 파묻는 것은 몹시 고된 일이었다. 이미 몇 주 전부터 얼음을 자르는 톱과 끌어올리는 갈고리와 그것들을 운반할 썰매가 베란다 위에 나와 있었지만, 아버지는 묵묵히 술만 마셨다. 무슨 일인지 예전처럼 즐거워하지 않았고 활기차지도 않았다. 하는 수없이 에바와 내가 나섰다. 썰매를 끌고 호수로 향하는 우리 등에다 대고 엄마가 소리쳤다. 너희는 잘해낼 수 있을 거야. 엄마는 너희를 믿어.

나는 앞에서 썰매를 끌었고, 에바가 뒤에서 밀었다. 썰매는 덩치가 꽤 컸다. 하지만 뮈르딩엔에 눈이 별로 쌓이지 않은 데다가 썰매도 비어 있던 터라 그럭저럭 끌고 갈 만했다. 호수 건너편 숲에 하얗게 눈을 뒤집어 쓴 성이 보였다. 에를란드 기사가 떠나간 아들을 기다리며 고독 속에 파묻혀 있을 그 성은 실제로는 저수탑이었다. 검은 새 한 마리가 탑 주위를 날았다.

여덟 시나 되었을까? 사방이 고요했다. 오가는 자동차도 몇 대 없었고 시끌벅적한 소리도 덜했다. 몇몇 사람만 눈 덮인 하얀 밤거리를 지나갔다. 달빛이 빙판을 비췄다. 어떤 남자가 혼자 스케이트를 타고 있었다. 그는 빙판 끄트머리를 아주 빠르게 한 바퀴 돌았다. 날 끝에서 눈발이 흩날렸다.

빙판 위로 썰매를 끌어다 놓고 그 남자를 지켜보았다. 그는 우리가 있다는 걸 눈치 채지 못한 모양이었다. 처음에는 혹시 장미나무 덤불 곁에 서서 나를 쳐다보던 그 남자가 아닐까 생각했지만 아무래도 다른 사람 같았다. 얼마 후 그가 우리를 쳐다보았다. 그러곤 여느 사람들처럼 고개만 까닥했다.

얼음판에는 이미 여기저기 구멍이 나 있었다. 일부러 구멍 뚫을 필요가 없었다. 호수 속에 사는 뮈르딩어가 숨을 쉬기 위해 구멍을 뚫어 놓은 거라고 에바가 말했다. 불현듯 물에 빠져 죽은 로페의 엄마가 생각났다.

톱질은 쉽지가 않았다.

“물속에는 얼음인간들도 있어.” 에바가 말했다. “얼음인간들은 물속에서 내내 잠만 자다가 호수에 얼음이 얼면 그제야 잠에서 깨어나 움직여. 때때로 호수가 얼어붙는지도 모르고 잠을 자다가 얼음에 갇혀 지내는 얼음인간들도 있어. 그러니까 톱질을 할 땐 얼음인간이 있나 잘 봐야 해.”

“그만 좀 해.”

“얼음인간들은 아주 친절해. 도와주는 걸 좋아하지.” 에바가 생긋 웃었다. “누가 물에 빠지면 물 밖으로 나올 수 있도록 도와주기도 하고, 지금 우리처럼 누가 얼음에 톱질을 하면 물속에서 톱 끝을 잡고 도와주기도 하거든.”

“근데 왜 이리 힘들어?” 내가 퉁명스럽게 쏘아붙였다.

“그건 지금 우리를 도와주고 있는 얼음인간이 톱질에 서툴러서 그럴 수도 있고, 아니면 개구쟁이 얼음인간이 장난을 치느라 그럴 수도 있는 거지.”

왠지 꺼림칙했다. 아버지의 농담은 그렇지 않았다. 좀 우스꽝스럽긴 했어도 언제나 나를 들뜨게 했다. 나는 아버지의 농담이 좋았다. 아버지의 웃음소리도 마음에 들었다. 아버지와 함께 걷는 길도 좋았다. 아버지랑 톱질을 했으면 더 좋았을 텐데.

“저기 봐. 물방울 올라오는 거 보이지?” 에바가 말했다. "얼음인간 아이가 장난치다 혼나서 우는 거야. 그러니까 저 물방울은 얼음인간 아이의 눈물이야."

하늘에 작고 하얀 기억의 조각들이 흩날렸다. 잊지 마. 절대 잊지 마. 절대로 잊지 마, 기뻐하는 걸. 절대로 잊지 마, 살아가는 걸.

스케이트를 신은 남자는 여전히 빙판 위를 돌고 있었다. 엄마가 보았다면 틀림없이 어떤 의미를 부여했을 것이다. 똑같은 원을 그리며 얼음을 지치는 남자의 모습에 말이다. 스케이트 날이 닿을 때마다 얼음은 노래를 불렀다. 슬프지만 아름다운 멜로디였다. 나는 아버지에게 저 남자에 대해 이야기를 해주리라 마음먹었다.

우리는 한 시간 이상 톱질에 매달렸다. 물 위로 제법 많은 얼음 덩어리가 떠올랐다. 쇠갈고리는 크고 무거웠다. 우리가 다루기엔 좀 힘이 들었다. 하지만 우리는 얼음 덩어리를 모두 끌어올렸다.

"저 남자 말이야, 왜 집에도 안 가고 저렇게 오랫동안 스케이트를 타는지 알아?" 에바가 남자를 힐끗 쳐다보며 물었다.

"몰라."

"우리가 돌아가기만 기다리고 있는 거야."

"왜?"

"구멍에 빠져 죽으려고." 에바가 대답했다.

잣나무 가지를 주어다 얼음 건져낸 자리에 표시를 한 다음 우리는 썰매를 끌고 집으로 돌아왔다. 1년 내내 쓰기엔 턱없이 부족한 양이었다. 내일은 좀 더 일찍 집을 나서야 할 것 같았다. 내년에는 우리도 전기냉장고를 살 수 있을까?

술에 취해 볼썽사납게 드르렁드르렁 코를 골며 자고 있는 남자 곁에서 아름다운 여자가 책을 읽고 있다. 노란 갓을 쓴 키 큰 스탠드가 자아놓은 빛의 고치 속에서 아름다운 여인이 한 마리 누에처럼 앉아 책을 읽고 있다. 아름다운 여자가 읽는 책은 죄짓지 않은 자의 죄책감에 대해서 이야기한다. 죄짓지 않은 자의 죄책감은 그치지 않는 바람이라고, 아름다운 여자의 책이 이야기한다.

책은 이야기한다. 누구도 풀려날 수 없는 공포에 대해서. 야생의 공포에 대해서. 민감하게 반응할수록 거대해지는 공포에 대해서. 누구도 빠져나올 수 없는 미로에 대해서. 받아들일 수밖에 없는 미로에 대해서. 죽음을 꿈꾸는 것 외에는 그 어떤 위안도 없는 미로에 대해서.

"사랑이 있어." 엄마가 말한다.

슈카의 노랫소리가 들려온다.

살을 에는 추위. 더운 김을 내뿜으며 말이 달려간다.

마차가 삐걱거리는 소리. 들개가 울부짖는 소리. 주여, 우리를 불쌍히 여기소서! 아버지가 아론을 몰고 눈 덮인 얼음 위를 달려간다. 엄마의 말처럼 이야기는 끝나지 않는다. 아론은 죽었지만, 아론은 살아 일어나 이야기 속을 달려간다. 모든 이야기의 끝은 끔찍한 슬픔이지만, 이야기는 계속된다. 이야기가 계속되는 그곳은 가능성의 나라다. 죽은 아론이 살아 일어나 붉은 빛이 도는 갈색 갈기를 휘날리며 달려간다. 보아라. 아버지와 아론이 마지막 짐을 내려놓고 안식이 기다리는 그들의 오두막으로 달려가고 있다. 아버지와 아론의 머리 위로 별이 반짝인다. 슈카가 노래한다. 살아야 한다. 작디작은 인간들아, 살아야 한다. 살아야 한다, 기쁨과 행복 속에서. 살아야 한다, 죽음이 너희의 영혼을 거두어 갈 때까지.
엄마가 책을 덮는다.

엄마가 일하던 잡화점이 문을 닫았다. 문을 닫은 곳은 비단 거기만이 아니었다. 잡화점 대부분이 문을 닫았다. 대신 슈퍼마켓이 생겼다. 판매원 일자리를 다시 얻을 때까지 엄마는 한동안 남의 집 청소 일을 하러 다녔다. 그

리고 슈퍼마켓에서 일하게 된 뒤로는 쭉, 그러니까 노후 연금을 받는 나이가 될 때까지 그곳에서 일을 했다. 엄마는 슈퍼마켓에서 일하는 것을 좋아했다. 이제 엄마가 칭송 받아 마땅한 '보통 사람들'에 속한다는 데 이의를 제기하는 사람은 아무도 없었다. 엄마 스스로도 자신을 그렇게 불렀다. 자부심도, 혐오감도 없이. 엄마의 외모도 그렇게 변했다. 뚱뚱하다고 말할 정도는 아니었지만 몸에 살이 꽤 붙었고 칠흑처럼 검던 머리도 희끗희끗해졌다. 우리는 뮈르딩 호숫가의 '무너져 가는 집'에서 테겔브룩스 거리에 있는 새 아파트로 이사했다. 바야데레도 있었고 꽤 널찍한 욕실도 있었다.

엄마는 여전히 시간이 날 때마다 오래된 독서용 안락의자에 앉아 책을 읽었다. 피오도르를 읽었고 익살맞은 프란츠도 읽었다. 오래전부터 좋아했던 하뤼와 모아 그리고 이바르와 에위빈드도 읽었다.

숨어 있는 천재 작가를 찾아내려는 열정 또한 여전했다. 어떤 날은 하루 종일 도서관에서 시간을 보내기도 했다. 아스푸덴에 있던 도서관이 없어진 대신 헤게르스텐스 거리에 넓고 환한 도서관이 생겼다. 엄마는 거기서 만난 젊은 사서와도 금세 좋은 친구가 되었다. 책벌레들은 서로를 알아보는 법이니까.

엄마는 생일 선물이나 크리스마스 선물로 늘 새로 나온 책을 원했다. 직접 고르는 게 어떻겠느냐며 큰 서점에 데려다주면 뛸 듯이 좋아했다. 우리는 엄마가 고심 끝에 고른 책을 계산대로 가져가 선물용으로 포장해달라고 부탁하곤 했다.

책을 읽지 않을 때면 여느 할머니들처럼 창틀에 턱을 괴고 앉아 오가는 사람들을 구경했다. 멀리서 할머니 집을 찾아오는 손자들이 보일라 치면 만면에 웃음을 띠고 손을 흔들며 손자들의 이름을 소리쳐 불렀다.

거실 창문 너머로 '이불언덕'이 보였다. 엄마는 창가에 앉아 언젠가 그곳에서 함께 커피를 마시며 이불을 말리던 릴리 클라린을 떠올리기도 했을 것이다. 그곳에 모여 앉아 술을 마시던 '가톨릭교도들'도 떠올렸을 것이다.

검은 곱슬머리와 갈색 눈동자와 목소리가 우렁차고 아름다웠던 남자와 함께 창틀에 턱을 괴고 앉아 뮈르딩 호숫가의 '무너져 가는 집'을 떠올리기도 했을 것이다. 그들의 위대하고 특별한 사랑을 이야기했을 것이다.

이제 이야기를 끝낼 시간이다.

뮈르딩 호수에서 잘라 온 얼음을 '얼음구덩이'에 묻었다. 봄이 될 터였다.

그리고 마침내 봄이 되었다. 날은 점점 밝아졌지만 아버지의 마음은 갈수록 불안과 어두움에 잠식당했다. 눈이 녹고, 얼음이 풀리고, 비가 내렸다. 빗물에 잠겨 질척이는 뮈르딩에서 늪지의 퀴퀴한 냄새가 건너와 집 안 구석구석 스며들었다.

아버지를 발견한 것은 이른 아침이었다. 아버지는 뮈르딩 호숫가에 누워 있었다. 늪지에 얼굴을 묻은 채 안개가 자욱하게 낀 뮈르딩 호숫가에 누워 있었다. 아버지를 돌려 뉘었다. 동그랗게 뜬 눈이 우리를 쳐다보았다. 눈가는 하얗게 빛났지만, 얼굴의 다른 부위는 위장용 물감을 칠한 군인처럼 잿빛이었다.

엄마가 아버지의 얼굴에 묻은 진흙을 닦아낸다. 주름살 사이사이에 낀 공포를 닦아낸다. 엄마의 손이 아버지의 눈을 감긴다. 아버지가 눈을 감는다. 아버지의 얼굴은 평화롭게 잠든 소년 같다. 그가 웃는다. 밝고 아름다운 꿈을 꾸며 환하게 미소 짓는다. ✽

아름다울 수 없는 슬픈 이야기

어쩌면 감옥에 갇혀 있었을지도 모르는 그 동안 아버지는 배를 타고 일곱 개의 큰 바다 위를 떠돌아 다녔다. 어쩌면 배를 타고 일곱 개의 큰 바다 위를 떠돌아 다녔을지도 모르는 그 동안 아버지는 감옥에 갇혀 있었다. 진실과 사실은 별개의 문제다. 그리하여 주정뱅이 룸펜의 귀환이 가족의 고통을 더욱 고통스럽게 만든 것만은 아니다. 경이로운 이야기들이 빚어내는 생생한 행복. 모든 가난한 가족은 극적이다. 그리하여 이야기가 시작되었다. 아버지. 그리고 아버지 속에 살고 있는 아버지 자신도 알지 못하는 또 다른 아버지. 아버지에 대한 사랑. 그리고 아버지 속에 살고 있는 아버지 자신도 알지 못하는 또 다른 아버지에 대한 또 다른 사랑. ‘아버지—소설’『이야기꾼』은 ‘아버지—소설’ 속의 ‘또 다른 아버지—소설’이다.

처음부터 다시.

어쩌면 ‘나’의 이 모든 이야기들이 ‘부정(否定)의 말’인지도 모른다. 혹은 ‘부정의 말’ 속에 살고 있는 또 다른 ‘부정의 말’인지도 모른다. 에바는 숨을 죽이고 바들바들 떨기만 했다. 언제나 그랬다. 아니다. 언제나 그랬던 것은 아니다. 에바는 때때로 ‘부정의 말’을 중얼거리기도 했다. 에바의 부정은 기도였고, 주술이었고, 일어나지 않았던 이야기였다. 훗날 에바가 말했다. 뭐가 진실인지 넌 다 알고 있잖아. 사랑하는 내 동생. 하지만 말이지, 진실 따위는 아무 짝에도 소용없는 거야.

그리하여 경이로운 이야기꾼이었던 아버지의 삶을 통해 진실 하나가 폭로된다. 백 보를 양보한다 하더라도 삶이란 거짓말이거나 잘 꾸며댄 이야기일 뿐이라는 진실. 그리하여 아버지는 불행한가? 천만에. 그는 그의 경이로운 이야기 속에서 행복하였다. 이것 역시 아무 짝에도 소용없는 진실인가? 공허와 죽음 속에서 건져 올린 이야기들 사이로 삐죽 고개를 내미는 대답 하나. 천만에.

그리고 슈카의 노래.
살아야 한다. 작디작은 인간들아, 살아야 한다.

메모.

'차가운 길' 위에 나비 한 마리가 앉아 있다. 나비 곁에 쪼그리고 앉는다. 날개를 쓰다듬는다. 나비를 손바닥 위에 올려놓는다. 나비를 올려둔 손바닥을 아래로 위로 움직여 본다. 생각의 힘으로 나비를 깨워 본다. 나비는 날아오르지 않는다. 나비를 가슴에 품는다. 사과나무로 다가간다. 사과나무 껍질 속에 나비를 묻는다. 그네에 올라앉는다. 몸이 흔들린다. 흔들리며, 오래, 오래, 그네만 탄다. 이야기가 시작될 때까지 그네만 탄다. 그래, 사람들은 수없이 많은 이야기를 하며 산다. 그리고 그 이야기의 용도도 참으로 다양하다. 행복을 느끼기 위해 밖으로 달려 나온 한 소년의 이야기다. 자신의 행복이 소망할 수 있을 뿐인 크기로 커지고 또 커질 수 있도록, 자신의 행복이 그렇게 커지는 것을 아무도 방해하지 못하도록, 밖으로 달려 나온 한 소년의 이야기다. 얼마나 오랫동안 이야기를 하고 있었을까? 무엇인가 가슴을 간질인다. 옷깃을 연다. 나비 한 마리가 날아오른다. 사과나무로 간다. 사과나무 껍질 속에 묻었던 나비가 사라지고 없다. 땅바닥으로 떨어진 것일까? 박새가 물고 간 것일까? 아니다. 나비는 이야기 속에서 날아오르지 않았던가. 소년은 이야기를 멈춘다. 하지만 이야기는 제 스스로 이야기를 계속한다.

슬픈 이야기는 아름답다. 아름다운 이야기는 슬프다. 아름다운 이야기가 슬퍼할 수 없듯이 슬픈 이야기는 아름다울 수 없다. 아름다울 수 없는 슬픈 이야기를 듣는 우리는 슬퍼하는가? 아름다운가?

_원성철

이야기가 지닌 구원의 힘

『이야기꾼』을 통해 보기 드문 이야기꾼 한 명이 우리 곁으로 왔다. 여기서 '보기 드문 이야기꾼'이란 당연하게도 '훌륭한 이야기꾼'을 의미한다. 따라서 『이야기꾼』은 재미있다. 『이야기꾼』은 하지만 추리소설도, 판타지 소설도, 연애소설도 아니다. "그래, 사람들은 수없이 많은 이야기를 하며 산다. 그리고 그 이야기의 용도도 참으로 다양하다." 서술자인 '나'의 말이다. 아니, 『이야기꾼』의 구호다. 쉘 요한손은 이 말을, 독자들을 세뇌하기 위해 이 구호를 몇 번이고 반복해서 읊조린다. "그래, 사람들은 수없이 많은 이야기를 하며 산다. 그리고 그 이야기의 용도도 참으로 다양하다." 이야기라는 것이 얼마나 쓸모 있는 것인지 강변하기 위해 자꾸만 우리 눈앞에 이야기들을 펼쳐 보인다.

쉘 요한손의 세밀한 필치에 이끌려 들어간 1940~50년대 속에는 어떤 한 스웨덴이 있고, 어떤 한 스웨덴의 어떤 한 스톡홀름이 있고, 어떤 한 스톡홀름의 어떤 한 변두리 구역이 있다. 하지만 그곳은 우리가 알고 있는 스웨덴도, 우리가 알고 있었던 스톡홀름도 아니다. 『이야기꾼』 속의 그곳은 찰스 디킨스의 소설 속에 등장하는 어두운 뒷골목에 가깝다. 그곳에 살고 있는 요한손 가족은 '칭송 받아 마땅한 보통 사람들'과는 거리가 멀다.

자신의 어린 시절에 대해서 그리고 보기 드문 이야기꾼이었던 아버지에 대해서 우리에게 이야기를 들려주고 있던 소년이 마치 금방 그리고 갑자기 생각난 것처럼 불쑥 이렇게 말한다. "아마도 나는 이야기를 좀 더 재미나게 만들기 위해 실제로 일어나지도 않았던 일을 꾸며대고 있는지도 모른다." 소년의 말이 사실이라면? 소년 역시 소년의 아버지만큼이나 보기 드문 이야기꾼이 된다. 소년의 말이 사실이 아니라면? 그렇다고 하더라도 달라질 것은 없다. 또한 소년 역시 소년의 아버지만큼이나 보기 드문 이야기꾼이 된다. 그렇다면 소년 역시 소년의 아버지처럼 이야기꾼이 된 까닭은 무엇인가? 또는 되어야 했던 까닭은 무엇인가? 가난과 모욕과 고통과 공포를 떨쳐내기 위해서인가? 술에 취해 무자비한 폭력을 휘두르는 아버지를 사랑하기 위해서인가? 삶의 수수께끼를 펼쳐 이야기한다는 것은 삶을 받아들인다거나 받아들일 수 있는 것으로 간주한다는 것을 의미한다.

『이야기꾼』은 결코 그저 그런 소설이 아니다. 오늘날 스웨덴 문학을 대표하는 작가가 썼기 때문에 그런 것도, 작가가 지녀야 할 모든 미덕을 능수능란하게 보여주고 있는 작품이기 때문에 그런 것도 아니다. 과거와 현재, 미래까지도 송두리째 삼켜버리는 죽음. 그리고 가난과 모욕과 고통과 공포. 이 불가피한 소멸과 폭력 앞에 놓여 있는 인간에게 구원의 가능성을 열어주는 작품이기 때문에 그렇다. 이야기가 지니고 있는 구원의 힘으로 만들어진 작품이 바로 『이야기꾼』이기 때문에 그렇다. "그래, 사람들은 수없이 많은 이야기를 하며 산다. 그리고 그 이야기의 용도도 참으로 다양하다." 이야기에 대한 쉘 요한손의 이러한 확고부동한 믿음이야말로 그의 작품들이 뛰어난 문학성을 획득하는 가장 중요한 원천이 된다. '이야기꾼'이라는 소설이 상징의 힘 속에서 한 편

의 아름답고 슬프고 감동적인 서사시로 태어날 수 있었
던 이유 또한 바로 그것이다.

_울리히 블랑켄펠트(〈베를리너 레제차이텐〉)

고통과 두려움을 견뎌낸 상상력의 힘

미트솜마르크란센은 가난한 노동자들이 모여 사는, 스톡홀름의 외곽 지역이다. 요한손 가족의 '무너져 가는 집'은 그 미트솜마르크란센의 끝자락에 놓여 있다. '칭송 받아야 마땅한 보통 사람들' 중 그 누구도 자신을 '무너져 가는 집'의 이웃으로 느끼지 않을 수 있을 정도로 꼭 그만큼의 거리를 두고 떨어져 있다. '보통 사람들'의 시야에서 벗어나지는 않게, '무너져 가는 집'이 얼마나 흉측한 몰골을 하고 있는지 '보통 사람들'이 똑똑히 볼 수 있도록, 그렇게 멀지도, 또 그렇게 가깝지도 않게, 꼭 그만큼, 그 거리만큼. 그러나 이 작품의 어린 서술자인 '나'에게는 자신이 살고 있는 이 '무너져 가는 집'이 결코 부끄럽거나 절망적인 곳이 아니다. 자신들보다 가난한 자들의 가난으로부터 행복을 느끼는 '칭송 받아야 마땅한 보통 사람들'의 모욕적인 손가락질과 돌팔매질도 엄마 안나와 누나 에바 그리고 아빠 요한의 사랑에 비하면 아무것도 아니다.

세상에서 가장 좋은 아빠인 요한 요한손은 흡사 무대 위로 오르는 배우처럼 얼굴에 하얗게 녹말가루를 뿌리고는 백만장자의 흉내를 내며 아이들에게 웃음을 선사한다. 셀 수 없을 정도로 많은 책을 가지고 있는 엄마는 노란 갓을 쓴 키 큰 스탠드가 자아내는 빛의 고치 속에서 한 마리 누에처럼 앉아 책을 읽는다. 평화롭지 않은가? 낭만적이지 않은가?

잠에서 깨어나고 싶지 않아. 문틈으로 들려오는 저 고함 소리. 겁에 질린 기도 소리. 그리고 무거운 것이 떨어지는 듯한 저 둔탁한 소리. 이글거리는 야수의 눈. 들개가 다녀간 다음 날이면 이슬에 젖은 풀잎마다 들개의 냄새가 진동을 하는데도 사람들은 그런 들개는 없다고 말한다. 한밤중에 문득 그 야생의 울부짖음에 잠을 깨 그 소리가 다시 잿빛 정적 속으로 사그라질 때까지 몸을 떨고 있었는데도 사람들은 그런 들개는 없다고 말한다.

술에 취한 아버지의 주먹질과 발길질이 엄마의 몸 위에서만 둔탁한 소리를 만들어내는 것은 아니다. 다락방 굴뚝 옆에 놓여 있는 궤짝 속에 숨어 에바와 나는 즐거움을 주는 것들에 관해 이야기한다. 들개의 울부짖음. 우리는 저 소리를 듣지 못한 거야. 대답해서는 안 돼. 그리고 공포. 점점 커져가는 공포. 에바의 공포가 나에게로 전해진다. 나의 공포가 에바에게로 전해진다. 두 아이가 작고 어두운 궤짝 속에서 서로를 부여안고 서로의 공포를 느끼고 있다.

고통과 공포로 얼룩진 과거는 돌이켜 보는 것만으로도 또한 고통이며 공포일 수 있다. 그래서 행복했던 기억들은 남고, 불행했던 기억들은 떠난다. 그러나 『이야기꾼』에는 지난날의 행복뿐만 아니라 고통과 공포의 면면들까지도 생생하게 담겨 있다. 상상의 힘이다. 한 소년과 함께 고통과 공포를 견뎌냈던 상상의 힘. 소년 역시 그 상상의 힘과 함께 고통과 공포로 얼룩진 어린 시절을 견뎌내었다. 그리고 이제 소년은 다시 그 상상의 힘으로 질문을 던진다. 과거를 향해.

그러나 『이야기꾼』은 결코 우울한 노래가 아니다. 사랑으로 그려진, 가족과 어린 시절에 대한 정겨운 스케치이다. 위대한 작가의 끔찍한 어린 시절은 그다지 드문 경우가 아니다. 프랭크 매코트가 그렇듯이, 페터 호에크가 그렇듯이, 쉘 요한손도 그렇다. 그러나 맥코트의 『어머니의 재』가 서사적이라면, 그리고 호에크의 『어둠을 물리치기 위한 계획』이 철학적이라면, 쉘 요한손의 『이야기꾼』은 시적이다. 아버지의 노래. 엄마의 기도. 책장을 넘길 때마다 시적 상상력이 피어오른다. 상상의 힘이 뿌려놓은 함축적인 의미의 조각들을 이리저리 끼워 맞추며 시를 써 내려다 보면 어느새 우리는 마지막 페이지에 서 있게 된다. 그리고 아마도 몇 개의 조각을 놓쳐버린 것 같아서 혹은 잘못 맞춘 것 같아서 결국 첫 장부터 다시 넘기게 될 것이다.

_토르스텐 뮤케(독일 아마존 편집부)